Une promesse à tenir

*

Le rêve secret d'une infirmière

KATE HARDY

Une promesse à tenir

BLANCHE

HARLEQUIN

Collection : Blanche

Titre original :
A PROMISE… TO A PROPOSAL ?

Ce roman a déjà été publié en 2015

HARPERCOLLINS FRANCE
83-85, boulevard Vincent-Auriol, 75646 PARIS CEDEX 13
Service Lectrices — Tél. : 01 45 82 47 47

www.harlequin.fr

ISBN 978-2-2804-3924-4 — ISSN 0223-5056

1.

C'était une journée pluvieuse. La mer était grise, la plage déserte.

Mais Ellis Webster n'en avait cure. Il voulait se rappeler les bons moments. Se souvenir de Tom avant que la maladie ne le frappe, et célébrer avec les parents et l'épouse de son ami défunt la grande amitié qui les avait unis durant tant d'années.

Il sortit du sac qu'il avait apporté deux couvertures qu'il étendit sur le sable humide pour qu'ils puissent s'y agenouiller tous les quatre, puis quatre pelles et quatre seaux de couleurs vives.

Brenda planta avec détermination sa pelle dans le sable et commença à remplir son seau.

— Je me souviens de vous deux quand vous faisiez cela, enfants, dit-elle avec un tremblement dans la voix. Vous adoriez aller à la plage. Hiver comme été, si l'on vous demandait ce que vous vouliez faire, vous réclamiez l'un et l'autre de venir ici construire un château de sable.

Ellis, ému, hocha la tête, incapable de parler.

Lui aussi se rappelait cette époque où la vie était simple, où ses parents se montraient aussi insouciants que ceux de Tom. Mais, face à la mort de Sally, ceux-ci n'avaient pas eu la même réaction que Brenda et Mike Fisher, qui parlaient de leur enfant avec amour et le gardaient vivant dans leur cœur. Au contraire, ils avaient tout recouvert d'une chape de plomb.

Ils commencèrent tous les quatre à construire en silence un château de sable, comme Tom et lui lorsqu'ils étaient petits garçons. Quand l'édifice fut terminé, Ruby sortit de son sac un petit drapeau fabriqué avec un bâtonnet de glace et une photo de Tom. Une photo qui rappela à Ellis un de ses meilleurs souvenirs : leur explosion de joie lorsque son ami et lui avaient eu les résultats de leur examen de fin d'études secondaires, dont la réussite leur permettait d'aller ensemble faire leurs études supérieures à Londres.

Pour Tom, il s'agissait d'un pas de plus vers la réalisation de son rêve. Pour lui-même, cela signifiait la possibilité de fuir une maison familiale devenue un mausolée.

— Il avait dix-huit ans, alors, dit Mike d'une voix douce en prenant le drapeau que Ruby lui tendait. Le monde s'offrait à lui.

En fait, Tom avait eu très peu de temps pour en profiter. Même pas la moitié d'une vie.

— Il était exceptionnel, dit Ellis d'une voix brisée.

— Oui, c'est vrai, acquiesça Mike en plantant le drapeau au sommet du donjon.

Brenda et Ruby se tenaient par la main. On voyait à leurs yeux brillants qu'elles retenaient leurs larmes.

Ellis et Mike creusèrent une douve tout autour du château, puis ils se relayèrent tous les quatre pour déposer les cendres de Tom dans ce petit fossé, qu'ils comblèrent ensuite avec du sable. Ensuite, Ruby recouvrit le tout de pétales de rose.

Il commençait à pleuvoir. Ils déplacèrent les couvertures hors d'atteinte de la marée et s'y installèrent sous les deux vastes parapluies qu'Ellis avait mis dans la voiture, vu les prévisions météorologiques. Après quoi, il ouvrit une bouteille de champagne.

— A Tom, dit-il après avoir rempli leurs verres. Et puissent tous les souvenirs que nous avons de lui faire en sorte que les sourires l'emportent sur les larmes.

Mike, Brenda, Ruby et lui levèrent leur verre en l'honneur du disparu, la gorge serrée.

Ils regardèrent la marée monter lentement, emportant avec elle le château de sable et la photo de Tom, qui disparurent dans les vagues. Les pétales de rose furent les derniers à surnager.

Lorsque ce fut terminé, ils remontèrent dans la voiture, et Ellis déposa chez eux les parents de Tom.

— Voulez-vous venir manger quelque chose avant de prendre la route ? proposa Brenda quand ils furent arrivés devant la porte.

Ellis étouffait dans cette ville. Il n'avait qu'une hâte : retourner à Londres, loin des mauvais souvenirs.

— Merci, mais…

— Je comprends, dit Brenda. Tu veux profiter de ton passage ici pour aller voir tes parents.

Ne voulant pas lui ôter ses illusions, il hocha la tête.

Aujourd'hui tout particulièrement, il se sentait incapable d'affronter ces derniers. Ils devineraient certainement ce qu'il était venu faire, et ils penseraient aussitôt à Sally. Et, comme toujours, ils se réfugieraient dans un silence glacial au lieu de lui parler ou de le serrer dans leurs bras.

Même s'il comprenait les raisons de leur comportement — lorsque l'on a perdu un être cher, se couper des autres peut sembler le seul moyen d'éviter d'avoir de nouveau le cœur brisé —, il avait du mal à le supporter. Il avait toujours l'impression que lorsqu'il avait perdu sa sœur, vingt ans plus tôt, il avait aussi perdu ses parents. S'il était resté assez proche de ses frères aînés, le choix de carrière qu'il avait fait avait malgré tout creusé un fossé entre eux et lui. Les parents de Tom avaient été son soutien pendant son adolescence, et il leur en était toujours très reconnaissant. En souvenir de Tom, il veillerait sur eux comme ils avaient veillé sur lui.

Brenda le serra dans ses bras.

— Merci d'être là avec nous.

— Je serai toujours là, Brenda. Ce n'est pas parce que Tom est…

Il se tut, incapable de prononcer le mot. Il ne pouvait pas.

— … Qu'il n'est plus ici, reprit-il, que vous ne faites plus partie de ma vie. Vous comptez beaucoup pour moi. Vous savez que je vous considère comme mes autres parents.

Des larmes brillèrent dans les yeux de Brenda. Elle lui tapota l'épaule, trop émue pour parler, puis elle prit Ruby dans ses bras.

— Je vous enverrai un texto quand nous serons arrivés à Londres, promit Ruby avant de claquer sa portière.

Peu après, voyant qu'il prenait la direction de l'autoroute pour rentrer à Londres, elle lui lança un regard étonné.

— Je croyais que tu passais voir tes parents ?

— Non, pas aujourd'hui.

— Ecoute, je peux retourner chez Brenda et Mike et attendre chez eux que tu repasses me prendre. Je peux aussi rentrer en train. Ne te crois pas obligé de me ramener à Londres si tu as envie d'aller les voir.

C'était bien là le problème : il n'avait aucune envie de voir ses parents. Surtout aujourd'hui. Il se reprochait un peu son égoïsme, mais il savait aussi qu'il devait se protéger.

— Une autre fois, dit-il.

— Tu es sûr ?

— Oui, tout à fait sûr. Mes parents sont… compliqués.

Elle lui saisit la main et la serra un bref instant.

— Je sais, dit-elle dans un souffle.

Dans les mois qui avaient suivi le décès de Tom, il s'était un peu confié à elle, il lui avait révélé la tragédie qui avait assombri sa vie.

Sa sœur aînée Sally s'était accordé une année de liberté avant d'entrer à l'université. Elle était partie enseigner dans un pays lointain et était tombée enceinte par accident. Elle ne s'en était pas rendu compte tout de suite. Quand elle était tombée malade, on avait cru qu'il s'agissait d'un virus. Lorsqu'on avait enfin compris qu'elle souffrait d'une hyperémèse gravidique, une forme grave des nausées de la grossesse, c'était trop tard. Elle s'était beaucoup affaiblie, et une complication lui avait été fatale. Ses parents ne s'étaient jamais remis de sa mort. Le fait qu'il leur reste trois fils n'avait pas suffi à les sortir de l'indifférence glacée dans laquelle ils s'étaient enfermés depuis.

Durant le trajet du retour, Ruby et lui gardèrent le silence, écoutant un chanteur que Tom avait toujours apprécié. Cela s'accordait bien avec le temps pluvieux et leur état d'esprit.

Arrivé à Londres, Ellis gara la voiture devant la maison de Ruby et accompagna celle-ci jusqu'à sa porte.

— Je te remercie pour cette journée, Ellis. Sans toi, je ne sais pas comment j'aurais pu m'en sortir ces derniers mois.

— Mais toi aussi tu m'as aidé.

Il l'étreignit.

Très mauvaise idée. A présent, il sentait son parfum, une délicate odeur de violette. Et elle trouvait parfaitement sa place dans ses bras.

C'était la veuve de son meilleur ami, se répéta-t-il intérieurement. Non, non, et non, il ne devait même pas y penser. Il ne toucherait pas à cette femme. Jamais.

— On se voit demain au travail. Appelle-moi si tu as besoin de moi.

— Merci, Ellis, dit-elle en lui donnant un baiser sur la joue.

Depuis des mois, il rêvait de l'embrasser. Un bref instant, il faillit tourner la tête afin que les lèvres de Ruby rencontrent les siennes, mais il se retint.

— Je ferais mieux d'y aller, murmura-t-il.

Il se hâta de partir avant de faire quelque chose d'idiot et rentra chez lui en broyant du noir.

Les sentiments qu'il éprouvait pour Ruby étaient déplacés. Sans compter qu'il risquait de perdre une de ses amies les plus proches s'il lui proposait de sortir avec lui. Elle ne voyait en lui qu'un ami. Lui en demander davantage serait stupide. Surtout que, en matière de relations amoureuses, il n'était pas vraiment un cadeau.

Le poste d'obstétricien qu'il occupait au London Victoria

n'était que temporaire. Il remplaçait actuellement une consœur partie en congé de maternité, mais d'habitude il travaillait pour une association humanitaire qui fournissait une aide médicale à l'étranger. Ce qui voulait dire que ses relations avec les femmes étaient spéciales : soit il entretenait une liaison à distance et voyait peu sa petite amie qui finissait par se lasser de l'attendre, soit il avait des aventures sans lendemain qui se terminaient lorsqu'il partait prendre un poste ailleurs. Lorsqu'il s'était marié avec Natalia, il avait cru que ce serait l'exception à la règle, qu'il pourrait concilier son métier et sa vie amoureuse. Quelle erreur ! Aussi se contentait-il à présent de brèves rencontres où chacun ne songeait qu'à passer un bon moment sans rien attendre de plus. Ainsi, personne n'était déçu quand ça prenait fin.

Il savait que lorsque Ruby aurait tourné la page, elle exigerait autre chose qu'une brève aventure ou une relation en pointillé. Elle voudrait plus que ce qu'il était capable de lui offrir. S'il réclamait davantage qu'une simple amitié, il risquait de gâcher un lien devenu vraiment important pour lui au cours des dix-huit derniers mois. Il préférait l'avoir seulement pour amie que de la voir disparaître de sa vie.

La situation était délicate. Il avait promis à Tom de veiller sur Ruby. Tant qu'elle n'aurait pas trouvé un autre homme avec qui partager sa vie — quelqu'un qui lui convienne et la traite comme elle le méritait —, comment l'abandonner ?

Son contrat se terminait dans deux mois, quand Billie reprendrait son travail. Il avait déjà accepté une mission d'un mois pour son association caritative. La tâche consistait à créer un nouveau dispensaire au Zimbabwe. Il partirait dès que son contrat au London Victoria aurait pris fin.

Ce départ à l'étranger le soustrairait à la tentation. Tout ce qu'il avait à faire, c'était enfouir ses sentiments au fond de lui, comme d'habitude, et tout se passerait bien.

*
* *

Ruby regarda Ellis s'éloigner avec un inconfortable sentiment de culpabilité : pendant un moment, elle avait été tentée de l'embrasser sur les lèvres plutôt que sur la joue.

Comment pouvait-elle avoir envie d'embrasser un autre homme que son mari ? Et cela le jour du premier anniversaire de sa mort ? C'était à la fois si mesquin, si égoïste, si mal !

Elle referma sa porte, dégoûtée d'elle-même.

Elle savait que Tom avait demandé à Ellis de veiller sur elle. Si celui-ci se rendait compte qu'elle voyait en lui autre chose qu'un ami, cela risquait de tout gâcher entre eux. Il s'était toujours comporté parfaitement avec elle. En tentant de donner à leur relation une autre direction, elle pourrait le perdre — et ça, elle ne le voulait pas. Il faisait partie de sa vie, et elle y tenait. Beaucoup.

Pourtant, elle avait l'impression qu'elle le perdrait de toute façon. Ellis avait la bougeotte, comme disait Tom, il retournerait travailler pour son association d'aide médicale.

Au décès de Tom, elle avait eu le cœur déchiré. Depuis un an, elle essayait de rccoller les morceaux. Ce serait stupide de tomber amoureuse de quelqu'un d'absent la plupart du temps, qui n'avait pas les mêmes désirs qu'elle et qui la quitterait pour aller travailler au loin. Certes, il reviendrait de temps en temps en Angleterre, mais elle se retrouverait seule à Londres à l'attendre. Et si elle le suivait à l'étranger, elle aurait le mal du pays car sa famille lui manquerait. C'était sans solution. Ellis n'était pas l'homme qu'il lui fallait. Le mieux était d'écouter sa raison.

Maintenant qu'elle était rentrée, elle ne savait pas quoi faire. Elle se sentait désœuvrée, solitaire, et elle regretta de n'avoir pas demandé à Ellis de l'emmener dîner quelque part. Pendant près d'une heure, elle erra dans la maison, incapable de s'asseoir pour lire ou faire des mots croisés.

Soudain, on sonna à la porte.

Son cœur fit un bond, et elle resta dans l'expectative.

Ellis était-il revenu ?

Non, bien sûr. C'était stupide de penser cela !

Elle alla ouvrir et trouva sur le seuil sa meilleure amie Tina avec dans les mains un gâteau fait maison.

— Un jour comme aujourd'hui, dit Tina, j'ai pensé que tu aimerais peut-être avoir un peu de compagnie pour la soirée. J'ai fait un gâteau au citron.

Son préféré ! A coup sûr, son amie l'avait fait spécialement pour elle. Il devait être encore chaud.

— Oh ! merci ! s'écria-t-elle en serrant Tina dans ses bras. Il n'y a personne au monde que j'avais plus envie de voir que toi en cet instant !

Non, pas même Ellis. Parce que, avec Tina, elle n'éprouvait pas ce vague sentiment de culpabilité qu'elle ressentait avec Ellis en dehors du cadre professionnel.

Après s'être débarrassée de son manteau, Tina alla dans la cuisine mettre de l'eau à bouillir pour le thé comme si elle était chez elle.

— Comment ça s'est passé ? demanda-t-elle.

Ruby lui sourit.

— Vraiment bien. La pluie n'a rien gâché. Ellis avait apporté deux grands parapluies et des couvertures imperméables pour que l'on puisse s'asseoir. On a fait un château de sable, déposé les cendres dans la douve, jeté des pétales de rose, bu du champagne et porté un toast à Tom, et on a laissé la mer emporter le château et les cendres.

— Cela a l'air parfait… Enfin, aussi parfait que possible en de telles circonstances.

Le thé était prêt. Tina coupa deux parts dans le gâteau au citron et lui tendit une tasse fumante.

— A Tom, dit-elle en levant sa tasse pour trinquer avec Ruby. Il me manque, mais je suis heureuse de l'avoir connu. C'était un type adorable.

— Oui, c'est vrai…

Ruby avala une gorgée de thé pour faire disparaître la boule qu'elle avait dans la gorge.

— Tu sais, tu as le droit de pleurer, dit Tina.

— Non. Je veux me souvenir de lui en souriant, pas en pleurant. Il n'aurait pas voulu qu'on soit triste…

— Mais ?

Elles s'étaient rencontrées au début de leurs études d'infirmières. Elles étaient amies depuis si longtemps qu'elles se comprenaient sans avoir besoin de parler.

— Mais je me sens un peu coupable, c'est tout.

— Pourquoi ? demanda Tina, l'air étonné.

Ruby n'était pas tout à fait prête à admettre qu'elle avait des sentiments pour Ellis, mais elle savait qu'elle pouvait se confier sans crainte à Tina.

— Parce que, demain, ça fera un an et un jour que Tom nous a quittés — ce qui marque officiellement la fin du deuil. Il ne cessait de répéter les derniers mois qu'il ne voulait pas que je reste seule quand il ne serait plus là. Il voulait que j'ai une vie heureuse avec quelqu'un qui m'aime autant que lui.

— Tu vas me faire pleurer, dit Tina en la prenant dans ses bras. Mais il avait raison. Tu es jeune. En réalité, à vingt-neuf ans, tu es encore pratiquement un bébé.

Ruby se mit à rire. Tina n'était son aînée que de six mois.

— Tu sais, Tina, trente ans, ce n'est pas vieux.

— Non, tu as raison. Dis-moi, Ruby, ajouta-t-elle en la regardant attentivement, aimerais-tu rencontrer quelqu'un ?

— J'aime Tom, et je l'aimerai toujours, mais je crois que je suis prête à tourner la page. La dispersion des cendres, aujourd'hui, a marqué la fin d'un chapitre. Mais les gens vont peut-être mal me juger et penser que je devrais attendre plus longtemps avant de songer à refaire ma vie ?

— Rappelle-toi qu'on ne peut pas plaire à tout le monde. Ça ne regarde personne d'autre que toi. Tu es la seule à savoir quand tu seras prête.

— J'imagine, oui. C'est juste que…

Elle secoua la tête et soupira.

— Tu l'as dit toi-même, insista Tina, Tom voulait que tu sois heureuse. Tu as sa bénédiction.

Même si elle tombait amoureuse de son meilleur ami ? Il lui faudrait du temps pour se faire à cette idée.

— Tu sais, reprit Tina, on a un nouveau chef de clinique en neurologie. C'est un type sympathique, célibataire, qui vient d'arriver à Londres. Peut-être que…

— Peut-être, répéta Ruby.

— Rien ne t'oblige à te décider maintenant, mais réfléchis-y. En attendant, on pourrait regarder un film divertissant en reprenant de ce gâteau ?

— Bonne idée ! Allons-y.

Et Ruby entraîna son amie dans la salle de séjour.

Mais elle eut du mal à se concentrer sur le film.

Elle ne cessait de penser à Ellis. Ellis et ses yeux gris, Ellis qui avait la bougeotte mais avait renoncé à ses voyages pour rester auprès d'elle. Le meilleur ami de son mari.

Que se passerait-il si… ?

2.

Ruby examinait Mme Harris avec des gestes très doux.

— Est-ce que tout va bien ? demanda la patiente d'une voix angoissée.

— Votre état général est satisfaisant, mais nous avons une petite complication : votre bébé préfère garder les fesses en bas et la tête en l'air. Je voudrais en parler au médecin pour envisager les différentes solutions possibles pour votre accouchement.

— Le bébé n'est pas dans la bonne position ? demanda Jennifer Harris en se mordillant la lèvre.

— Actuellement, il se présente par le siège. C'est une position fréquente en début de grossesse, mais en général le bébé se retourne et se met de lui-même la tête en bas avant de naître. Le vôtre ne s'est pas encore tourné, voilà tout.

— Cela signifie-t-il qu'il a un problème ?

— Non. C'est le cas de trois bébés sur cent, et pour toute sorte de raisons. Je vais chercher le Dr Webster pour en parler avec lui. Ne vous faites pas trop de souci, nous avons différents moyens de convaincre ce bébé de se retourner.

Elle sourit et quitta la pièce pour se rendre dans le bureau d'Ellis, et son cœur fit un bond lorsqu'elle le vit.

Il avait troqué sa tenue verte de chirurgien contre un costume gris anthracite, une chemise blanche et une cravate. Il était absolument superbe. Il aurait eu sa place dans les pages d'un magazine de mode pour faire la publicité d'un grand parfum.

Allons ! Elle devait s'interdire ce genre de pensée. Ellis était un ami et un collègue, rien de plus. Réclamer davantage serait de la gourmandise.

Elle frappa à la porte restée ouverte et s'appuya contre le chambranle.

— Salut, Ellis. Est-ce que je peux te déranger un instant ?

Il leva les yeux et lui sourit.

— Bien sûr, dit-il. Y a-t-il un problème ?

— Une complication. J'ai une femme enceinte de trente-sept semaines qui va avoir son premier enfant. Le bébé se présente par le siège. Or, elle tient à accoucher par voie naturelle, sans aucune intervention. Je voulais te demander de venir avec moi pour lui parler des différentes options qui s'offrent.

Elle savait que beaucoup d'obstétriciens, en voyant la situation de Jennifer Harris, insisteraient pour procéder à une césarienne. Mais Ellis possédait une expérience qui dépassait largement les limites de l'hôpital, et elle avait le ferme espoir qu'il voie les choses différemment et donne à Mme Harris une chance d'accoucher comme elle le souhaitait.

— Pas de problème. L'as-tu avertie que les bébés ne respectent jamais les plans que leurs mères ont élaboré pour l'accouchement ?

Elle sourit.

— Je le fais toujours.

— Et toi, qu'en penses-tu ?

— Je propose de commencer par une VCE pour voir si nous pouvons amener le bébé à se retourner.

La VCE ou version céphalique externe consiste à manipuler l'abdomen de la mère pour tourner l'enfant en présentation céphalique.

— Mais si ça ne marche pas, poursuivit Ruby, j'espère pouvoir faire appel à un obstétricien qui accepte le principe d'un accouchement vaginal par le siège.

Le regard appuyé qu'elle lança à Ellis indiquait clairement qu'elle pensait à lui.

— Je crois qu'il y a eu seulement deux cas de ce genre dans le service depuis mon arrivée ici, et ces jours-là je n'étais pas de garde, dit-il. Les médecins de cet hôpital sont-ils hostiles aux accouchements en siège par voie basse ?

— Theo est merveilleux, dit-elle. Il apporte tout son soutien aux sages-femmes et il est partisan de réduire autant que possible le nombre d'interventions chirurgicales…

Theo Petrakis était le directeur de la maternité du London Victoria.

— Mais, comme tu le sais, ce type d'accouchement n'est pas si courant, et j'ai besoin d'avoir près de moi quelqu'un qui en ait une certaine expérience.

— C'est pour cela que tu m'en parles ?

— Tu as tout compris, dit-elle avec un grand sourire.

— Comme il s'agit d'un premier enfant, rien ne garantit que le bassin de la mère soit assez large pour un accouchement de ce type…

Il prit un air pensif.

— D'accord. Si la VCE ne réussit pas, et à condition que le bébé ne soit ni trop gros ni trop petit, que sa tête ne se balance pas et que le bassin de la mère semble permettre l'accouchement par voie basse, je t'aiderai. Tu peux m'appeler dès qu'elle aura commencé le travail, même si je ne suis pas de garde. Mais, en retour, je vais te demander une faveur.

Elle sentit son cœur s'accélérer.

Qu'allait-il lui demander ? Un baiser ?

Ridicule ! Il fallait qu'elle cesse de fantasmer sur Ellis. C'était parfaitement déplacé. Ils étaient au travail, elle devait garder un esprit strictement professionnel.

— Bien sûr. Que veux-tu ?

— J'aimerais que tu demandes à cette future maman de permettre à deux jeunes membres du personnel médical d'assister à l'accouchement. Ce sera leur première naissance par le siège. Il s'agit d'une sage-femme et d'un médecin.

— Les grands esprits se rencontrent ! J'allais justement te demander s'il y avait quelqu'un que tu souhaitais faire venir pour observer comment les choses se déroulent.

Et elle se réjouissait qu'il ait pensé à inviter une sage-femme, et pas seulement un obstétricien.

— Je vais rassurer Mme Harris et lui dire que nous ferons tout notre possible pour qu'elle accouche comme elle le désire. Je l'avertirai que, si le bébé se trouvait en détresse, nous serions amenés à faire une césarienne, et qu'elle doit se préparer à cette éventualité.

— Et c'est là que j'entrerai en scène, dit Ellis.

— Tu n'auras qu'à la regarder en battant tes longs cils noirs… En fait, mieux vaut t'en abstenir. Tu ressembles déjà beaucoup plus à une star de cinéma qu'à un médecin.

— Très drôle, Ruby, dit Ellis en feignant d'être offusqué.

Mais il n'avait pas du tout l'air fâché.

Elle devait absolument chasser toutes ces idées folles de son esprit. Si elle faisait des avances à Ellis et qu'il les repousse… Bien sûr, il se comporterait avec élégance et gentillesse, mais cela créerait malgré tout une tension, ce qui gâcherait leur amitié et leur relation de travail. Or, elle ne voulait pour rien au monde risquer d'abîmer l'une ou l'autre.

Peut-être était-ce la solitude qui l'amenait à nourrir tous ces fantasmes ? Elle devrait accepter l'offre de Tina qui souhaitait lui faire rencontrer le médecin arrivé récemment dans le service de neurologie.

— Qu'est-ce qui te rend si songeuse ? demanda Ellis.

Pas question de lui révéler ses pensées intimes !

— Ma patiente. Elle va être mère pour la première fois, répondit-elle en souriant.

C'était vrai. Mais ce n'était pas toute la vérité.

De retour dans la salle de consultation, elle fit les présentations.

— Madame Harris, je vous présente le Dr Ellis Webster, l'un de nos médecins. Ellis, voici Jennifer Harris. C'est son premier bébé. Elle est enceinte de trente-sept semaines, et l'enfant se trouve très à l'aise dans la position du siège.

— Ravie de faire votre connaissance, madame Harris, dit Ellis en serrant la main à la jeune femme, le sourire aux lèvres. Ruby me dit que vous voudriez accoucher le plus naturellement possible.

— Je ne veux pas de péridurale, et encore moins de césarienne. Est-ce que le fait que l'enfant ne se présente pas dans la bonne position m'obligera à subir une césarienne ?

— C'est une possibilité, dit Ellis. Mais il se peut aussi que vous accouchiez par voie vaginale. Comme le bébé se présente par le siège, sa tête, qui est la partie la plus volumineuse de son corps, sort en dernier, ce qui complique un peu les choses. Puis-je vous examiner ?

La voyant hocher la tête, il commença son examen avec des gestes très doux.

— Comme vous l'a dit Ruby, déclara-t-il, nous pouvons essayer de persuader votre bébé de se retourner. Il existe une procédure qu'on appelle VCE, l'abréviation de version céphalique externe. Ruby est experte en ce domaine.

— Voilà comment ça se passe, expliqua Ruby. On exerce des pressions sur votre abdomen pour encourager le bébé à effectuer une culbute afin de se mettre la tête en bas.

— Et ça réussit toujours ? demanda Mme Harris.

— Dans cinquante pour cent des cas environ, répondit Ellis. Et si ça ne marche pas aujourd'hui, on peut toujours faire une nouvelle tentative demain. Je dois pourtant dire que, même si le bébé se retourne, il arrive parfois qu'il décide de se remettre dans l'autre sens.

— Et si vous faites cette VCE, qu'arrivera-t-il à mon bébé ? Cela risque-t-il de lui faire du mal ?

Ruby la rassura aussitôt.

— Tout ira bien pour lui. Nous le garderons constamment sous surveillance avant, pendant et après la VCE. Il existe un risque infime que vous commenciez à avoir des contractions, et aussi que le rythme cardiaque du bébé s'accélère un peu. D'habitude, il redevient très vite normal, mais il faut que vous sachiez que, parfois, il reste trop rapide et, dans ce cas, vous devrez avoir une césarienne.

— Mais il s'agit d'un risque infime, n'est-ce pas ?

— Oui, vraiment infime.

— Très bien, alors, dit Jennifer Harris.

Elle marqua une pause.

— Et est-ce que cela va me faire mal ? s'enquit-elle.

— Cela peut être un peu désagréable, en effet. Mais si vous avez mal, vous n'aurez qu'à nous le dire, et nous arrêterons immédiatement.

La future maman semblait soucieuse.

— Si cette méthode ne marche pas, cela signifie-t-il que je devrai subir une césarienne ?

— Votre bébé a le poids idéal, dit Ellis. Il n'est ni trop gros ni trop petit. Cependant, je voudrais vérifier que son cou est bien droit avant d'accepter de procéder à un accouchement vaginal. Si sa tête ballotte, je préférerais procéder à une césarienne pour assurer sa sécurité.

— Y a-t-il quelque chose que je puisse faire pour l'aider à se retourner ou pour qu'il reste dans la bonne position pendant que vous pratiquerez la VCE ? Dois-je rester assise ou m'allonger d'une certaine façon ?

Ruby secoua la tête.

— Je crains que cela ne change rien.

— Alors, pourquoi ne s'est-il pas mis dans la bonne position ?

— Il existe tout un tas de raisons, expliqua Ellis. Quelquefois, c'est lié à la position du placenta. Comme je vous l'ai dit, la partie la plus volumineuse du corps du bébé, c'est sa tête. Comme il a tendance à gigoter et qu'il cherche la position la plus confortable, il choisit celle qui offre le plus d'espace à sa tête : la partie inférieure de l'utérus. Il se retrouve donc tête en bas. Mais si le placenta est en position basse, c'est dans la partie supérieure de l'utérus qu'il y a plus de place, et le bébé se présente alors par le siège.

Il sourit.

— Parfois, c'est juste une question de hasard. Les bébés n'en font qu'à leur tête, et je connais beaucoup de mamans qui n'ont pas accouché de la manière qu'elles avaient choisie. Aussi, ne soyez pas trop déçue si nous ne pouvons pas suivre à la lettre le plan que vous vous êtes fixé pour mettre votre enfant au monde.

— Nous ferons tout notre possible pour que tout se passe comme vous le souhaitez, intervint Ruby, mais le Dr Webster a raison. Les bébés sont parfois très têtus.

— Je pense que cet enfant va beaucoup ressembler à son père, soupira Jennifer. Est-ce que Ian pourra être présent lorsque vous tenterez d'amener le bébé à se retourner ?

— Bien sûr, dit Ruby. Nous pourrions tenter la VCE cet après-midi après l'heure du déjeuner. Pensez-vous que cela laissera assez de temps à votre mari pour arriver ici ?

La patiente hocha la tête.

— Je vais lui téléphoner. Merci beaucoup à vous deux.

— Je vous reverrai cet après-midi, madame Harris, dit Ellis en lui adressant un sourire.

Ses consultations terminées, Ruby s'apprêtait à prendre sa pause-déjeuner lorsqu'elle vit Ellis sortir de la cuisine réservée au personnel.

— Tu as le temps d'aller déjeuner à la cantine ? demanda-t-il.

— Oui, bonne idée.

Ils s'y rendirent en bavardant de choses et d'autres. Au comptoir, Ellis opta pour le menu végétarien comme il le faisait toujours.

— Bon prétexte pour te goinfrer de pâtes et de pain à l'ail, dit Ruby pour le taquiner. Tu es vraiment drogué aux glucides !

— Les protéines sont importantes, mais j'ai travaillé dans des zones où les gens sont si pauvres, et le coût des…

Il s'interrompit.

— Tu me fais marcher, n'est-ce pas ?

— C'est très facile de te taquiner, Ellis, dit-elle en riant. Tu es si sérieux ! Ecoute, je sais pourquoi tu es végétarien, et j'admire tes principes.

— Mais tu ne les partages pas.

— Je regrette, mais, pour moi, le bacon végétarien ne vaudra jamais le vrai bacon.

Il éclata de rire.

— Tu es une vraie hédoniste ! Mais aussi une droguée aux glucides, tout comme moi. Je vous ai déjà vues devant un gâteau, Tina et toi. Au bout de trois secondes, il n'en reste pas une miette !

— Touchée, reconnut-elle en souriant.

— Tu te sens prête à faire la VCE cet après-midi ?

— Tout à fait prête. J'aimerais bien que Coral, notre nouvelle sage-femme stagiaire, assiste à cette manipulation, si Mme Harris est d'accord et toi aussi.

— Bien sûr ! Tu sais, je pense comme toi qu'il faut donner aux étudiants l'occasion d'acquérir le plus d'expérience possible.

— C'est une des choses que j'aime chez toi : tu te montres toujours plein de bon sens, et si raisonnable. Merci.

Du bon sens. Raisonnable.

Ce n'était pas le cas lorsqu'il avait épousé Natalia, songea Ellis avec ironie. Il avait perdu la tête, et tous deux en avaient payé le prix. Mais Ruby avait dit que c'était une des choses qu'elle aimait chez lui. Qu'aimait-elle d'autre encore ?

Allons ! Il ne devait pas se poser ce genre de question. Ruby Fisher était son amie. La femme de son meilleur ami — enfin, sa veuve. Il était temps qu'il se ressaisisse.

— J'essaie d'avoir du bon sens, dit-il d'un ton léger.

— Ellis, je… heu… je voudrais avoir ton avis.

Elle semblait soucieuse.

Il fronça les sourcils.

— Quel est le problème ?

— Il ne s'agit pas vraiment d'un problème, mais… aujourd'hui, cela fait un an et un jour que Tom est mort.

Oui. Il le savait. Il avait célébré cet anniversaire avec elle la veille sur une plage du Suffolk.

— Et, après un an et un jour, on est censé avoir terminé la période de deuil.

Il sentit son sang se glacer. Où Ruby voulait-elle en venir ?

— Jamais je n'oublierai Tom, reprit-elle, mais il ne cessait de me répéter qu'il ne voulait pas que je passe le reste de ma vie à le pleurer. Il voulait que je continue de vivre.

Il se sentit pris de vertige.

Quoi ? Etait-elle en train de dire qu'elle avait envie de s'engager dans une nouvelle relation amoureuse ? Qu'elle avait rencontré quelqu'un ? Qui ? Où ? Comment ?

— Et Tina veut me présenter son nouveau collègue du service de neurologie, acheva Ruby.

Allait-elle vraiment se rendre à un rendez-vous ? Avec quelqu'un d'autre ? Mais… mais…

— Ellis ? Tu ne dis rien.

Elle semblait encore plus soucieuse.

— Tu trouves que c'est trop tôt ? demanda-t-elle.

— Je…

Il avançait en terrain miné. Si sa réponse était maladroite, il la blesserait — et c'était bien la dernière chose qu'il voulait. Mais l'idée de la voir sortir avec un autre le rendait malade.

C'était différent quand elle était mariée avec Tom. Jamais il n'aurait fait le moindre geste pour détruire le mariage de son ami. Mais, maintenant, Ruby était veuve, et il ne se faisait pas à l'idée qu'elle se lie à quelqu'un d'autre.

Si elle était vraiment prête à se lancer dans une nouvelle relation, il pourrait peut-être lui demander de sortir avec lui ?

Mais si elle lui disait non, comment pourraient-ils reprendre leur bonne vieille amitié, sachant qu'ils n'éprouvaient pas les mêmes sentiments l'un envers l'autre ?

Il ne voulait pas s'exposer au risque de la perdre. Aussi allait-il encaisser le coup et se résigner. Même s'il avait l'impression d'avoir été mis en charpie.

— Je pense que tu es la mieux placée pour en juger, dit-il lentement. Tu es la seule à savoir si tu es prête ou non.

« Je pense que tu es la mieux placée pour en juger. »

C'était bien Ellis tel que Ruby le connaissait, plein de bon sens et de sagesse. Et cela prouvait bien qu'elle ne l'intéressait pas. Sinon, n'aurait-il pas sauté sur l'occasion pour lui proposer de sortir avec lui ? Heureusement qu'elle ne lui avait fait aucune avance. Cela aurait pu gâcher leur amitié. Elle tenait trop à lui pour prendre le risque de le perdre.

— Je crois que tu as raison, dit-elle. Mais je n'aimerais pas que les gens me prennent pour la Veuve joyeuse et qu'ils pensent que j'ai oublié Tom. Et je me sens coupable d'avoir envie de sortir de nouveau avec quelqu'un.

Elle se sentait encore plus coupable d'être attirée par Ellis, d'autant plus qu'il venait de montrer clairement que ce n'était pas réciproque.

— Tu aimeras toujours Tom, dit Ellis, mais la vie continue, et il ne voulait pas que tu restes seule. Il voulait que tu sois heureuse. Peu importe ce que pensent les gens. Fais ce qui est le mieux pour toi, Ruby, ce qui te rend heureuse.

Elle se demandait parfois si elle retrouverait jamais le bonheur qu'elle avait connu. Peut-être se montrait-elle trop exigeante ? Beaucoup de gens n'avaient pas la chance de goûter à ce bonheur-là ne serait-ce qu'une fois dans leur vie, alors avait-elle le droit, elle, d'espérer le connaître une seconde fois ?

Ellis lui prit la main, et à ce contact, elle sentit des picotements dans tout le bras.

— Sois heureuse, Ruby. Je t'y encourage. Si quelqu'un

y trouve à redire, envoie-le moi, je lui remettrai les idées en place.

Il lui parlait comme l'aurait fait un grand frère. C'était ainsi qu'elle devait le considérer : comme un frère, et non comme l'homme avec qui elle aimerait sortir.

Après déjeuner, Ruby reçut les Harris qui patientaient dans la salle d'attente.

— Accepteriez-vous que Coral, ma sage-femme stagiaire, assiste à la procédure ? demanda-t-elle.

— Oui, bien sûr, dit Jennifer Harris. Je ferai tout ce que vous voulez si vous parvenez à amener ce bébé à se retourner !

— Je ferai de mon mieux, dit Ruby en souriant. Et je vous remercie. Je vais d'abord faire une échographie pour voir où en est le bébé. Si je suis satisfaite de ce que je vois, je vous donnerai des médicaments qui détendront votre utérus. Cela ne fera aucun mal ni à vous ni au bébé, mais cela permettra à l'enfant d'avoir plus de place pour effectuer sa culbute.

— Très bien. Est-ce que le gentil docteur va venir ?

— Le Dr Webster ? Oui. Il est en train de téléphoner, mais il va arriver. J'irai chercher Coral et je vous la présenterai. Allongez-vous et dénudez votre ventre… Hum, je crains que mon gel ne soit un peu plus froid que celui de la salle d'échographie.

— Ça m'est bien égal, répondit Jennifer en souriant.

Après que Ruby eut vérifié que tout allait bien, elle fit pivoter l'écran afin que les Harris voient l'image du bébé.

— Le voici, dit-elle. Il a l'air de se trouver très confortable dans cette position.

— Espérons qu'il ne se montre pas trop têtu et qu'il se décide à bouger, commenta la future maman.

— Je vais vous donner à présent les médicaments destinés

à détendre votre utérus, annonça Ruby, joignant le geste à la parole. Mettez-vous à l'aise, je reviens dans un instant.

A son retour, elle vit qu'Ellis était déjà là. Elle présenta les Harris à Coral, puis expliqua à cette dernière ce qui allait se passer.

— Ce que nous allons faire aujourd'hui, c'est une VCE : une version céphalique externe. L'idée est de dégager les fesses du bébé du bassin de sa mère. J'ai administré à Mme Harris un médicament qui doit aider l'utérus à se détendre, et nous avons effectué une échographie pour voir le bébé. A présent, madame Harris, je vais appuyer sur votre abdomen pour encourager le bébé à faire une sorte de culbute. Cela durera entre une minute et une minute et demie. Comme je vous l'ai dit, ce sera peut-être un peu désagréable, mais pas douloureux. Si vous avez mal, il faut me le dire tout de suite, et j'arrêterai immédiatement.

— Très bien.

La future maman semblait nerveuse, et Ruby remarqua qu'elle serrait très fort la main de son mari.

— Vous le verrez peut-être faire sa culbute, dit-elle en souriant. Regardez bien mes mains.

Coral s'approcha et, silencieuse, suivit attentivement la manœuvre que Ruby effectuait avec douceur mais fermeté.

Le bébé refusa de bouger.

Au bout de deux minutes, Ruby s'arrêta.

— Y a-t-il un problème ? s'enquit la patiente d'une voix inquiète.

— Non, c'est juste que ce bébé n'est pas décidé à changer de position aujourd'hui.

— Plus la procédure dure longtemps, moins elle a de chances de réussir, expliqua Ellis. Mais ne vous inquiétez pas, nous pouvons toujours recommencer demain.

Ils procédèrent à une nouvelle échographie, et Ellis rassura les Harris.

— Ce bébé va très bien. Son rythme cardiaque est presque le même qu'avant que Ruby ne commence la VCE.

Vous pouvez donc rentrer chez vous maintenant ou, si vous préférez, rester dans la salle d'attente jusqu'à ce que vous vous sentiez prêts à partir.

— Si nous recommençons demain et que cela échoue encore, je serai obligée de subir une césarienne, n'est-ce pas ? dit Jennifer.

— Pas nécessairement, la corrigea Ruby. Souvenez-vous de ce que je vous ai dit ce matin : si la VCE ne marche pas, nous pouvons encore essayer un accouchement vaginal par le siège. Nous devrons juste nous montrer un peu patients.

— Si cela peut vous rassurer, ajouta Ellis, il m'est arrivé une ou deux fois de faire naître au milieu des champs des bébés qui se présentaient par le siège.

— Au milieu des champs ? répéta Ian Harris, l'air incrédule.

— Je travaille depuis plusieurs années pour une association humanitaire qui s'occupe d'aide médicale. J'ai donc procédé à des accouchements dans des zones touchées par des catastrophes naturelles, souvent privées d'eau courante.

La future maman se mordit la lèvre.

— C'est terrible ! Et moi qui suis là à me plaindre, alors que je vais bénéficier d'un lit confortable et de tout l'équipement médical nécessaire. Je me sens… coupable.

— Il ne faut pas, dit Ellis. Tout cela est nouveau pour vous, il est naturel que vous ayez des inquiétudes. A vrai dire, je me ferais plus de souci si vous n'en aviez pas du tout.

— Je pense qu'il vaudrait mieux faire une césarienne, intervint Ian Harris. J'ai regardé sur internet ce qu'on disait sur les accouchements par le siège, et j'ai vu que ça présente des risques. La tête du bébé peut se trouver coincée, ou l'enfant risque de souffrir de lésions du cerveau.

— Il circule plein d'histoires effrayantes sur internet, dit doucement Ellis. C'est la même chose dans les magazines. On met l'accent sur les cas exceptionnels et les drames parce que ça fait sensation. Personne ne vous dira que la plupart des femmes accouchent normalement, sans aucun problème. Comme dit Ruby, il faut juste montrer un peu plus de patience quand il s'agit d'un accouchement par le siège. Je préfère ne pas trop intervenir et laisser la maman faire les choses à son rythme. Je n'entre en scène que s'il y a un réel problème.

— Alors, je n'aurai pas besoin d'avoir une épisiotomie ? demanda Jennifer avec espoir.

— Espérons que non. Nous verrons comment cela se passe. Cependant, si le travail n'a pas progressé au bout d'une heure, je conseillerai de pratiquer une césarienne. L'expérience m'a appris que si le travail n'avance pas, c'est signe de complication, et alors vous aurez besoin d'être aidée.

— Très bien, dit Jennifer Harris.

Voyant que la jeune femme essayait de retenir ses larmes, Ruby s'assit au bord du lit et lui prit la main.

— Nous ferons tout notre possible, je vous le promets. Nous sommes avec vous. Et si les choses ne se passaient pas exactement comme vous l'auriez souhaité, je vous en prie, ne vous faites aucun reproche. Vous aurez agi pour le mieux et c'est déjà très bien.

— D'accord, dit Jennifer d'une petite voix.

Ruby la serra dans ses bras.

— Tenez bon, tout va bien se passer.

3.

Le lendemain, Jennifer Harris revint à l'hôpital avec son mari afin de tenter une nouvelle VCE.

— Toute la journée, dit-elle, je n'ai pas été très en forme. Je me suis réveillée au milieu de la nuit avec mal au ventre. J'ai dû manger quelque chose qui ne me convenait pas.

— Allongez-vous, dit Ruby. Je vais vous examiner avant d'essayer une autre VCE.

En s'installant, la patiente fit la grimace.

— Désolée. J'ai senti de nouveau des élancements.

Ruby commença son examen.

— Peut-être ce mal de ventre avait-il été provoqué par quelque chose d'autre, comme… des contractions.

Jennifer écarquilla les yeux.

— Mes élancements, ce serait ça, des contractions ?

Ruby hocha la tête, souriante.

— Etant donné que votre col est dilaté de trois centimètres, je pense que c'est le travail qui commence.

— Mais je ne suis enceinte que de trente-sept semaines ! C'est trop tôt pour que le bébé naisse maintenant. Pensez-vous que ce soit la VCE d'hier qui a provoqué cela ?

— C'est possible. Ou alors, votre bébé a décidé que son anniversaire tomberait à la date d'aujourd'hui, ajouta Ruby avec un sourire. Ne vous inquiétez pas. Peu d'enfants naissent le jour prévu. Certains arrivent quinze jours avant, d'autres ont un retard de dix jours, ou même davantage. A trente-sept semaines, votre bébé a des poumons assez développés pour venir au monde sans que cela lui pose de problème.

— Vais-je devoir subir une césarienne ?

— Espérons que non. Je vais demander que l'on avertisse le Dr Webster. Et je vais vous faire une échographie pour voir exactement comment se présente l'enfant.

Elle alla demander Ellis, puis elle rejoignit les Harris et commença l'échographie en tournant l'écran pour que les futurs parents puissent en profiter.

— On voit ici que le bébé est prêt à naître, dit-elle. Sa tête est inclinée vers l'avant, comme je le souhaitais, et il est dans ce qu'on appelle la position par le siège franche. C'est la moins compliquée, l'enfant a les jambes tendues devant lui.

— Alors, je peux tenter d'accoucher normalement ? demanda Jennifer Harris.

Ellis arriva à temps pour entendre la question.

— Je vous ai examinée hier et j'ai vu que votre bassin était assez large pour permettre le passage du bébé. Votre enfant n'est pas trop petit, ce qui diminue le risque de problèmes avec le cordon ombilical. Et il n'est pas trop gros, il ne restera donc pas coincé. Je suis satisfait de la position qu'il a prise, tête penchée en avant. Alors, oui, nous pouvons tenter l'accouchement naturel.

Il sourit.

— Comme je vous l'ai dit hier, je suis partisan de laisser les choses se faire le plus naturellement possible, aussi ne vais-je pas vous dire maintenant si vous devrez subir une épisiotomie ou s'il faudra utiliser des forceps. Cela se finira peut-être ainsi, mais nous ferons de notre mieux pour vous aider à accoucher comme vous le souhaitez. Toutefois, je tiens à vous rappeler que tout retard dans la progression du travail peut signifier une détresse fœtale, et vous devrez alors subir une césarienne. Pas d'héroïsme, d'accord ?

— D'accord, répondit Ian Harris d'un ton ferme.

— D'accord, dit à son tour son épouse, d'un ton moins convaincu.

Ellis se tourna vers Ruby.

— La dilatation ?

— On est à trois centimètres.

— Bien. Il va s'écouler un moment avant que votre bébé n'arrive, aussi je vous suggère de marcher un peu. La force de la pesanteur l'aidera à descendre. Cela vous ennuierait-il, madame Harris, si Coral — la sage-femme stagiaire que vous avez rencontrée hier — et un jeune médecin assistaient à votre accouchement ?

— Non, pas du tout, répondit la future maman.

Elle serra la main de son mari.

— Notre bébé va naître aujourd'hui, Ian ! Je n'arrive pas à y croire.

Il fallut attendre deux heures pour que Mme Harris soit prête à mettre son enfant au monde. Coral et Lance, le jeune médecin, arrivèrent pour assister à l'accouchement. Ruby dispensa ses conseils à Jennifer.

— Appuyée sur les coudes et les genoux, vous serez dans une position confortable pour vous et efficace pour faire naître le bébé, parce qu'elle vous permet de bouger un peu. Et en prenant appui sur vos coudes plutôt que sur vos mains, vous épargnez vos poignets.

— A moins que vous ne vouliez absolument une péridurale, ajouta Ellis, je vous conseille de choisir le mélange oxygène-protoxyde d'azote pour soulager la douleur, ou bien de la péthidine. Une péridurale risque de ralentir l'accouchement.

— Je ne veux pas de césarienne, dit Jennifer, alors je prendrai le mélange oxygène-protoxyde d'azote.

— Très bon choix.

Ruby se tourna vers Coral et Lance.

— L'élément principal à conserver en mémoire lors d'un accouchement par le siège, c'est de se garder d'intervenir et de se montrer patient. Si l'on touche la mère, ses muscles se contractent.

— On n'intervient que si le bébé a vraiment besoin d'aide, expliqua Ellis. C'est pourquoi nous utilisons un moniteur fœtal pour surveiller le rythme cardiaque de l'enfant.

Ruby encouragea Jennifer Harris à bien respirer pendant les contractions.

— Je vois le bébé, annonça-t-elle enfin. A la prochaine contraction, je veux que vous poussiez un bon coup.

Les fesses du bébé se présentèrent en premier, puis, lors de la contraction suivante, accompagnée d'une vigoureuse poussée de la mère, le dos et les épaules apparurent.

Ruby échangea un regard avec Ellis.

Il avait les yeux humides, comme chaque fois qu'elle participait à un accouchement avec lui. Elle aussi, d'ailleurs. Ce moment où une vie nouvelle venait au monde était si précieux, et partager ces instants était un vrai privilège.

Elle appréciait énormément de travailler avec lui. Il était d'un grand soutien et savait écouter à la fois la mère et les sages-femmes. Et il ne poussait pas les futures mères vers le bloc opératoire à la première alerte.

A la poussée suivante, les jambes du bébé sortirent.

— Parfait, dit Ruby. Vous êtes géniale ! Ses jambes sont dehors, maintenant. Respirez bien.

Les épaules et les bras se dégagèrent à leur tour, et elle se mit en position, prête à attraper le bébé.

— On y est presque. A la prochaine contraction, poussez le plus fort que vous pouvez. Criez si ça vous fait du bien, hurlez, faites ce que vous voulez, mais poussez !

Enfin, la tête du bébé émergea. Son visage était bleu. A première vue, on lui aurait donné 4 au score d'Apgar — une note très basse.

— Il ne pleure pas ! s'inquiéta Ian Harris, paniqué.

Ellis s'employa à rassurer le père.

— Tout va bien. Je sais que cela peut faire peur, mais c'est courant dans le cas d'un accouchement par le siège.

Voulez-vous couper le cordon ombilical ? Ensuite, nous réchaufferons un peu ce petit bonhomme avant de lui faire un gros câlin.

Heureusement, la proposition suffit à distraire M. Harris de sa peur. Il coupa le cordon tandis que Ruby enveloppait le bébé dans une serviette chaude. Elle le plaça ensuite sur le matelas chauffant, où il reçut de l'air chaud.

— Veux-tu que j'examine le bébé pendant que tu retires le placenta ? proposa Ellis.

— Oui, s'il te plaît, répondit-elle avec un sourire.

Elle fut soulagée d'entendre bientôt bébé Harris crier et Ellis donner le bilan de santé du nouveau-né.

— Je suis ravi de vous annoncer que votre petit garçon prend une jolie couleur rose. Et il a 9 au score d'Apgar.

Elle savait que cette dernière information lui était destinée et sentit sa tension disparaître.

Tout allait bien. Mieux encore, Ellis n'avait pas mentionné une quelconque dysplasie de la hanche, pourtant courante en cas de naissance par le siège.

Finalement, bébé Harris se retrouva dans les bras de sa maman, peau à peau, et prit son premier repas de lait maternel. Après quoi, il s'endormit.

Ruby examina la jeune maman.

— Je suis contente de vous dire que vous n'avez pas besoin d'agrafes, annonça-t-elle. Félicitations.

— Sans vous, je n'y serais jamais arrivée, murmura Jennifer Harris. J'avais si peur d'être obligée de devoir passer par ce que déciderait le docteur !

Ruby sourit.

— En réalité, ici, les médecins sont tous excellents, mais je dois dire qu'Ellis Webster est tout à fait exceptionnel, ajouta-t-elle en baissant la voix. Surtout, n'allez pas le lui répéter, sinon sa tête va tellement enfler qu'il ne pourra plus franchir la porte pendant une semaine…

Jennifer pouffa de rire.

— On va vous installer dans votre chambre, poursuivit

Ruby, et vous pourrez faire connaissance avec votre bébé. Il est magnifique, dit-elle en lui caressant la joue.

— Avez-vous des enfants ? s'enquit l'heureuse maman.

— Non, répondit Ruby.

Ils y avaient songé très sérieusement, Tom et elle. Puis la leucémie de Tom avait été diagnostiquée, et cela n'avait plus jamais été le bon moment pour en reparler.

— Un jour peut-être, ajouta-t-elle d'un ton rêveur.

Une image surgit dans sa tête : elle se voyait, fatiguée et rayonnante, un bébé dans les bras. Ellis était auprès d'elle. Il lui tenait la main et caressait la tête de l'enfant.

Ridicule ! Tout à fait déplacé ! Ellis était son ami, seulement son ami. Elle ne devrait vraiment pas se laisser envahir par de telles pensées. Elle avait rendez-vous samedi soir avec un homme qui ne ressemblait en rien à Ellis : le nouveau chef de clinique du service où travaillait Tina.

Ellis ne vit pas Ruby de tout le week-end.

Il savait qu'elle avait rendez-vous avec un collègue de Tina. Il devait rester en retrait, lui laisser l'occasion de sortir de nouveau avec un homme. Même s'il n'avait qu'une envie : la jeter sur son dos pour l'emmener dans son repaire.

Ridicule. Ruby ne voyait en lui qu'un ami. Alors, il devait refouler ce désir stupide. Elle méritait de connaître de nouveau le bonheur… Dommage seulement que ce soit avec un autre que lui.

Lorsqu'il vit Ruby le lundi à l'heure du déjeuner, il arbora son plus grand sourire.

— On va manger un sandwich ensemble ?

— Avec plaisir.

Il attendit qu'ils soient assis à la cantine pour poser la question qui lui brûlait les lèvres.

— Alors, comment s'est passé ton rendez-vous ?

— Bien.

Le sourire de Ruby était un peu exagéré.

— Mais ? insista-t-il.

Elle plissa le nez.

— C'est un type gentil, mais je ne crois pas qu'il soit prêt à faire de nouvelles rencontres. J'ai l'impression qu'il n'est pas encore complètement remis de son divorce.

— Ah ! Il traîne un passé derrière lui.

Ruby eut un petit sourire.

— Tu ne crois pas que, arrivés à notre âge, nous sommes tous dans ce cas ?

— Mmh…

— Regarde, toi, par exemple, dit-elle doucement.

Ah non ! Il n'avait pas envie de parler de son passé. Ruby savait qu'il avait divorcé, mais il ne lui avait pas raconté toute l'histoire.

— Tom disait toujours que tu ne restais jamais en place parce que tu essayais de sauver toujours plus de gens pour réparer la façon dont on avait laissé mourir ta sœur.

— C'est en partie vrai, sans doute. Mais je voulais déjà être médecin, même quand Sally était encore là.

Après la mort de Sally, il avait voulu aller travailler à l'étranger plutôt que de rester dans un hôpital anglais, et cela avait creusé un fossé entre ses frères et lui. Ils ne parvenaient pas à comprendre pourquoi il prenait de tels risques, alors qu'ils avaient déjà perdu Sally. Il avait essayé de leur faire comprendre qu'il voulait sauver les femmes qui risquaient de connaître le même sort que leur sœur et que cela impliquait de travailler à l'étranger. Mais ses efforts avaient été vains. Ils lui en voulaient toujours.

— Et ce n'est pas non plus ce qui m'a poussé à devenir obstétricien, reprit-il. J'avais toujours désiré travailler en médecine d'urgence, comme Tom. Et puis, un jour, j'ai fait un remplacement dans une maternité, et j'ai été conquis. Je suis tombé amoureux de ce moment si merveilleux où on est témoin du miracle de l'apparition d'une vie toute neuve.

— C'est aussi ce qui m'a poussée à devenir sage-femme. Et je ne me lasse pas d'assister à ce moment.

— C'est encore plus beau dans un monde où tout est difficile et où on a l'impression qu'il faut vraiment un miracle pour que les choses se passent bien. Ce premier petit cri…

Chaque fois, ça lui amenait les larmes aux yeux et le rendait en même temps heureux d'être vivant.

— Tu as encore la bougeotte, hein ? dit-elle. Je sais que tu repars dans deux mois pour ton association humanitaire.

— Ça a été décidé il y a déjà un bon moment.

Et il avait vraiment envie de retourner là-bas.

Le problème, c'était qu'il avait aussi envie de rester à Londres. Mais il ne savait pas s'il en serait capable. Pas si elle se mettait à fréquenter quelqu'un et que cela devienne sérieux. Il avait promis à Tom de veiller sur elle et il tiendrait sa promesse. Mais il ne pensait pas que cette promesse l'oblige à se réjouir de la voir sortir avec un autre homme.

— De toute façon, dit-il, nous ne parlions pas de moi, mais de ton rendez-vous.

— Je dirais que c'est un type bien, mais que ce n'est pas le bon moment, répondit-elle en haussant les épaules.

— Pourrait-il être l'homme qu'il te faut si le moment était mieux choisi ?

La réponse risquait de lui faire mal, mais il voulait savoir.

— Probablement pas. Il n'y a pas eu cette petite étincelle entre nous. Alors que la première fois que j'ai vu Tom…

— Oui, je sais.

Il tendit le bras et lui pressa brièvement la main.

Grave erreur. Parce que, à ce contact, il ressentit une décharge électrique dans chacune de ses fibres nerveuses.

Cette étincelle, il savait ce que c'était. Ruby la lui déclenchait régulièrement. En comparaison, toutes ses autres rencontres, y compris celle de son ex-femme, lui paraissaient fades. Mais Ruby était vulnérable, Tom lui manquait, et sans doute n'était-elle pas encore prête à refaire sa vie. Sans compter son travail à lui…

Tout cela faisait qu'elle lui était inaccessible.

— Dis-moi, lança-t-il d'un ton léger, si tu n'as pas de

rendez-vous le week-end prochain, on pourrait peut-être faire quelque chose ensemble ? Il y a ce film d'action qui sort…

Ruby se mit à rire.

— Un film d'action ? Ellis, je t'aime beaucoup…

Comme un ami, se rappela-t-il douloureusement.

— Mais les films d'action, ce n'est pas vraiment ce que je préfère, acheva-t-elle.

— Celui-ci raconte une vraie histoire, protesta-t-il.

— Vraiment ? ironisa-t-elle. Très bien, si tu en as si envie, je t'accompagne. Mais je veux une glace et du pop-corn.

— Marché conclu.

Ce n'était pas vraiment ce qu'on pouvait appeler un rendez-vous, mais c'était suffisant. Parce qu'il n'avait pas le droit de réclamer davantage.

4.

La semaine fut très chargée dans le service. Le jour que préféra Ruby fut celui où elle aida à la naissance de jumeaux qui vinrent au monde dans un bassin d'accouchement aquatique. Les choses se passèrent exactement comme la mère des jumeaux l'avait souhaité. Tout se déroula dans une atmosphère paisible et joyeuse, et ce fut une bonne expérience pour Coral.

Le samedi après-midi, il se mit à pleuvoir, et comme prévu, Ellis vint la chercher pour l'emmener au cinéma voir le fameux film d'action. Comme promis, il lui acheta une glace et du pop-corn. Même si le film n'était pas vraiment sa tasse de thé, elle l'apprécia grâce à la compagnie d'Ellis.

Ils dînèrent dans un petit bistrot italien, de pâtes au pesto accompagnées d'une bouteille de vin rouge. Puis Ellis la raccompagna chez elle.

— Veux-tu entrer boire un café ? proposa-t-elle.

— Avec plaisir, répondit-il en souriant.

Ils s'installèrent confortablement sur le canapé pour siroter leur café.

— Tina dit que je ne devrais pas déjà renoncer à avoir des rendez-vous.

— A-t-elle prévu de te faire rencontrer un autre de ses collègues ?

— Non. Elle m'a conseillé d'essayer l'un de ces sites de rencontres sur internet…

Elle vit Ellis hausser les sourcils.

— Quoi ? Tu n'approuves pas ?

— Ruby, accepter un rendez-vous avec quelqu'un qui est l'ami d'une amie, cela garantit d'une certaine manière qu'il s'agit de quelqu'un de bien. Mais avec un site de rencontres, on a affaire à de parfaits inconnus. Et les gens ne se montrent pas toujours sincères. Ils donnent des photos qui datent de plusieurs années et déclarent s'intéresser à tout un tas de choses dans le seul but de séduire.

— Il y a peut-être des gens bizarres qui se comportent de cette manière, mais il s'agit d'une petite minorité. Les autres ne font pas ce genre de choses. Ne sois pas si cynique, Ellis. Et réfléchis. Tu as trente-deux ans, et moi vingt-neuf. A notre âge, la plupart de nos amis sont en couple. Il existe très peu de célibataires. Si ce n'est pas dans le cercle des amis ou au travail, où a-t-on l'occasion de faire des rencontres ?

— Là, je reconnais que tu marques un point.

Elle se tut quelques instants.

— En fait, tu sais quoi ? Tu devrais essayer.

— Quoi ? demanda-t-il.

— De mettre ton profil sur un site de rencontres.

Ellis fixa Ruby, dérouté.

— Pourquoi ?

— Parce que tu n'es sorti avec personne depuis un an.

— Mais si !

— Oui, par-ci par-là, mais rien de sérieux.

Non. Parce qu'il n'entretenait pas de relation sérieuse depuis son divorce. Il préférait garder les choses sur un mode léger et simple, et se concentrer sur son métier plutôt que sur sa vie sentimentale. Sans compter qu'il luttait depuis des mois contre les sentiments déplacés que lui inspirait Ruby.

— J'ai été très occupé.

— Franchement, Ellis, tu ne dois pas t'empêcher de vivre à cause de moi.

Il frissonna. Saurait-elle ?

— Je sais que Tom t'a demandé de veiller sur moi, mais ça ne doit pas se faire au détriment de ton propre bonheur.

Il se détendit.

Visiblement, Ruby ne songeait qu'à la promesse qu'il avait faite à Tom, elle ne soupçonnait pas ce qu'il ressentait pour elle. Ce qui était aussi bien. Parce qu'il ignorait ce qu'elle éprouvait pour lui, et même si elle verrait jamais autre chose en lui que le meilleur ami de son mari.

— Je suis très bien comme je suis, déclara-t-il.

— Mais ne te sens-tu pas seul, Ellis ?

— Si, parfois, mais j'ai d'excellents amis et un travail que j'adore. Ça me suffit.

S'il continuait de se le répéter régulièrement, il finirait peut-être par le croire.

Le mardi matin, à l'hôpital, Ellis reçut du tribunal une requête écrite à laquelle il ne s'attendait pas. Il partit à la recherche de Ruby pour lui en parler.

— As-tu un instant à m'accorder ? demanda-t-il lorsqu'il l'eut trouvée. Je voudrais te parler de quelque chose.

— Désolée, mais j'ai des rendez-vous toute la matinée, et je suis déjà très en retard. Tu veux qu'on déjeune ensemble ?

— Oui, très bien. Ce n'est absolument pas urgent.

Sauf que, à l'heure du déjeuner, il n'était plus disponible. Il avait été appelé pour un accouchement difficile. Lorsqu'il put faire une pause en milieu d'après-midi, Ruby était à son tour auprès d'une mère qui mettait son enfant au monde.

Finalement, il passa prendre un verre chez elle après le travail.

— Alors, de quoi voulais-tu me parler ? s'enquit-elle.

— Ce matin, j'ai reçu une requête écrite de demande d'information du tribunal.

— Du tribunal ? C'est plutôt inquiétant.

Il secoua la tête.

— Non, personne ne devrait avoir d'ennuis dans le

service. Il ne s'agit pas d'un cas de négligence ou de quoi que ce soit de ce genre. C'est à propos d'un bébé que toi et moi avons aidé à naître l'année dernière. Bébé Edwards. Ses parents se sont séparés, et Billy Edwards réclame un test de paternité.

Ruby fit la grimace.

— C'est triste… Les demandes de ce type sont fréquentes de nos jours.

— Mais là, la situation est inhabituelle. C'est pourquoi le tribunal m'a écrit. Les résultats du test de paternité montrent que Billy Edwards est bien le père du bébé.

— Si la paternité est prouvée, quel est le problème ?

— C'est que Grace Edwards n'est pas la mère du bébé.

Ruby fronça les sourcils.

— Comment ça ? Avait-elle bénéficié d'un don d'ovule et d'une fécondation in vitro ?

— Non. J'ai étudié son dossier aujourd'hui. La conception et la grossesse se sont déroulées sans intervention ni complication. Grace Edwards a simplement subi une césarienne parce que le bébé était en souffrance fœtale.

— Mais si l'ex-mari est bien le père et qu'il s'agissait de son ovule à elle, Grace ne peut qu'être la mère de cet enfant, non ? C'est une évidence biologique, Ellis.

— C'est vrai. Sauf que les tests génétiques disent le contraire. Et l'ADN ne ment pas.

— Peut-être y a-t-il eu une erreur dans les tests ?

— Ils ont vérifié en refaisant une seconde fois les tests ADN et ils ont obtenu exactement les mêmes résultats. Bébé Edwards est lié génétiquement à Billy, mais pas à Grace.

Ruby ouvrit de grands yeux.

— C'est surréaliste. Comment est-ce possible, Ellis ?

— C'est bien pour cela que le tribunal m'écrit. Je vais en discuter avec Theo Petrakis, mais je voulais d'abord t'en parler pour savoir si tu te rappelais quelque chose de particulier concernant cet accouchement.

— Non. Il faudrait que je relise le dossier pour me rafraîchir la mémoire, car je ne me souviens pas en détail de tous les accouchements que j'ai faits ici. Mais s'il s'était passé quelque chose d'inhabituel dans le cas de bébé Edwards, je ne l'aurais sans doute pas oublié.

— Je vais en parler avec un des généticiens, juste pour m'assurer que je ne passe pas à côté d'un élément important. Il est clair que, dans cette histoire, il manque une pièce du puzzle. Mais je n'arrive pas à voir laquelle.

— Si tu as besoin de moi, je suis à ta disposition.

Tout de suite, pensa-t-il, mais il se retint de le formuler tout haut.

— Merci.

Le week-end suivant, Ellis avait accepté l'invitation de Ruby à déguster un verre de vin sur son balcon pour profiter de la relative douceur de la soirée.

— Ce matin, dit-elle en fixant le parc en contrebas, Tina a recommencé à me parler des sites de rencontres sur internet. Mais je ne crois pas pouvoir jamais rencontrer quelqu'un capable de remplacer Tom.

Que dire ?

— Non, bien sûr. Mais c'est encore relativement récent.

— Tu crois que c'est trop tôt pour recommencer à sortir avec un homme ?

— Tu es la seule à pouvoir répondre à cette question Ruby…

Même s'il avait envie de lui dire de regarder ce qu'elle avait sous les yeux, il devait l'encourager.

— Tu peux toujours dresser la liste de ce que tu recherches chez un homme.

— Tu m'aiderais à le faire ?

— Sans doute Tina serait-elle plus douée que moi pour t'aider dans cette tâche.

— Mais toi, tu peux me donner ton regard d'homme, ce que ne peut pas faire ma meilleure amie.

— D'accord. On va essayer. Il nous faut d'abord un stylo et du papier.

Ruby se rendit dans le salon et revint avec un stylo et un bloc-notes qu'elle lui tendit.

— Bon. Par quoi veux-tu qu'on commence ?

— Par mon profil. Comment puis-je me décrire ?

Comme la plus belle femme du monde. Mais il n'allait pas lui dire cela. Pourtant, avec son air de lutin et ses immenses yeux bleus, Ruby lui rappelait Audrey Hepburn. Bien que, chez elle, il n'y ait rien de fragile. Ruby était forte, courageuse. Magnifique.

Il la regarda.

— Une jolie petite sage-femme ? proposa-t-il.

Elle poussa un grognement.

— Non, parce que je serais contactée par tous ces types qui fantasment sur le mythe des infirmières perverses et court vêtues. Je ne veux pas me retrouver face à ce genre de bonhomme !

— Et si on disait : « une jolie petite femme exerçant une profession libérale » ? Et j'ajouterais : « exigeante ».

— C'est vrai, je le reconnais, dit-elle en riant.

— Bon, résumons : une jolie petite femme exerçant une profession libérale, exigeante, recherche… Que recherches-tu, Ruby ?

— Quelqu'un de plus grand que moi.

— Ce n'est pas difficile, puisque tu ne mesures pas plus d'un mètre soixante, souligna-t-il avec un sourire taquin.

Elle lui donna une petite tape.

— Bon, ne parlons pas de la taille. En réalité, l'extérieur n'a guère d'importance.

— Tu ne cherches donc pas un homme ayant le physique d'une star de cinéma ?

— Aucune femme digne de ce nom ne repousserait un sosie de Brad Pitt. Mais pour parler sérieusement, c'est la personnalité qui compte le plus.

— Un bon sens de l'humour ?

— Oui, mais pas quelqu'un qui passe sa vie à ironiser. Ça me rendrait folle. Et je n'aime pas les gens qui font de l'humour en s'en prenant aux autres. Je trouve ça mesquin.

— Un homme sérieux, alors.

— Mais avec un joli sourire et sachant s'amuser.

— Comme je le disais, tu es exigeante. Un homme sérieux avec un joli sourire et sachant s'amuser… Crois-tu que tu devrais ajouter aussi : « exerçant une profession libérale » ?

— Peut-être.

Il le nota sur sa feuille.

— Quoi d'autre ?

— Pas un fou de sport. Je ne veux pas passer mes week-ends à me frigorifier au bord d'un terrain de football. Quelqu'un qui aime le cinéma, toutes sortes de musiques, et les longues promenades.

— D'accord. Et qu'attends-tu ? Une amitié ? Une histoire d'amour ?

— Les deux. Je voudrais qu'on soit amis et amants.

Oui. Tout comme lui.

— Une amitié pouvant déboucher sur une histoire d'amour.

— On dirait que tu as déjà rédigé des profils de ce genre. Ou peut-être en as-tu lu beaucoup ? insinua Ruby.

Il lui sourit.

— Je t'assure, je n'ai jamais rencontré personne par le biais des petites annonces. En général, j'ai connu des femmes au travail.

— Mais tu n'es pas sorti avec grand monde depuis que je te connais.

En partie parce qu'il n'avait rencontré personne qui lui fasse autant d'effet qu'elle. Ce n'est pas bien de sortir avec une femme quand on sait d'avance que ça ne mènera à rien, votre cœur étant déjà pris ailleurs.

— J'ai été très occupé.

— Peut-être est-ce le moment pour toi de faire une nouvelle tentative. Nous allons aussi dresser ton profil.

— Mais je n'ai pas l'intention de m'inscrire sur un site de rencontres !

— Si je le fais, tu le fais aussi ! Donne-moi le stylo et le bloc-notes.

Il les lui tendit.

— Bon. Médecin GBBr.

— GBBr ?

— Grand, Beau, Brun. Voyons, Ellis, tu connais sûrement ce sigle !

— Et aussi BSDH, dit-il, impassible. Bon Sens De l'Humour. Tout le monde met ça dans son profil.

— Tu es sérieux et profond.

Il fit la grimace.

— Autant dire ennuyeux.

— Non, tu sais t'amuser. Mais quelquefois, tu as besoin qu'on te fasse sortir de ta coquille. Sérieux et profond, répéta Ruby, avec des principes.

— Et voilà, maintenant, je ressemble à un personnage de roman victorien ! Celui qui n'obtient pas la fille dont il rêve parce qu'il est vieux jeu.

— Tu n'es pas vieux jeu, Ellis ! dit-elle en souriant. Tu as des principes… Et des fossettes.

— Des fossettes ?

Il la regarda, perplexe.

— Quand tu souris. Sais-tu que, à la maternité, j'ai entendu certaines mamans soupirer en te voyant sourire ? Comme le personnel féminin.

— Mais non, voyons ! protesta-t-il avec un grognement. Bon, arrêtons ça tout de suite.

— Eh ! Terminons ce profil d'abord ! Que cherches-tu, Ellis ?

Il pouvait mentir. Ou bien se risquer à dire la vérité.

— Une femme brillante et pétillante, capable de faire sortir mes fossettes.

— Ah, c'est très bien. Végétarienne ?

— Non, pas nécessairement. Je cherche quelqu'un qui

apprécie la bonne chère, les films et les promenades le long de la mer.

— Une amitié débouchant peut-être sur une histoire d'amour ?

— Ça me paraît très bien. Bon, qu'est-ce que ça donne ?

Il se pencha pour lire ce qui était noté sur le bloc-notes. Puis il revint à la page où il avait décrit le profil de Ruby.

— Jolie petite femme exerçant une profession libérale cherche homme sérieux exerçant une profession libérale, doté d'un joli sourire et sachant s'amuser, aimant les films, la musique et les longues promenades, afin de nouer une amitié pouvant déboucher sur une histoire d'amour, lut-il à haute voix.

Ruby s'empara du bloc-notes et tourna la page.

— Médecin GBBr, sérieux et profond, avec des principes, cherche jeune femme brillante et pétillante capable de lui faire sortir ses fossettes. Recherche une fan de cinéma qui apprécie les promenades au bord de la mer, afin de nouer une amitié pouvant déboucher sur une histoire d'amour.

Il poussa un grognement.

— Cette histoire de fossettes, c'est vraiment pathétique.

— Mais non ! On la laisse. Tes fossettes sont adorables.

Elle revint à sa propre liste.

— Tu sais quoi, Ellis ? Les critères que j'ai décrits pourraient parfaitement te correspondre.

Il sentit son cœur faire un bond.

Etait-ce l'occasion qu'il attendait ? Ruby était-elle en train de suggérer qu'elle serait prête à sortir avec lui ?

— Et ma liste pourrait bien te décrire, toi aussi, dit-il doucement.

Ils échangèrent un long regard. On aurait dit que l'air s'était mis à bourdonner autour d'eux.

Devait-il faire le premier pas ?

Si Ruby réagissait mal, il pourrait toujours dire demain matin que c'était à cause du vin. Il se confondrait en excuses et sauverait leur amitié. Et si elle réagissait bien…

— Peut-être que nous n'avons besoin ni l'un ni l'autre de nous inscrire sur un site de rencontre, dit-il.

Ruby ne repoussa pas cette idée et n'eut pas l'air horrifié.

Alors, il se pencha vers elle et s'autorisa enfin ce qu'il rêvait de faire depuis un an et même davantage.

Il s'empara délicatement de ses lèvres.

5.

Ruby sentit des picotements sur sa bouche dès qu'Ellis posa ses lèvres sur les siennes. C'était chaud. Doux. Une exploration plus qu'une exigence. Délicat. Chaque baiser, chaque caresse lui faisaient désirer davantage.

Elle avait rêvé de cet instant, mais la réalité était bien différente. C'était délicieux — et terrifiant. Délicieux, parce qu'elle savait maintenant que l'attirance qu'elle éprouvait pour Ellis était réciproque. Terrifiant, parce que si tout cela tournait mal, elle risquait de le perdre. Or, elle n'aurait pas la force de supporter à nouveau la perte d'un être aimé.

Lorsqu'il s'écarta, il avait le regard sombre. Se sentait-il inquiet ? Coupable ? Ou les deux ? Elle n'aurait pu le dire.

— Désolé, dit-il. Je n'aurais pas dû faire ça. Je…

Il se tut en esquissant une grimace.

Prise de panique, elle lui saisit la main.

— Non. Ellis, toi et moi… Nous sommes des amis.

— Oui, bien sûr.

— J'aime être avec toi.

— Oui, sans doute.

Maintenant, il parlait d'un ton poli et neutre. Pensait-il avoir fait une erreur ? Ou bien avait-il peur qu'elle ne pense que c'était une erreur ?

Elle devait prendre des risques, se montrer sincère.

— Ellis, tu corresponds à tous les critères de ma liste. Mais si je sors avec toi… J'ai peur, Ellis. Tu n'as pas souvent de petite amie attitrée, et quand tu en as une, ça ne dure jamais longtemps. Et dans deux mois, tu retournes travailler pour ton association caritative.

— Pour une mission d'un mois, oui. Comme tu le sais, je vais aider à monter un nouveau dispensaire au Zimbabwe.

Elle le regarda, apeurée.

Il y avait tant d'instabilité dans ce pays. Les risques étaient énormes.

Comme s'il avait deviné le cours de ses pensées, Ellis prit la parole d'un ton calme.

— Il s'agit d'une zone assez reculée qui a vraiment besoin d'aide. Surtout en obstétrique. Il y a si peu de personnel médical, là-bas, alors que beaucoup de drames pourraient être facilement évités.

C'était cela qui l'attirait là-bas, elle le savait. Le besoin de sauver des femmes comme sa sœur.

Oui, il avait besoin d'aller là-bas. Mais y séjournerait-il le temps d'installer le dispensaire, ou plusieurs mois ?

— Et que se passera-t-il après cette mission d'un mois ?

— Pour l'instant, je n'ai pas encore la réponse…

De toute évidence, s'ils sortaient ensemble, elle souffrirait.

Elle ne dit rien, mais Ellis dut voir de l'inquiétude dans son regard.

— D'accord, dit-il. Oublions ça et restons amis.

— Oui… Enfin, non.

Elle secoua la tête.

— Je ne sais pas. Je ne m'y attendais pas.

— Je suis désolé.

— Moi pas. Enfin, si. Et… Je ne suis pas très claire, n'est-ce pas ? dit-elle en faisant la grimace.

— Non, pas très.

Elle nota une lueur d'amusement dans son regard.

Peut-être était-ce le moment de lui parler franchement.

— J'avais envie que tu m'embrasses…, avoua-t-elle.

Ellis resta impassible.

Etait-elle en train d'arranger les choses ou de les aggraver ?

— Mais, en même temps, ça me fait peur. Je ne peux

pas me permettre de te perdre, Ellis. Je ne supporterais pas de ne plus te voir. Et tes histoires sentimentales ne durent jamais longtemps. Tu as dit toi-même que la vie en couple ne t'attirait pas, même quand tu étais avec ton ex-femme. Et tu vas bientôt repartir à l'étranger, sans même savoir quand tu reviendras.

— Si je ne me suis pas mis en couple, c'est parce que je n'ai jamais connu de femme qui me donne vraiment envie de passer ma vie à son côté.

Elle ne connaissait pas tous les détails concernant le mariage d'Ellis. Lorsqu'il lui en avait parlé, il avait affirmé n'être plus amoureux de son ex-femme. Mais lorsqu'il disait n'avoir jamais rencontré quelqu'un qui lui donne envie de vivre en couple, faisait-elle partie du lot ? Ou bien était-elle celle qui pourrait le faire changer d'avis ?

— Et puis, dit-elle, tu es le meilleur ami de Tom. Je me sens coupable.

— Te sentais-tu coupable lorsque tu es sortie avec le collègue de Tina ?

— Non.

— Alors, quelle différence y a-t-il entre sortir avec lui ou avec moi ?

— Toi, je te connais.

A ses yeux, Ellis comptait, même si elle ne voulait pas vraiment l'admettre. Et puis, le monde avait besoin de gens comme lui, d'êtres généreux qui puissent changer les choses. Lui demander de rester à Londres serait égoïste de sa part.

Elle lui tenait toujours la main. Il lui caressa doucement la paume avec son pouce.

— Tu pourrais faire comme si tu ne me connaissais pas, suggéra-t-il. Faire comme si je répondais simplement à ta petite annonce. .. Ruby, tu voudrais recommencer à sortir, mais en même temps tu as peur, n'est-ce pas ?

— C'est vrai.

— Parce que tu crains que ça ne se termine mal ?

S'il lui avait posé cette question à propos d'un autre

homme, elle aurait répondu non. Mais s'agissant de lui, oui, elle avait peur que les choses tournent mal et qu'il disparaisse de sa vie.

— Je ne sais pas, dit-elle, l'esprit de plus en plus confus.

— Quels seront tes horaires de travail, vendredi ?

— Je serai de service tôt le matin.

— Alors, pourquoi ne pas nous donner une chance vendredi soir ?

— Avoir un vrai rendez-vous, tu veux dire ?

— Oui, c'est cela.

Elle prit une profonde inspiration.

— Pour faire quoi exactement ?

— Dîner, peut-être. Danser. Ce que tu veux.

Est-ce qu'il l'embrasserait encore ?

A cette pensée, elle sentit son corps s'enflammer.

Prendrait-elle le risque de sortir avec lui ? Et d'affronter la culpabilité qui l'envahissait à l'idée de nouer une nouvelle relation ?

— Ruby ?

Elle avala sa salive.

— D'accord. Mais à condition que chacun paye sa part.

Ellis fronça les sourcils.

— Non. Lorsque j'invite quelqu'un à dîner, je tiens à payer. Et ça n'implique rien de plus, si c'est ce qui t'inquiète. Un dîner n'est qu'un dîner. Point final.

— Alors, la prochaine fois, c'est moi qui t'inviterai, d'accord ?

— Ce n'est pas vraiment dans mes habitudes.

— Je vois.

— Alors, Ruby, veux-tu dîner avec moi vendredi ?

— Je…

— Nous passerons une soirée agréable et détendue. Nous nous habillerons avec élégance, nous ferons un bon repas arrosé d'un bon vin, et nous irons danser, si cela te dit.

C'était tentant. Mais, en y réfléchissant bien, Ellis était la dernière personne avec qui elle devrait sortir. Ils n'attendaient pas la même chose de la vie. Il avait été un merveilleux soutien pour elle pendant la maladie de Tom et après sa mort, mais elle savait qu'elle ne pourrait pas le retenir toujours auprès d'elle. Ce ne serait pas loyal. Et leurs styles de vie respectifs n'étaient pas compatibles, lui toujours en mouvement, elle très casanière.

Elle voulut donner le change et masquer l'état de confusion dans lequel elle se trouvait.

— Tu sais danser ? demanda-t-elle.

— Ce sera pour moi l'occasion de le savoir, et pour toi de le découvrir. Tu n'auras qu'à mettre des hauts talons et du rouge à lèvres.

Il lui posa un baiser sur les doigts.

— On se voit demain au travail, dit-il. Et vendredi, je viendrai te chercher à 19 heures.

Ruby referma sa porte, un peu sonnée.

Elle avait rendez-vous avec Ellis Webster.

Elle n'arrivait pas à croire qu'elle avait accepté. Ni même lui avoir dit qu'il l'attirait et qu'il correspondait en tout point à ce qu'elle recherchait chez un homme.

Lui qui fuyait les relations à long terme, il aurait dû prendre ses jambes à son cou ! D'autant plus qu'il allait repartir à l'étranger sans même savoir quand il reviendrait…

Mais il ne s'était pas enfui. Il lui avait demandé de sortir avec lui, et il avait ajouté qu'elle aussi correspondait en tout point à ce qu'il recherchait chez une femme.

Tout semblait parfait : un bonheur qu'elle n'avait jamais espéré retrouver un jour, et avec un homme que Tom avait apprécié et aimé comme un frère.

Mais ce pouvait aussi être la pire des erreurs. Quel impact cela aurait-il au travail, si les choses se passaient mal entre eux ? Ellis n'était pas seulement son ami, c'était aussi un collègue avec qui elle adorait travailler.

Et qu'arriverait-il lorsqu'il s'en irait ? Entretiendraient-ils une relation à distance ? Trouveraient-ils un compromis ? Ou alors, tout se terminerait-il de la pire des façons ?

Elle allait devoir se montrer très, très prudente.

Au beau milieu d'une matinée particulièrement chargée dans le service, Ellis reçut un appel téléphonique d'une échographiste.

— Docteur Webster, puis-je vous demander votre avis ?

— Bien sûr. Quel est le problème ?

— J'ai des inquiétudes à propos du bébé d'une future maman que je suis en train d'examiner. Il montre des signes d'anémie fœtale. Le flux sanguin est un peu trop rapide.

— Quel âge a ce bébé, et qui est la sage-femme de la maman ?

— L'enfant a vingt-six semaines, et la sage-femme, c'est Ruby.

— Très bien. J'arrive tout de suite, et je vais voir si Ruby peut venir avec moi.

Celle-ci était en pleine consultation, mais elle promit de le rejoindre dès qu'elle aurait terminé.

L'échographiste le présenta à la patiente, Mme Perkins.

— Le Dr Webster va nous donner son avis, dit-elle.

Dès qu'il regarda l'écran, il sut que l'échographiste avait vu juste : le flux sanguin du bébé était réellement trop rapide.

— Est-ce que mon bébé a des problèmes ? demanda Helen Perkins d'un ton inquiet.

— Pour l'instant, dit-il, il ne s'agit que de prendre des précautions, aussi tâchez de ne pas vous faire de souci. Il se peut que le bébé souffre d'une légère anémie, mais nous pouvons y remédier.

En consultant la fiche médicale de la patiente, il vérifia son groupe sanguin et comprit d'où venait le problème.

— Je vois que vous êtes Rhésus négatif. Et je lis ici que vous avez reçu des injections anti-D.

— Oui. Ce n'est pas la chose la plus agréable au monde,

mais ça vaut la peine de tout faire pour maintenir le bébé en bonne santé.

De toute évidence, on lui avait expliqué que si le bébé était Rhésus positif, son organisme à elle développerait des anticorps qui traverseraient le placenta et attaqueraient les globules rouges du bébé, provoquant une anémie. Les injections d'anti-D devaient empêcher son organisme de développer des anticorps. Sauf que, apparemment, ça n'avait pas fonctionné.

— Le groupe sanguin de votre mari est-il Rhésus positif ? interrogea-t-il.

— Oui. C'est pour cette raison qu'on m'a fait des injections d'anti-D, parce que le sang du bébé avait des chances d'être Rhésus positif, lui aussi.

A cet instant, Ruby entra dans la pièce.

— Bonjour, Helen, dit-elle en souriant à Mme Perkins. Comment allez-vous ?

— Moi, je vais bien, mais ils pensent que mon bébé souffre d'anémie, répondit Mme Perkins. Pourtant, j'ai eu toutes ces injections d'anti-D. Je n'en ai pas manqué une seule.

— Il existe un cas où l'anti-D ne fonctionne pas, dit Ellis en venant s'asseoir près d'elle. Votre dossier médical dit qu'il s'agit là de votre premier bébé. Mais puis-je vous demander si vous avez déjà été enceinte auparavant ?

— Non, je ne crois pas.

— Il est possible que vous ne vous en soyez pas rendu compte, dit doucement Ruby. Vous avez pu avoir un retard de règles et penser que c'était dû au stress, et vos règles ont ensuite été plus abondantes que d'habitude.

— Je…, commença Mme Perkins.

Elle secoua la tête, et une larme roula sur sa joue.

— C'est tellement stupide ! Je n'arrive pas à me rappeler…

— Cela a pu se passer il y a longtemps, expliqua-t-il. Il arrive souvent qu'une femme tombe enceinte, qu'elle ne s'en rende pas compte et qu'elle perde le bébé avant même d'avoir soupçonné qu'elle en attendait un. Si cela vous est arrivé, il est fort possible que votre organisme ait déjà été sensibilisé aux anticorps, et en conséquence, le recours à l'anti-D s'est avéré inefficace pour vous.

— Alors, c'est ma faute si le bébé souffre d'anémie ?

— Absolument pas ! Vous avez fait exactement tout ce qu'il fallait, mais ce sont des choses qui arrivent. Je voudrais procéder à certains tests, madame Perkins. J'aimerais prélever un échantillon du sang du bébé.

— Comment ferez-vous ?

— On prélève un minuscule échantillon sanguin à l'aide d'une aiguille. Pour vous, ce ne sera pas agréable parce que l'aiguille doit traverser l'abdomen pour atteindre l'utérus. La procédure est la même que pour une amniocentèse.

— Oh ! je ne m'inquiète pas pour moi ! Je veux juste que le bébé aille bien.

— Je vous promets que nous vous surveillerons de très près, dit Ruby. Vous n'avez pas à vous inquiéter.

— Nous pouvons prélever cet échantillon ici, dès maintenant, proposa-t-il, ou bien attendre que quelqu'un vienne vous tenir compagnie, si vous préférez.

— J'aimerais que Joe soit là. C'est mon mari. Il devait assister à l'échographie, mais il a eu une urgence au travail.

De nouveau, une larme coula sur sa joue.

— Si j'attends, je fais peut-être courir un risque au bébé ?

Ruby lui passa un bras autour des épaules tandis qu'Ellis lui tendait un mouchoir en papier.

— Mais non, dit-il d'un ton rassurant. Nous pouvons parfaitement attendre que votre mari soit là.

— Que se passera-t-il si le bébé a de l'anémie ?

— Je ne veux pas vous effrayer, mais une anémie sévère peut provoquer une défaillance du cœur, et même entraîner la mort de l'enfant. Mais cet échantillon sanguin nous permettra de savoir si le problème est sérieux ou non, et s'il le faut, nous ferons une transfusion de sang au bébé.

La pauvre Mme Perkins semblait sous le choc.

— Vous voulez dire que mon enfant va naître aujourd'hui ? Mais je n'en suis qu'à vingt-six semaines de grossesse ! Ce n'est pas possible ! Mon bébé ne va pas arriver maintenant ?

— Non, pas aujourd'hui, affirma Ellis. S'il doit y avoir une transfusion, cela se fera grâce à une aiguille alors que l'enfant est encore dans votre utérus. Nous pratiquerons une anesthésie locale pour que vous ne sentiez rien, mais cela veut dire que vous devrez rester ici toute la nuit. Nous devrons recommencer cela tous les quinze jours jusqu'à la naissance du bébé, mais les transfusions arrêteront l'anémie.

— Voulez-vous que je téléphone à Joe de votre part ? proposa Ruby.

— Oui, s'il vous plaît. Mais si le bébé souffre d'anémie, comment se fait-il que je ne me sois aperçu de rien ? Et je suis sûre d'avoir mangé plein de légumes verts, et de la viande rouge deux fois par semaine.

— Franchement, déclara Ellis, vous n'y êtes pour rien. Et la façon dont vous vous nourrissez est parfaite pour vous et pour le bébé. Tâchez de ne pas trop vous inquiéter. Je repasserai vous voir dans l'après-midi, d'accord ?

L'échantillon sanguin du bébé révéla qu'il souffrait d'une anémie assez préoccupante. Ellis et Ruby se rendirent auprès de M. et Mme Perkins.

— Est-ce que notre bébé va bien ? demanda Mme Perkins.

— L'échantillon montre qu'il souffre d'anémie, répondit Ellis. Comme je vous l'ai expliqué, nous allons y remédier en pratiquant une transfusion sanguine.

— Le bébé va recevoir cette transfusion alors qu'il est encore dans le ventre de sa mère ? interrogea M. Perkins. N'est-ce pas dangereux ?

— La méthode est assez invasive, c'est vrai, reconnut Ruby, et il existe un risque, certes très faible, qu'elle provoque une fausse couche ou le déclenchement précoce du travail.

— Et que se passera-t-il si l'enfant ne reçoit pas la transfusion ? demanda M. Perkins.

— L'anémie s'aggravera, et d'autres problèmes se présenteront.

— Lesquels ?

— Le bébé risque d'avoir des problèmes cardiaques. Et, je suis désolé de vous dire cela, dans le pire des scénarios votre femme pourrait accoucher d'un enfant mort-né.

M. Perkins était à présent pâle comme un linge.

— A mon avis, continua Ellis, même si le traitement est invasif, la transfusion sanguine est indispensable. Les avantages sont bien supérieurs aux risques.

— Si nous acceptons, que va-t-il se passer ? demanda Mme Perkins.

— Nous vous ferons une anesthésie locale pour insensibiliser la zone, ainsi vous ne sentirez rien, promit Ellis. Nous vous donnerons un sédatif pour vous détendre, et un autre sédatif au bébé pour nous assurer qu'il ne bouge pas pendant la procédure.

— Cela veut dire que, après, vous ne sentirez pas le bébé bouger pendant un petit moment, indiqua Ruby. Mais c'est tout à fait normal, et l'effet du sédatif se dissipera pour vous deux au bout de deux ou trois heures.

— Nous ferons une échographie qui nous montrera la position du bébé, précisa Ellis. Ensuite, nous lui injecterons quelques millilitres de sang en plantant l'aiguille dans le cordon ombilical, ce qui permet au sang d'être mieux absorbé.

— Cela n'aura lieu qu'une fois ? demanda Mme Perkins.

— Nous ferons une échographie chaque semaine afin de voir comment va le bébé, dit Ellis. Mais il est très probable qu'il aura besoin d'une transfusion toutes les deux à quatre semaines jusqu'à sa naissance.

— Quel sang va-t-il recevoir ? s'enquit M.Perkins.

— Le sang d'un donneur soigneusement vérifié. Groupe O Rhésus négatif, précisa Ellis. A partir de maintenant, vous êtes sous ma responsabilité et celle de Ruby, aussi vous nous verrez toujours lorsque vous viendrez à l'hôpital. Et si vous avez le moindre souci à n'importe quel moment, je veux que vous nous appeliez ou que vous veniez nous voir. D'accord ? C'est pour cela que nous sommes là. Pour veiller sur vous et vous rassurer.

— D'accord, dit Mme Perkins. Nous le ferons. Quand aura lieu la première transfusion ?

— Aujourd'hui. Et j'aimerais que vous restiez ici cette nuit pour qu'on puisse garder un œil sur vous.

— Je suis d'accord, dit M. Perkins. S'il arrivait quelque chose, Helen, tu serais sur place.

— Mais les risques qu'il arrive quelque chose sont vraiment infimes, assura Ellis. Y a-t-il quelqu'un que vous voudriez prévenir ?

— Non, dit M. Perkins, mais puis-je rester avec Helen pendant cette intervention ?

— Oui, bien sûr, confirma Ruby.

La procédure ne prit que quelques minutes, et pendant son déroulement, Ruby ne cessa de parler aux Perkins, leur expliquant chaque étape et s'assurant qu'ils voyaient bien le bébé sur l'écran. Elle leur montra le petit cœur qui battait régulièrement afin de les rassurer et de leur prouver que l'administration d'un sédatif ne nuisait en rien à l'enfant.

— Comme vous l'a dit Ruby, rappela Ellis, l'effet du sédatif disparaîtra au bout de trois heures environ. Ne vous inquiétez pas si vous ne sentez plus l'enfant bouger pendant un petit moment. Je vais vous prescrire des antibiotiques afin d'être sûr que vous n'attrapiez aucune infection. Mais si vous sentez que cela brûle ou vous fait mal, ou bien s'il apparaît une rougeur ou un saignement dans la zone où j'ai planté l'aiguille, dites-le immédiatement aux infirmières, d'accord ? Je repasserai vous voir.

Après qu'Helen Perkins eut été transférée dans une chambre, Ruby fit un clin d'œil à Ellis.

— Voilà quelque chose que tu n'aurais pas pu faire au milieu des champs ou dans un tremblement de terre, dit-elle doucement. Et tu as adoré cela, pas vrai ?

Celui-ci lui sourit

— Empêcher qu'un drame ne se produise ? Oui, tu as raison. Ce que j'aime le plus, c'est le sentiment de pouvoir changer le cours des choses.

Maintenant qu'Ellis avait vu qu'il pouvait être aussi utile dans un hôpital londonien que dans une association humanitaire, elle espérait de tout son cœur que cela l'incite à revenir à Londres une fois sa mission terminée.

— Es-tu toujours d'accord pour vendredi ? s'enquit-il.

Elle hocha la tête.

— Oui, toujours.

— Parfait.

Soudain, il se pencha vers elle et l'embrassa sur la bouche.

— Ellis !

— C'était juste pour vérifier. A plus tard, je vais aller m'assurer que Mme Perkins est bien installée.

Elle était prête à parier que, dans la soirée, Ellis téléphonerait pour prendre des nouvelles de sa patiente. Il était comme cela : un homme bon, soucieux des autres.

L'idée de sortir avec lui l'excitait et la terrifiait à la fois.

Cela pourrait être tellement merveilleux ! Mais si cette mission d'un mois lui faisait prendre conscience qu'il aimait avant tout bouger ? Voudrait-il qu'elle l'accompagne à l'étranger ? Elle n'avait pas envie de quitter le London Victoria. Elle adorait son travail dans cette maternité.

Elle savait aussi combien il tenait à sa liberté. Il faudrait donc que l'un d'eux se sacrifie. Elle ne voulait pas qu'il ait des regrets ou qu'il se sente piégé. S'il revenait à Londres après sa mission, ce devait être parce qu'il aurait envie d'être avec elle, et non parce qu'il se sentirait des obligations envers elle ou envers Tom. Pour rien au monde elle ne voulait le voir renoncer à quelque chose pour elle, tout comme elle avait le sentiment qu'Ellis ne souhaitait pas la voir renoncer à quelque chose pour lui.

Peut-être ferait-elle mieux de renoncer à ce rendez-vous. Oublier combien Ellis l'attirait et se montrer raisonnable. Trouver quelqu'un d'autre, quelqu'un qui serait heureux de rester à Londres…

Le problème, c'était son attirance pour Ellis qui grandissait de jour en jour. Surtout depuis qu'elle avait découvert que c'était réciproque et qu'Ellis ne la voyait pas seulement comme une amie.

Peut-être devrait-elle cesser de se torturer l'esprit. Il n'y avait qu'à laisser faire les choses. Et espérer que tout se passe bien.

6.

La journée du vendredi s'avéra très chargée, et Ruby s'en réjouit car cela l'empêcha de penser à son rendez-vous avec Ellis. Rentrée chez elle, elle passa un temps fou à choisir ce qu'elle allait porter. Elle finit par opter pour une petite robe noire qu'elle aimait bien et chaussa des escarpins assortis.

Elle achevait de se maquiller lorsqu'on sonna à la porte. Consultant sa montre, elle vit qu'il était 19 heures pile.

Le cœur battant, elle alla ouvrir.

Ellis était là, incroyablement beau, sanglé dans un costume sombre. Il avait mis une chemise blanche et une cravate de soie.

Avec un petit sourire timide, il lui tendit un bouquet de roses roses.

— J'ai pensé que des roses rouges seraient un peu trop criardes.

Etait-ce le fruit de son imagination, ou était-il tout aussi nerveux qu'elle ?

Elle lui sourit.

— Merci, Ellis. Elles sont magnifiques. Je vais les mettre dans l'eau. Entre, je t'en prie.

— Tu es superbe…

Il se pencha, sans doute pour lui donner un baiser sur la joue, et leurs têtes se heurtèrent.

Ellis lui lança un regard gêné.

— Désolé. Je ne voulais pas te faire de mal. Je… heu…

— Tout va bien, assura-t-elle.

Mieux que bien, en réalité, car cette maladresse prouvait qu'il était aussi mal à l'aise qu'elle.

Tandis qu'elle mettait les fleurs dans un vase, Ellis la regarda faire, appuyé contre le comptoir de la cuisine.

— J'ai réservé une table dans un restaurant pas très loin d'ici, dit-il. Il fait doux, ce soir. Veux-tu que nous y allions à pied ou préfères-tu que j'appelle un taxi ?

A cet instant, il jeta un coup d'œil à ses escarpins.

— Ah, oublie ça. Nous irons en taxi.

— Tu m'avais dit de mettre des hauts talons, lui rappela-t-elle en souriant. Mais tu as raison, il fait bon ce soir, allons-y à pied. Je vais prendre une paire de chaussures plates, je me changerai en arrivant au restaurant.

Durant le trajet, leurs mains se frôlèrent à plusieurs reprises, jusqu'au moment où Ellis entremêla ses doigts aux siens. Il garda alors sa main dans la sienne pendant le reste de la promenade. Ce doux contact déclencha chez elle des picotements qui la troublèrent au point qu'elle ne trouva plus rien à dire. Finalement, elle se raccrocha au travail.

— J'espère que tout va bien se passer pour Mme Perkins.

— J'en suis sûr. Mais c'est toujours angoissant pour les parents quand il arrive quelque chose de ce genre. En fait, c'est un des rares cas où j'en viens à proposer une césarienne précoce, dans l'intérêt du bébé.

— Je te rejoins sur ce point. Il vaut mieux renoncer au type d'accouchement qu'on avait prévu, plutôt que…

Elle se tut. Ils savaient tous les deux quel était le pire des scénarios en cas d'anémie fœtale.

— Oui, dit Ellis d'un ton grave.

Lorsqu'ils arrivèrent au restaurant, elle troqua ses chaussures plates contre ses escarpins et laissa son sac et son manteau au vestiaire.

Alors qu'ils se dirigeaient vers leur table, elle entendit un craquement et trébucha. Elle dut s'agripper au bras d'Ellis pour ne pas tomber.

Elle venait de briser le talon de son escarpin !

— Heureusement que je suis venue avec d'autres chaussures, dit-elle avec un petit sourire forcé. Je vais retourner au vestiaire les mettre.

— Je suis désolé.

— Ce n'est pas ta faute. C'est moi qui suis maladroite. Ne m'attends pas, je te rejoindrai à notre table.

Elle ôta ses escarpins et retourna pieds nus au vestiaire.

C'était bien la peine d'avoir fait des frais de toilette ! Mais elle ne devait pas laisser sa déception gâcher la soirée, se dit-elle en allant retrouver Ellis dans la salle du restaurant.

Après qu'ils eurent commandé leur repas et une bouteille de sauvignon blanc de Nouvelle-Zélande, ce fut au tour d'Ellis de se montrer maladroit : alors qu'il était en train de remplir le verre de Ruby, il le heurta, et le vin se répandit sur la nappe. Quelques gouttes arrivèrent sur les genoux de Ruby.

— Oh non ! s'écria-t-il, horrifié. Je suis désolé.

— Tout va bien, dit-elle. Cela va sécher. De toute façon, c'est du vin blanc, alors la tache s'en ira au lavage.

Elle lui sourit.

— Nous voilà à égalité en ce qui concerne la maladresse, ce soir. Un point partout.

— Oui, mais je suis vraiment désolé, Ruby. Nous étions censés passer une charmante soirée.

Jusqu'à présent, cela ressemblait davantage à un désastre.

— Ce n'est pas grave, assura-t-elle.

Le serveur vint changer la nappe et dresser une nouvelle table, affichant un air contrarié devant ce surcroît de travail.

La commande se faisait attendre. Des clients arrivés après eux étaient déjà servis, alors qu'Ellis et elle avaient choisi des plats très simples qui ne demandaient pas un temps de préparation particulièrement long.

— Je me demande s'ils ne nous ont pas oubliés, dit Ellis. Je vais aller voir ce qu'il se passe.

Lorsqu'il revint, il avait l'air désolé.

— Apparemment, notre commande s'était glissée sous la pile en attente. Ils vont nous servir maintenant.

— Très bien, dit-elle en s'efforçant de prendre un ton plein de gaieté.

Lorsque les plats arrivèrent enfin, elle n'eut pas le cœur de dire à Ellis que son poulet était dur et ses légumes ramollis. En le voyant jouer avec le contenu de son assiette, elle sut que le plat qu'il avait choisi n'était pas meilleur que le sien.

— Veux-tu un dessert et un café ? proposa-t-il poliment.

— Merci, mais je crois que je vais m'arrêter là.

— Moi aussi. Je vais demander l'addition.

Ils durent attendre un long moment avant d'obtenir l'addition, mais finalement Ellis put régler la note et quitter enfin le restaurant avec Ruby.

Ce rendez-vous était le pire qu'il ait jamais eu. Le repas avait été mauvais, le service pire encore et, comme Ruby avait cassé le talon de son escarpin, il ne voulait pas lui proposer d'aller danser, de crainte qu'elle ne se sente gênée. Et maintenant il ne savait pas quoi lui dire tandis qu'il la raccompagnait chez elle.

Ce qui était complètement fou, parce qu'il avait toujours été capable de parler avec Ruby.

Peut-être était-ce le signe qu'ils n'auraient pas dû avoir ce rendez-vous ? Il ne voulait surtout pas lui faire de mal. Elle méritait mieux que cela.

— Veux-tu venir boire un café ? proposa-t-elle lorsqu'ils arrivèrent devant sa porte.

En temps normal, il aurait accepté et passé un moment à bavarder avec elle. Ce soir, il avait juste envie de rentrer chez lui avant que la tension entre eux ne s'amplifie

— Non, je vais te laisser te reposer.

— Eh bien, merci pour cette soirée, dit-elle avec un sourire.

Il savait qu'elle disait cela uniquement par politesse.

— Ce fut un plaisir, répondit-il.

Ce qui ne reflétait pas du tout la vérité. En fait, tout avait été vraiment horrible. Même les rendez-vous qu'il avait eus dans son adolescence n'avaient jamais été un tel fiasco.

Au moment de la quitter, iI n'osa pas l'embrasser. Pas même un baiser sur la joue. Il lui adressa seulement un sourire gêné, attendit qu'elle soit rentrée chez elle et s'en alla.

Il se sentit très mal tandis qu'il rentrait chez lui à pied.

Finalement, une fois rentré, il envoya un texto à Ruby.

Je suis désolé pour ce soir. Ce fut un vrai désastre.

Il reçut aussitôt une réponse.

Ce n'est pas ta faute.

Vraiment ? S'il n'était pas responsable du fait qu'elle ait cassé son talon, en revanche, il aurait dû mieux choisir le restaurant.

Il reçut un autre message.

Si tu t'es senti aussi nerveux que je l'étais moi-même, je crois que ça s'est mal passé parce que nous avons tous les deux essayé d'en faire trop.

« Nerveux » ?

Oui. Il s'était senti nerveux. Inquiet à l'idée qu'il pouvait tout gâcher. Et, de toute évidence, Ruby avait eu la même crainte. Ils n'avaient même pas été capables de bavarder librement comme ils le faisaient toujours.

Il était grand temps d'arranger tout cela.

Il composa le numéro de Ruby.

— Salut, Ellis, dit-elle.

— Salut ! Tu as vu juste, Ruby. J'étais nerveux, moi aussi. Ce qui est stupide, parce que nous nous connaissons depuis longtemps, toi et moi.

— C'est vrai.

— Si nous étions sortis ensemble comme nous le faisons habituellement, en toute simplicité, nous aurions ri de tous ces incidents. Mais, tu as raison, comme il s'agissait d'un rendez-vous, nous voulions que tout soit parfait, et ça nous a rendu les choses plus difficiles.

— Sans doute, dit-elle d'un ton neutre.

— Peut-être pourrions-nous faire une nouvelle tentative. Mais cette fois, nous resterons dans la simplicité et ne nous mettrons pas la pression.

— A quoi penses-tu ?

— Nous pourrions faire une promenade dimanche matin, si tu es disponible et s'il fait beau. Et après, nous pourrions aller déjeuner quelque part.

— Génial. A quelle heure ?

— Je passerai te chercher à 10 heures, d'accord ? Et pas de hauts talons, cette fois.

Elle éclata de rire.

— Sûrement pas, si nous devons nous promener. D'accord. Dimanche, 10 heures.

Après avoir raccroché, il se sentit beaucoup mieux.

Et encore mieux le dimanche matin, en voyant le soleil briller dans le ciel d'un bleu limpide. Ce serait une belle matinée de septembre, propice à une promenade au milieu d'une végétation parée des couleurs de l'automne — un mélange d'or, de rouge et de bronze.

Lorsque Ruby lui ouvrit la porte, il l'embrassa sur la joue, et cette fois sans lui heurter la tête ni éprouver aucun embarras. Tout semblait juste, tout simplement.

Il sentit le doux parfum floral qu'elle portait, et des picotements sur ses lèvres lorsqu'il les posa sur sa joue.

Elle lui avait paru magnifique vendredi soir avec sa petite robe noire et ses hauts talons, mais ce matin il la trouvait tout aussi sublime avec son jean délavé, sa chemise de soie bleue qui faisait ressortir la couleur de ses yeux et ses chaussures de sport. Une petite Vénus miniature, pensa-t-il, avec des rondeurs qu'il aurait aimer toucher…

Mais aujourd'hui il devait prendre les choses sur un mode léger.

Ils se rendirent en métro à Kew, où Ruby insista pour payer les tickets qui donnaient accès aux jardins.

— Tu as payé le dîner de vendredi, alors c'est mon tour. Inutile de discuter.

— D'accord, à condition que tu me laisses t'offrir le déjeuner.

— Entendu, dit-elle avec un sourire.

Il prit plaisir à marcher avec elle dans les jardins jusqu'à l'Arboretum, où ils empruntèrent la passerelle qui parcourait la canopée. A plusieurs reprises, sa main frôla celle de Ruby, jusqu'au moment où il entremêla ses doigts aux siens. Ce léger contact déclencha chez lui une onde de chaleur qui l'envahit tout entier.

Aujourd'hui, tout semblait tellement plus naturel que lors de leur rendez-vous raté de vendredi soir ! Peut-être que ça finirait par marcher entre Ruby et lui…

Ils s'arrêtèrent dans un café pour déjeuner d'une soupe chaude, de pain artisanal et de fromage.

Le repas était beaucoup plus simple que celui qu'ils avaient pris au restaurant, mais le service était bien meilleur. Il se sentait détendu, et cette fois il profita pleinement de la compagnie de Ruby au lieu de s'angoisser à l'idée qu'un nouvel incident risque de tout gâcher.

Ils se promenèrent dans les serres main dans la main, puis marchèrent dans les allées jonchées de feuilles mortes. Il se baissa pour ramasser un marron d'Inde.

— Il est de la même couleur que tes cheveux, dit-il avec un sourire en le donnant à Ruby.

— Merci. C'est très poétique, Ellis.

Et elle mit le marron dans sa poche en souriant.

Ce sourire fit perdre la tête à Ellis. Il ne put résister à l'envie de prendre Ruby dans ses bras et de l'embrasser.

Comme elle lui rendait son baiser, il la serra plus étroitement contre lui. Elle lui passa les bras autour du cou, pressant son corps contre le sien. Les yeux clos, il accentua son baiser, avec le sentiment que le soleil de cette fin d'après-midi d'automne emplissait son cœur.

Lorsqu'il s'écarta, il vit que Ruby avait les pupilles dilatées et les pommettes toutes roses. Il eut envie de lui dire qu'il la trouvait magnifique, mais les mots lui semblaient bien fades pour exprimer ce qu'il ressentait. Alors, il lui vola un dernier baiser en espérant qu'elle avait deviné ce qu'il avait en tête.

Comme la lumière du jour commençait à baisser, ils prirent le métro pour regagner l'appartement de Ruby.

— Je n'ai pas envie que cette journée se termine déjà, dit-elle sur le pas de sa porte. Veux-tu rester dîner avec moi ?

— Avec grand plaisir. Je te servirai de marmiton, si tu veux.

— Volontiers.

Il connaissait bien la cuisine de Ruby pour y avoir préparé quelques repas lorsque la maladie de Tom s'était aggravée. Il avait voulu soulager Ruby et aussi s'assurer que Tom et elle mangent assez pour garder leurs forces.

Ruby sortit d'un placard une bouteille de vin blanc dont elle lui montra l'étiquette.

— Il ne s'agit pas d'un grand cru, est-ce que ça ira ?

— C'est parfait, répondit-il en souriant. Et, cette fois, j'essaierai de ne pas renverser ton verre.

Bizarrement, il n'avait aucun mal à rire ce soir de ce qui l'avait tellement gêné lors de ce rendez-vous lamentable. Il était prêt à parier que, dans les années à venir, l'une de leurs histoires préférées serait celle du pire rendez-vous de leur vie.

— Tu serais partant pour un risotto ? demanda Ruby.

— Absolument ! J'adore le risotto.

Ils le préparèrent ensemble et dînèrent dans la cuisine.

Le repas, l'ambiance, tout était parfait. En guise de

dessert, Ruby servit de la crème glacée accompagnée de petits sablés.

— Cette journée a été vraiment délicieuse, dit-elle après qu'ils eurent fini de dîner et de faire la vaisselle.

— Moi aussi, j'ai adoré. Mais maintenant, je ferais mieux de te laisser.

Il lui avait déjà pris une bonne partie de sa journée. En vouloir davantage serait abuser.

— Oh ! je n'ai pas grand-chose à faire ! J'avais l'intention de m'installer sur le canapé pour regarder ce concours de danse qui passe à la télévision. Si ça te tente, je te propose de rester pour le regarder avec moi.

Comment résister à une telle invitation ?

Surtout que Ruby finit par s'asseoir sur ses genoux, blottie dans ses bras.

— Quel est ton type de danse préféré ? demanda-t-il.

— J'adore les danses de salon où la cavalière, vêtue comme une princesse, tournoie avec son partenaire dans une valse romantique.

Elle se mit à rire et fredonna quelques notes de *Moon River.*

— J'ignorais que tu savais chanter, dit-il.

— Oh ! mon répertoire est très restreint ! Tom disait que je chantais cet air-là parce que mon registre vocal était limité comme celui d'Audrey Hepburn, et que *Moon River* avait été écrit exprès pour qu'elle puisse le chanter.

— Tu me fais penser à Audrey Hepburn avec ta coiffure de lutin et tes grands yeux. Sauf que tes yeux à toi sont bleus.

Ruby prit un air ravi.

— C'est une de mes actrices préférées ! J'adore ses films. Et ceux de Grace Kelly aussi.

Des films qui finissaient bien ? Voilà quelque chose qu'il ne pouvait pas lui promettre.

Ne voulant pas gâcher l'ambiance, il ne dit rien et la garda simplement contre lui.

La danse suivante était une valse, mais elle n'avait rien

à voir avec le style romantique que Ruby disait apprécier. Celle-ci évoquait quelque chose de sombre, de violent et de sensuel.

— Cette chorégraphie est tout à fait surprenante, commenta Ruby. Ah, pouvoir danser de cette façon avec quelqu'un…

Il ne put résister à la tentation.

— Veux-tu danser avec moi ?

— Maintenant ? Attends… Es-tu en train de me dire que tu es capable de danser comme ça ?

— J'ai été en mission pour mon association en même temps qu'une femme médecin originaire d'Argentine. Elle nous a appris à danser le tango. Et cette danse, là, sur l'écran, ressemble plus à un tango qu'à une valse.

— Ellis, tu m'étonneras toujours, dit Ruby avec un sourire plein de sensualité. J'adorerais danser avec toi.

— Alors, va mettre des hauts talons. Pendant ce temps-là, je pousserai les meubles contre les murs pour nous faire un peu de place.

Lorsqu'elle revint, chaussée de hauts talons, il chercha sur son iPod une musique qui convienne et baissa le son de la télévision.

— Prête ?

Ruby hocha la tête.

— Tu n'as plus qu'à me suivre, dit-il.

La musique était à la fois sexy et intense, comme la danse elle-même. Les yeux de Ruby avaient foncé, ils étaient devenus presque bleu marine.

Il adorait la tenir dans ses bras, la serrant tout contre lui tandis qu'ils évoluaient au rythme de la musique. A la fin, il la renversa en arrière, la retenant solidement. En voyant sa gorge nue, comme offerte, il ne put résister à l'envie de la couvrir de baisers.

— C'est comme cela que c'était censé se passer, vendredi soir, dit-il d'une voix enrouée.

— Ellis, je… Je n'imaginais pas que tu savais danser ainsi.

— Dans l'équipe, nous avions quelqu'un qui jouait vraiment bien de la guitare. Il nous accompagnait pendant que Sofia nous apprenait les pas du tango.

— Je n'imaginais pas que vous aviez le temps de vous distraire, en mission. Je pensais que vous étiez totalement pris par votre travail.

— C'est le cas, mais on se débrouille pour avoir des moments à soi, même au milieu d'une zone dévastée. Ça aide à tenir le coup.

— Je comprends. Ellis, serait-ce abuser que te demander de me faire danser encore une fois ?

Il aurait préféré la porter jusqu'à son lit, mais il eut la force de résister à la tentation. Ce qu'il voulait, c'était lui faire plaisir.

A la fin de la seconde danse, il s'abstint d'embrasser Ruby, conscient qu'il risquait de perdre le contrôle de lui-même.

— C'était incroyable, dit-elle doucement. Merci.

Elle lui sourit.

— Vous êtes quelqu'un de bien mystérieux, Ellis Webster.

— Peut-être. Et si nous regardions la suite du spectacle ?

Reprenant sa place sur le canapé, il installa Ruby sur ses genoux. A la fin de l'émission, il lui donna un baiser léger.

— Maintenant, je dois vraiment y aller. Je travaille de bonne heure demain matin.

— Merci pour cette belle journée, Ellis, dit-elle en lui rendant son baiser. Elle m'a vraiment plu. Est-ce que… nous pourrions recommencer ?

— Nous donner rendez-vous ou bien danser ?

— Les deux.

Il sourit.

— Nous pourrions peut-être faire une liste des endroits où nous aimerions aller lors de notre prochain jour de congé.

— En premier, je choisirais Hampton Court Maze. Je n'y suis jamais allée.

— Alors, nous nous y rendrons la prochaine fois que nous aurons tous les deux un jour de libre.

— A condition qu'il ne pleuve pas, précisa-t-elle. Ce ne serait pas aussi amusant de déambuler dans le labyrinthe en étant trempés jusqu'aux os.

— Tu as raison.

Il l'embrassa encore.

— Dors bien, Ruby. On se voit demain, au travail.

7.

Blottie dans les coussins du canapé, Ruby feuilletait distraitement une revue médicale lorsqu'un article attira son attention.

Le cas qu'il évoquait rappelait celui dont Ellis lui avait parlé — cette femme qui avait accouché d'un enfant dont l'ADN ne correspondait pas au sien.

Elle devait montrer cet article à Ellis.

Le lendemain matin, elle alla le trouver au moment de la pause.

— Aurais-tu un moment ? demanda-t-elle.

— Bien sûr. Quel est le problème ?

— J'espère qu'il s'agit plutôt d'une solution. Tu te souviens des tests ADN qui disaient que Grace Edwards n'était pas la mère biologique de son bébé ?

— Oui.

— En as-tu parlé avec Theo ou avec l'équipe de généticiens ?

— Seulement à Theo pour l'instant, et il est aussi intrigué que moi par cette situation. Pourquoi cette question ?

— Parce que j'ai peut-être une théorie à te proposer. Hier soir, j'ai lu un article qui parle d'un cas rappelant celui de Grace Edwards. Je te l'ai apporté, ajouta-t-elle en lui tendant la revue. Je l'ai marqué d'un Post-it. Je me trompe peut-être, mais je pense que Grace Edwards présente la même bizarrerie biologique que la femme dont parle l'article — c'est une chimère, c'est-à-dire une personne qui a en elle deux types d'ADN au lieu d'un seul.

Ellis parcourut rapidement l'article et haussa les sourcils.

— Tu pourrais bien avoir raison, Ruby. Cette femme a eu à l'origine une jumelle avec deux œufs différents fertilisés par deux spermatozoïdes différents. Puis, en tout début de grossesse, les œufs ont fusionné, et elle a absorbé sa jumelle.

— Grace aurait donc deux types d'ADN en elle, le sien et celui de sa sœur jumelle.

— Oui, c'est assez hallucinant quand on y réfléchit !

— L'article explique que si l'on a en soi deux types d'ADN, celui de la peau peut être différent de celui du cœur ou des poumons.

— Peut-être que les cellules des ovaires de Grace appartenaient à l'origine à sa jumelle et non à elle. Cela voudrait dire que sa jumelle est la mère biologique du bébé.

Ruby hocha la tête.

— Cela expliquerait pourquoi l'ADN de Grace ne correspond pas à celui de son enfant. Dans l'étude de cas exposé dans cet article, la mère a exigé qu'un témoin assermenté assiste à l'accouchement de son deuxième enfant afin de prouver qu'elle était bien la mère de ce bébé. Comme, cette fois encore, les tests d'ADN ne montraient pas de lien génétique entre la mère et l'enfant, ils ont décidé de tester l'ADN de différents organes de cette femme. C'est là qu'ils ont découvert une correspondance entre l'ADN de la mère et celui du bébé.

— Chez une chimère, il est impossible de prédire quelles sont les cellules qui appartiennent à l'une ou à l'autre des jumelles. En cas d'une recherche en filiation, la seule solution consiste en effet à effectuer des tests d'ADN sur différentes cellules pour voir s'il y a ou non un lien génétique entre la mère et l'enfant. Ruby, tu es géniale !

— Mais non. C'est par hasard que je suis tombée sur cet article.

— Mais tu as su établir aussitôt le lien avec le cas de

Grace Edwards. Maintenant, je vais pouvoir répondre au tribunal et leur suggérer de procéder à de nouveaux tests d'ADN. Puis-je t'emprunter cette revue pendant quelques jours ?

— Bien sûr, dit-elle avec un sourire. Bon, je te laisse travailler.

— Attends... Quel est ton prochain jour de congé ?

— Jeudi.

— Comme moi. Si on allait à Hampton Court ce jour-là ? A condition qu'il fasse beau, évidemment.

— Tout à fait d'accord.

— Il s'agit d'un rendez-vous, lui susurra Ellis.

Elle se sentit aussitôt envahie par une onde de chaleur.

Le mercredi fut une journée particulièrement difficile. Quand une jeune femme très maigre se présenta à la consultation prénatale sans rendez-vous, Ruby sut que ce cas ne devait pas être traité par Ellis. Cela risquait de réveiller chez lui des souvenirs trop douloureux.

— Je ne peux rien garder dans l'estomac, expliqua Mme Bywater. Je souffre de nausées terribles toute la journée. J'ai lu plein de livres qui parlent de ce problème, et j'applique à la lettre tous les conseils qu'ils donnent, mais rien n'y fait. Ma mère m'a dit de venir vous consulter car cela fait déjà un mois que je vomis tout le temps. J'ai beaucoup maigri au lieu de prendre du poids.

— Je pense que vous souffrez de ce qu'on appelle l'*hyperemesis gravidarum*. C'est une forme sévère des nausées liées à la grossesse qui atteint une femme sur cent environ. Parfois, on retrouve cela d'une génération à l'autre dans la même famille. Savez-vous si votre mère a souffert de cela ? Ou bien avez-vous une sœur qui a connu le même problème ?

— Je n'ai qu'un frère. Je ne crois pas que ma mère ait eu ce genre de nausée quand elle était enceinte, mais je sais qu'elle a fait une dépression postnatale. J'imagine que je vais en avoir une, moi aussi, ajouta-t-elle avec un petit sourire forcé.

— Pas nécessairement. Cependant, nous veillerons sur vous et vous apporterons toute l'aide nécessaire.

Elle tendit à sa patiente un verre d'eau fraîche.

— Buvez cela lentement. L'échantillon d'urine que vous m'avez donné montre que vous êtes déshydratée. Je vais vous faire hospitaliser afin que nous puissions analyser votre sang et vous mettre sous perfusion.

— Et je cesserai d'avoir ces nausées ?

— Vous en êtes à douze semaines de grossesse, dit Ruby en consultant ses notes. Je regrette de devoir vous dire cela, mais souvent l'*hyperemesis* se prolonge jusqu'à la vingtième semaine, et chez certaines femmes plus longtemps encore.

— Oh non ! s'écria Mme Bywater. Je ne crois pas que je pourrai le supporter. Je me sens tellement malade tout le temps. Si cela doit durer encore des mois et des mois…

Elle frissonna.

— Il y a certaines choses que vous pouvez faire, dit Ruby. Par exemple, tenez un journal de bord et notez ce que vous mangez ainsi que les moments où vous êtes malade. Cela vous permettra d'observer s'il y a des heures où vous avez davantage de nausées et si c'est associé à certaines nourritures. Il vaut mieux que vous mangiez peu et souvent plutôt que de faire de gros repas. Et lorsque vous arrivez à avaler quelque chose, vous devez ensuite rester assise bien droite sur votre chaise pendant un petit moment afin de réduire le risque de reflux gastrique.

— Et ne pas me laver les dents tout de suite après avoir mangé, et boire souvent de petites gorgées d'eau froide ou sucer un glaçon, et aussi prendre l'air aussi souvent que possible, compléta la patiente en levant les yeux au ciel.

Ruby lui sourit.

— Je vois que vous avez lu tous les bons ouvrages ! Ce sont là d'excellents conseils. Je vais vous faire hospitaliser au moins pour la journée, et peut-être resterez-vous aussi demain pour mieux vous reposer. Il faut vous mettre sous perfusion pour vous réhydrater.

Lorsqu'elle se mit en quête d'un obstétricien, le premier qu'elle trouva fut Ellis.

— Tu n'es peut-être pas le médecin le plus indiqué pour t'occuper de cette patiente, dit-elle prudemment. Je préférerais que quelqu'un d'autre la prenne en charge.

— Pourquoi ?

— Parce que cette future maman souffre d'*hyperemesis.*

Ellis tressaillit.

— Au contraire, protesta-t-il, je suis exactement la personne qu'il faut pour la soigner !

— Es-tu vraiment sûr de le vouloir ? demanda-t-elle en lui posant la main sur le bras.

— Oui. Je sais que tu es pleine de bonnes intentions à mon égard et je t'en remercie, mais j'ai besoin de le faire.

Elle était certaine qu'il se comporterait en vrai professionnel, comme toujours. Il ferait en sorte que ce qui était arrivé à Sally n'arrive pas à cette patiente. Mais à quel prix ? S'occuper de ce cas risquait de rouvrir chez lui de vieilles blessures.

Refoulant ses craintes, elle l'emmena au chevet de Mme Bywater.

— Je vous présente le Dr Webster, dit-elle. Il a beaucoup d'expérience et va pouvoir vous aider.

— Merci. Je… Oh ! excusez-moi !

La patiente mit la main devant se bouche. Il était clair qu'elle était prise d'une nouvelle nausée.

Ruby lui tendit un haricot.

— Allez-y, c'est fait pour ça.

Lorsque Mme Bywater eut fini de vomir, Ruby fit disparaître le haricot en s'assurant qu'elle en avait un propre à portée de main au cas où Mme Bywater serait reprise de nausées.

— Ma pauvre, je vous plains, dit Ellis d'un ton compatissant. Buvez un peu d'eau pour vous nettoyer la bouche.

— J'ai appris par Mme Fisher que je pourrais être malade jusqu'à la vingtième semaine, ou même davantage, murmura Mme Bywater d'une voix éteinte.

— Malheureusement, elle a raison. Mais nous pouvons vous venir en aide de différentes façons. Il faut d'abord vous réhydrater. Nous allons aussi faire une analyse de sang pour savoir exactement ce dont vous avez besoin.

Si le médecin qui s'était occupé de Sally avait fait cela avant de l'hydrater et s'il lui avait donné de la thiamine, elle n'aurait pas développé une encéphalopathie de Wernicke…

— On utilisera probablement la solution de Ringer, qui vous redonnera du calcium et du potassium. Et vous devez vous reposer, poursuivit-il. J'imagine que vous ne dormez pas très bien ?

— Je suis malade même la nuit. Et j'ai mal aux côtes à force de vomir tout le temps. J'ai même craché du sang ce matin. J'ai eu peur, c'est pour cela que je suis venue vous voir.

— Ne vous inquiétez pas pour ce saignement. Il est sans doute dû à une rupture de petits vaisseaux dans votre gorge. Cela n'a rien de grave.

Il lui préleva rapidement un échantillon de sang pour l'analyser.

— Nous pouvons aussi vous donner des médicaments qui diminueront vos nausées, ajouta-t-il.

— Cela ne risque pas de faire du mal à mon bébé ?

— Autrefois, les anti-nauséeux pouvaient créer des problèmes chez l'enfant, mais les médicaments modernes sont sans danger. Et ils vous aideront à vous sentir mieux.

— Tout ce que je veux, c'est retrouver l'impression d'être normale. Je crois que je n'aurai pas d'autre enfant si mes grossesses doivent toujours se dérouler de cette façon !

— Les femmes qui souffrent d'*hyperemesis* ont tendance à subir cela chaque fois qu'elles sont enceintes. Il faudra que vous preniez ce problème en compte et que vous fassiez en sorte d'avoir toute l'aide et le soutien nécessaires la prochaine fois que vous attendrez un enfant.

— Il n'y aura pas de prochaine fois. Je ne veux pas me retrouver une seconde fois dans cette situation.

— Ruby va finir de s'occuper de vous. Dès que j'aurai les résultats de votre analyse de sang, je saurai quoi mettre dans votre perfusion. Et vous allez vous sentir beaucoup, beaucoup mieux dans quelques heures, je vous le promets.

— Merci, docteur. Vous avez été si gentil.

— C'est pour ça que je suis ici. Et si vous avez la moindre inquiétude, surtout n'hésitez pas à nous en parler, à Ruby ou à moi. Vous pouvez aussi vous adresser à n'importe quel membre de l'équipe, ils sont tous vraiment très bien. Nous ferons tout pour que vous vous sentiez mieux le plus rapidement possible. Une fois que vous serez réhydratée, je vous donnerai un médicament contre la nausée, et après, vous pourrez prendre un repos bien mérité.

Son service terminé, Ruby alla retrouver Ellis dans son bureau.

— Salut ! lança-t-elle. Je t'emmène manger une glace.

— En quel honneur ?

— Les glaces font toujours du bien au moral.

— Mais je vais très bien !

En fait, le regard absent d'Ellis disait le contraire, et elle en devinait la raison. Comme elle l'avait redouté, le cas de Mme Bywater avait réveillé chez lui de mauvais souvenirs.

— Bon, d'accord, reconnut-il. Tu as raison. Accorde-moi vingt minutes pour que j'en finisse avec cette paperasse.

— Un quart d'heure, pas plus.

Elle ne voulait pas lui laisser le temps de ruminer de sombres pensées.

Un quart d'heure plus tard, ils se rendirent dans un café

qui se trouvait au coin de la rue, et elle commanda deux sundaes.

— Mon malaise était donc si visible ? demanda Ellis.

— Non, pas du tout. Tu t'es comporté en parfait professionnel. Mais il se trouve que je bénéficiais de certaines informations.

— Je vois.

Il dégusta sa glace en silence pendant quelques instants, puis reposa sa cuiller.

— Tu sais, en voyant Sally souffrir de vomissements, ils ont pensé qu'elle avait simplement attrapé un virus. Un mois auparavant, elle avait été victime de troubles digestifs. Lorsque les nausées sont devenues violentes, personne n'a imaginé qu'elle était enceinte. Elle prenait la pilule et ne l'oubliait jamais.

Les vomissements avaient dû rendre la pilule moins efficace, se dit Ruby. Sally n'avait sans doute pas songé qu'elle devait utiliser pendant quelque temps une méthode contraceptive supplémentaire.

— Peu de gens savent que l'*hyperemesis* peut se manifester très tôt, dès le premier mois de grossesse. C'est pourquoi l'entourage de Sally a pensé qu'elle était de nouveau victime d'un virus. Le médecin qui s'est occupé d'elle voyait qu'elle vomissait beaucoup, alors il l'a mise sous perfusion pour la réhydrater, mais en omettant de vérifier d'abord son taux de thiamine.

Ruby hocha la tête.

Des vomissements prolongés diminuent le taux de thiamine dans l'organisme. Une réhydratation faite avec une solution contenant du dextrose abaisse encore plus le taux de thiamine.

— Elle a développé une encéphalopathie de Wernicke ?

Ellis hocha la tête.

— Elle a eu des troubles visuels, une démarche hésitante et des épisodes de confusion mentale. Les symptômes classiques. Mais, là encore, tout le monde a cru que c'était dû au virus. Elle a fini par avoir une CIVD.

Une coagulation intravasculaire disséminée. Ce qui peut entraîner une insuffisance organique si ce n'est pas traité.

— Elle a perdu connaissance et ne s'est jamais réveillée, continua Ellis. Mais je ne voulais pas t'attrister avec tout cela. Je suis désolé.

— Tu n'as pas à t'excuser, Ellis. Cela a dû être très dur pour toi de t'occuper de cette patiente qui souffre du même problème que celui qu'a eu ta sœur. C'était pour cette raison que je ne voulais pas que tu te charges de Mme Bywater.

— Je sais, Ruby. Mais je suis heureux de l'avoir fait, parce que j'ai l'impression d'avoir pu changer le cours des choses.

— Même si cela réveille en toi de vieilles blessures ?

— Oui. C'est dur de savoir que si Sally avait été bien soignée, elle aurait survécu, mais je pense que ce pourrait être le cas de beaucoup de mes patients. Je sais que je peux faire la différence. Et c'est une des raisons pour lesquelles j'adore mon travail. Je peux empêcher d'autres familles d'être dévastées comme l'a été la mienne.

— Tom disait que, après ce drame, tes parents se sont repliés sur eux-mêmes.

Ellis soupira.

— Maintenant que je suis plus âgé, je peux comprendre pourquoi. Ils essaient de se protéger, d'éviter de nouvelles souffrances.

— Cela a dû être vraiment dur pour toi et tes frères, surtout que vous étiez très jeunes quand c'est arrivé.

— Eux avaient respectivement seize et quatorze ans, et moi douze. Oh ! on s'en est tiré ! dit-il avec un haussement d'épaule. On était là les uns pour les autres.

— Je suis contente que tu sois proche d'eux.

— Je l'étais. Mais ça s'est gâté par la suite. Le fait que je travaille à l'étranger les a beaucoup inquiétés, et aujourd'hui encore ils n'acceptent pas mon choix. Ils pensent que je me mets en danger.

— Mais tu es en danger quand tu travailles dans une zone de guerre ou de catastrophe naturelle !

— Pourtant, je suis toujours là, sain et sauf. Je dois dire que les parents de Tom ont été pour moi comme une seconde famille. Ils ont été formidables quand c'est arrivé.

— J'en suis heureuse. Et heureuse aussi qu'ils t'aient aujourd'hui.

— Ils t'ont aussi. Et maintenant, si on changeait de sujet, Ruby ?

— Bien sûr.

Mais elle ne put s'empêcher d'y repenser durant toute la soirée.

La façon dont Ellis s'était exprimé lui donnait l'impression qu'il avait envie de repartir en mission, et peut-être ne reviendrait-il pas. Elle devait veiller à ne pas lui abandonner complètement son cœur…

Le jeudi suivant, le temps était idéal, avec un beau ciel bleu et un air vif. Une journée d'automne parfaite.

Ellis et Ruby prirent le train jusqu'à Hampton Court.

— Quel superbe endroit ! s'exclama Ruby en découvrant la résidence royale.

— Veux-tu que nous visitions d'abord les jardins, au cas où le temps se gâterait ? proposa Ellis.

— Bonne idée. J'ai vraiment très envie de voir le labyrinthe. Il paraît que c'est le plus ancien labyrinthe végétal qui existe.

— Il faut environ vingt minutes pour en atteindre le centre, dit Ellis en souriant. Es-tu prête à te lancer ?

— Fin prête !

Ils s'engagèrent dans les allées bordées d'ifs et empruntèrent à plusieurs reprises des voies sans issue. Il leur fallut bien plus de vingt minutes pour rejoindre le centre du labyrinthe — mais comme Ellis s'arrêtait pour l'embrasser à chaque cul-de-sac, Ruby n'était pas pressée d'arriver.

— J'adore l'ambiance sonore qu'ils ont créée ici, s'exclama-t-elle. Ces rires d'enfant et ces frous-frous de jupes, c'est comme si les fantômes du passé hantaient ce labyrinthe.

— Je t'imagine bien dans une robe de l'époque Tudor, dit Ellis en la couvant du regard. Tu serais fabuleuse, vêtue d'un velours bleu de la même couleur que tes yeux.

Elle lui vola un baiser.

— Quel poète vous faites, docteur Webster ! Moi, je te vois bien avec une cape et un chapeau de velours cramoisi évoquant la pourpre royale.

Il éclata de rire.

— Si nous allions visiter le palais, à présent ?

En entrant dans le bâtiment, ils découvrirent que les visiteurs pouvaient emprunter une cape de velours rouge.

— Nous devrions le faire, suggéra-t-elle en souriant.

— Absolument.

Elle le trouva très beau avec sa cape. Elle n'avait aucun mal à l'imaginer en courtisan de l'époque des Tudor. Il était aussi grand, aussi fort et aussi séduisant que le jeune roi Henri VIII lui-même.

Elle adora la chapelle avec son plafond bleu et or, et la grande galerie qui avait vu jouer autrefois les comédiens de Shakespeare. Mais ce qui capta le plus son attention, ce furent les cuisines, notamment celle consacrée au chocolat.

— Elle a été construite au XVIIe siècle par les souverains Guillaume et Marie, leur expliqua le guide. Le chocolat était alors une boisson très chère, réservée à l'aristocratie. Le cuisinier chargé de le préparer jouissait d'un statut privilégié au palais. Il était l'une des rares personnes autorisées à servir le roi dans ses appartements privés.

— Le chocolat qu'ils buvaient à l'époque était-il différent de celui que nous avons aujourd'hui ? demanda-t-elle.

— Tout était fait à la main. Les fèves de cacao étaient

chauffées et broyées jusqu'à former une pâte qu'on versait ensuite dans des moules pour former de petits gâteaux.

— Et l'on mangeait ces gâteaux ? demanda Ellis.

— Non. A l'époque, on ne croquait pas le chocolat, on le buvait. On mélangeait l'un de ces gâteaux avec de l'eau, du vin ou du lait, on ajoutait du sucre et des épices — les plus prisées étaient la vanille et le piment. Et, tous les matins, le roi prenait une tasse de chocolat chaud accompagnée de friandises.

Le guide leur sourit.

— Si cela vous intéresse, vous pouvez assister cet après-midi à une démonstration de fabrication de chocolat à l'ancienne et ensuite goûter à ce breuvage. Les démonstrations ont lieu toutes les heures.

— C'est très tentant, dit Ruby.

Ils laissèrent le guide s'occuper d'autres visiteurs et continuèrent leur promenade dans le palais.

— Je vous imagine très bien, Tina et toi, prenant votre petit déjeuner en buvant du chocolat chaud et en dégustant des friandises, ironisa Ellis.

Elle se mit à rire.

— Sache que c'est un des grands plaisirs de la vie.

— J'avais raison, tu es une hédoniste.

— Absolument ! Il faut savoir profiter de la vie, Ellis.

— Oui, c'est vrai, dit-il en la prenant par la taille.

Après avoir exploré le palais, ils retournèrent dans les cuisines assister à la fabrication du chocolat. Au moment de la dégustation, Ruby apprécia celui à la vanille, alors qu'Ellis préférait celui au piment.

— Tu es comme les explorateurs espagnols qui ont découvert le chocolat, dit Ruby. Je te vois comme l'un d'entre eux — un vrai conquistador.

Ellis n'était pas un citadin. C'était l'homme des grands espaces sauvages. Tout le contraire d'elle. Il l'avait taquinée en la traitant d'hédoniste, mais elle n'avait jamais vu l'intérêt de faire du camping, de dormir par terre et de se priver d'eau courante. Bref, ils étaient très différents l'un de l'autre…

Mais, pour l'instant, elle était bien décidée à profiter du moment présent et de ce délicieux sentiment qui naissait entre eux.

Le dimanche après-midi, Ruby partit faire du shopping avec Tina qui allait être la marraine de sa nièce et qui était à la recherche d'un cadeau. Ruby lui avait promis de l'aider à trouver quelque chose.

— Dommage que cela n'ait pas marché entre Roger et toi, dit Tina en faisant allusion à son nouveau collègue.

Ruby haussa les épaules.

— C'est un gentil garçon, mais je ne suis pas sûre qu'il soit prêt à nouer une nouvelle relation. Il m'a donné l'impression de ne s'être pas remis de son divorce, le pauvre.

— Et toi ? T'es-tu inscrite sur un site de rencontres sur internet ?

— Pas encore.

Tina lui lança un regard inquisiteur.

— Me cacherais-tu quelque chose ?

Oui, mais il était trop tôt pour en parler. De toute évidence, l'attirance qui existait entre Ellis et elle était réelle, mais serait-il jamais prêt à entretenir une relation durable ?

— Oh ! Pourquoi n'essayerais-tu pas cette robe, Tina ? suggéra-t-elle. Je suis certaine qu'elle t'irait très bien.

— Tu cherches à faire dévier la conversation. Cela veut dire que tu me caches vraiment quelque chose. Bon, tu as le choix. Ou bien tu me racontes tout maintenant, ou bien je te soumets à un interrogatoire en règle au moment du café, et tu devras alors tout me dire.

— Je n'appelle pas cela un choix, Tina !

— Je suis ta meilleure amie, Ruby. A qui d'autre vas-tu te confier ?

— C'est vrai. Bon, très bien. Oui, je vois quelqu'un, mais nous n'en sommes qu'au tout début.

— Qui est-ce ?

— Nous voulons tous les deux garder cela secret.

— Tu sais bien que je n'irai jamais le dire à personne ! Qui est-ce, Ruby ?

— Ellis.

— Ellis ? Tu veux dire Ellis Webster ?

— Pourquoi es-tu si étonnée ? rétorqua Ruby. Est-ce parce qu'il était le meilleur ami de Tom ?

— Non, ce n'est pas cela.

— Alors, c'est quoi ?

— Je me rappelle que Tom disait qu'Ellis était incapable de se stabiliser. Il est revenu en Angleterre depuis dix-huit mois environ, mais n'a-t-il pas prévu de repartir pour son association humanitaire ?

— Il s'est engagé pour une mission d'un mois qui doit démarrer dans quelques semaines. Mais ça ne veut pas dire qu'il restera là-bas après. Si Billie décide de faire une pause dans sa carrière, Theo proposera peut-être le poste à Ellis.

— Mais Ellis est-il prêt à s'installer en Angleterre ?

— Je ne sais pas, avoua-t-elle.

— C'est ce qui m'inquiète, dit doucement Tina en la serrant dans ses bras. S'il a encore la bougeotte, tu risques de souffrir.

— Ou bien, nous pouvons décider de rester simplement amis.

— Peut-être. Que souhaites-tu vraiment, Ruby ?

— Continuer à voir Ellis. Et j'aimerais qu'il ait envie de rester en Angleterre. Cela fait un moment que j'ai des sentiments pour lui. Alors que j'étais sur le point de m'inscrire sur ce site de rencontres, je lui ai demandé son avis sur la liste de critères décrivant mon idéal d'homme. Il s'est trouvé qu'il correspondait en tout point à ma liste.

Elle marqua une pause.

— Je l'ai alors taquiné et lui ai demandé de faire la

même chose. Il est apparu que je correspondais parfaitement à son idéal de femme. Alors, nous avons pensé que nous devrions faire un essai.

— J'espère vraiment, dans votre intérêt à tous deux, que ça marchera entre vous. Tant qu'il te rend heureuse. Mais si jamais il te faisait du mal…

— Il ne le fera pas. Pas volontairement.

— Ne t'accroche pas trop à lui, conseilla Tina. C'est un type bien, mais il a la bougeotte, et pas toi.

— Comme je te l'ai dit, nous n'en sommes qu'au tout début. Et maintenant, si tu essayais cette robe ? proposa Ruby d'un ton léger.

Pendant que Tina se livrait à ses essayages, elle s'interrogea. Son amie avait-elle raison ? Ne devrait-elle pas prendre ses distances avec Ellis ? Ne nourrissait-elle pas de trop d'espoirs ? Ou bien était-il tout simplement trop tôt pour se poser des questions sur l'avenir et devait-elle profiter du moment présent ?

8.

A la fin de la semaine, Helen Perkins fut informée que son bébé devait subir une nouvelle transfusion sanguine intra-utérine. Ce fut Ellis qui s'occupa d'elle.

Ruby était là pour soutenir Helen et Joe.

Elle aimait la façon dont Ellis s'adressait aux Perkins, leur expliquant tout ce qu'il faisait et répondant à toutes leurs questions sans jamais leur laisser croire qu'elles pouvaient être stupides. Elle aimait aussi le voir s'attarder un moment, une fois la procédure terminée, au lieu de se précipiter vers la patiente suivante.

Le Dr Webster était décidément un homme bien.

Ellis tourna l'écran vers les Perkins pour qu'ils voient battre le cœur de leur bébé et se sentent ainsi rassurés.

— Voilà un bébé qui fait un petit somme, dit-il. C'est tout à fait normal, puisqu'il a reçu un sédatif. Tout se passe comme prévu.

— Merci, docteur Webster, dit Joe Perkins en lui serrant la main. Nous vous sommes très reconnaissants.

— C'est mon travail. Je préfère que vous me posiez un millier de questions plutôt que vous voir vous en aller avec des soucis plein la tête. Je ne veux pas que les futurs parents que je reçois se rongent d'inquiétude.

Et si, elle, elle lui posait des questions ? songea-t-elle. Ellis lui répondrait-il aussi honnêtement qu'il le faisait avec ses patients ? Ou bien s'enfuirait-il, pris de panique ?

Mais elle garda le silence et raccompagna les Perkins jusqu'à la chambre qu'occupait Helen.

Le lundi suivant, dans la matinée, Theo fit venir Ellis dans son bureau.

— Billie aimerait revenir dans un mois et demi et reprendre son travail, mais à temps partiel. Je pense que nous aurons besoin d'un autre obstétricien à plein temps, et j'essaye de convaincre nos financiers d'accepter. Je vais sûrement y parvenir. Je sais que vous devez bientôt repartir en mission pour votre association humanitaire, mais j'espère que vous avez l'intention de revenir, car j'aimerais vous proposer ce poste. Vous faites de l'excellent travail avec l'équipe, vous êtes parfait avec les patientes, vous avez beaucoup plus d'expérience que n'importe lequel de vos collègues, et vous savez former les jeunes recrues et leur donner confiance en elles. J'aimerais vraiment que vous acceptiez de travailler ici.

— Je vous remercie, dit Ellis, mais pour l'instant je n'ai aucune idée de ce que je ferai une fois ma mission terminée, et je ne voudrais pas vous laisser dans l'incertitude.

Aurait-il envie de rester à l'étranger ? Voudrait-il rentrer à Londres pour être avec Ruby ? Cela avait-il des chances de marcher entre eux ? Il était encore trop tôt pour le dire. Et il ne voulait pas commettre la même erreur qu'avec Natalia. Ils s'étaient jetés tête baissée dans le mariage pour découvrir finalement qu'ils n'avaient rien en commun.

Ruby était-elle vraiment la femme qui lui donnerait envie de se poser ? Et que se passerait-il s'il la laissait tomber comme il avait laissé tomber Natalia ?

— Réfléchissez-y, dit Theo. Je ne vous demande pas de me donner votre réponse maintenant. Réfléchissez à ce que vous voulez vraiment faire.

— Je vous remercie.

— Si vous voulez mon avis, je pense que Ruby et vous, vous allez bien ensemble.

Ellis le regarda avec stupeur.

Theo savait-il ?

— Elle ne m'a absolument rien dit, s'empressa d'ajouter le directeur. Et aucune rumeur ne court sur vous dans l'hôpital. Rassurez-vous, vous ne faites l'objet d'aucun ragot.

— Mais alors, comment vous… ? commença Ellis.

Theo sourit.

— Je suis passé par là, moi aussi, lorsque j'ai commencé à sortir avec Maddie. Et, arrivé à un certain stade, j'ai eu besoin que l'on me secoue un peu. Pensez-y.

Son sourire s'évanouit.

— Si vous décidez d'accepter le poste que je vous offre, souvenez-vous que rien, absolument rien, ne doit perturber le travail de l'équipe.

— Je suis d'accord, déclara Ellis. Au travail, les patientes sont toujours ma priorité. Et je veille soigneusement à séparer ma vie privée de ma vie professionnelle.

— Parfait, dit Theo en lui serrant la main. Revenez me voir lorsque vous aurez pris votre décision. J'aimerais vraiment que vous acceptiez, mais à condition que vous soyez tout à fait sûr de votre choix. D'accord ?

— D'accord, dit Ellis.

Il alla trouver Ruby au moment de sa pause.

— Serais-tu libre après le travail ?

— Oui. Pourquoi ?

— J'aimerais échanger quelques idées avec quelqu'un.

— Je suis la femme qu'il te faut, répondit-elle aussitôt.

Oui, il en était convaincu, pensa-t-il. Mais cela ne lui faisait-il pas aussi peur qu'à lui ?

— Dînons ensemble, proposa-t-il. Que dirais-tu d'aller manger des tapas ?

— J'adore les tapas ! A tout à l'heure, alors.

*
* *

Leur journée terminée, Ruby et Ellis se rendirent dans un petit bar espagnol du centre de Londres.

— Je n'étais encore jamais venue, dit Ruby en s'installant à une table. Cet endroit me plait beaucoup. Qu'allons-nous commander ? Le menu propose plein de bonnes choses !

— Prends tout ce que tu veux.

Ils choisirent un assortiment de tapas accompagné d'une bouteille d'excellent *rioja*.

— De quoi voulais-tu me parler ? demanda-t-elle, devinant que quelque chose préoccupait Ellis.

— Theo m'a convoqué dans son bureau ce matin. Mais peut-être devrais-je garder pour moi ses confidences…

— Tu sais bien que je ne dirai rien à personne. Et rien d'étonnant à ce que Theo ait voulu te parler, puisque tu remplaces Billie et que son congé de maternité prend bientôt fin. Alors, j'imagine qu'elle va revenir ?

— A temps partiel.

— Et toi ? Que vas-tu faire ?

— Je travaillerai à plein temps jusqu'à ce qu'elle revienne. Ensuite, je partirai pour cette mission d'un mois à l'étranger. En fait, Theo veut recruter un autre obstétricien à plein temps, et il me propose le poste. Je devrai passer un entretien d'embauche. Il dit qu'il s'agit d'une formalité mais qu'il est obligé de publier une offre de recrutement ouverte à tous.

— Je vois.

Elle aurait aimé voir Ellis accepter la proposition de Theo, mais à condition qu'il ait vraiment envie de rester en Angleterre. Mieux valait lui poser la question sans détour.

— Je sais que tu es revenu à Londres pour être auprès de Tom, et tu es resté après sa mort parce qu'il t'avait demandé de veiller sur moi. Mais que désires-tu vraiment, Ellis ?

Ellis prit une grande inspiration.

Il voulait tout.

Il savait pourtant qu'il ne pouvait pas en même temps vivre avec Ruby et retourner travailler à l'étranger pour son association. Elle adorait son travail ici et se sentait heureuse à Londres. Il n'avait pas le droit de lui demander de laisser tout derrière elle pour parcourir le monde avec lui en ne restant jamais plus de quelques semaines au même endroit. Il allait devoir choisir. Et, de toute façon, sacrifier quelque chose.

— Ce qui se passe entre nous, c'est très nouveau, dit-il.

— En effet, acquiesça Ruby, impassible.

Il n'avait aucune idée de ce qu'elle pensait, à part le fait qu'elle souhaite n'exercer aucune pression sur lui.

Et s'il s'avérait qu'ils pouvaient avoir tous les deux ce qu'ils voulaient ?

Le mieux était de lui poser la question.

— Mon association ne recrute pas que des médecins, tu sais. Elle engage aussi des infirmières et des sages-femmes. Si je repartais en mission de façon permanente, serais-tu tentée de m'accompagner et de travailler à l'étranger ?

Ruby changea d'expression. Elle semblait très surprise. De toute évidence, elle n'avait jamais songé à cette solution.

Il se sentit pris de panique.

— Tu n'es pas obligée de me répondre tout de suite. Prends ton temps. Réfléchis-y, et nous en reparlerons plus tard.

— D'accord.

La conversation prit un tour plus léger, et lorsque leur commande arriva, ils y firent honneur tout en bavardant de tout et de rien. Pour dessert, Ruby demanda des churros avec une sauce au chocolat parfumée à la cannelle, qu'elle partagea avec lui.

— Le café est sûrement aussi bon que le reste, mais que dirais-tu d'aller plutôt le boire chez moi ? proposa-t-il.

— Bonne idée. Nous pourrons discuter plus facilement.

Il sentit une bouffée d'adrénaline monter en lui.

Cela voulait-il dire qu'elle avait déjà pris sa décision ? Irait-elle avec lui à l'étranger ou resterait-elle à Londres ?

Ils prirent le métro pour aller chez lui. Il prépara le café, sortit d'un placard un paquet de petits sablés et, n'y tenant plus, aborda sans attendre le sujet qui le préoccupait.

— As-tu eu le temps de réfléchir à ce que je t'ai dit ?

— Oui. Je sais que je vais te paraître affreusement égoïste, mais travailler pour une association médicale humanitaire ne m'a jamais tentée, Ellis. J'adore mon travail ici, et je veux rester relativement proche de ma famille et de celle de Tom. Manchester n'est qu'à deux heures de Londres par le train, et le Suffolk aussi. Si je partais travailler à l'étranger, je ne les verrais plus très souvent.

Il remplit les tasses, pensif.

Il n'ignorait pas qu'elle était très proche de sa famille et de celle de Tom. Ce n'était pas bien de lui demander de s'éloigner de ceux qu'elle aimait.

Ruby lui saisit la main.

— Mais je tiens assez à toi pour te laisser partir si c'est ce que tu veux. Jamais je ne tenterai de te retenir contre ton gré.

Cela voulait dire qu'il devait faire un choix : repartir sans Ruby ou rester à Londres avec elle. Il ne pouvait pas avoir les deux.

— Si je postule pour cette place dans notre hôpital et que, une fois ma mission finie, je reviens à Londres pour occuper ce poste — à condition, bien sûr, que Theo n'ait pas trouvé un meilleur candidat —, que se passera-t-il ? Franchirons-nous une nouvelle étape dans notre relation ?

— Est-ce ce que tu veux ?

— Franchir une nouvelle étape ? Oui.

— Mais ?

C'était tout Ruby, ça. Elle avait deviné qu'il y avait un mais.

— Mon mariage s'est mal terminé, Ruby. Cela me fait peur. Si je prends ce poste à l'hôpital et essaye de vivre avec toi, et que finalement ça ne marche pas entre nous… Je ne veux pas te faire du mal.

— Moi non plus, je ne veux pas te faire du mal. Mais que s'est-il passé ? Pourquoi as-tu divorcé ?

— J'ai connu Natalia à l'occasion d'une mission. Elle travaillait pour la même association que moi. Nous étions dans une zone frappée par de graves inondations. Ce fut un vrai coup de foudre entre nous. Nous sommes devenus amants, et puis un jour Natalia a été surprise par une brusque montée des eaux. Elle a failli se noyer. Heureusement, on a pu la sauver, mais j'ai eu peur de la perdre, et… je l'ai demandée en mariage alors que nous ne nous connaissions que depuis un mois. Elle a dit oui. Deux semaines plus tard, nous étions mariés. Je pensais qu'elle aimait son travail autant que j'aimais le mien, mais j'ai découvert alors qu'elle rêvait d'autre chose.

— Quelque chose qui ne t'attirait pas ?

— Oui. Elle pensait que, une fois mariés, nous irions vivre dans son pays ou dans le mien, probablement dans une grande ville. Moscou ou Londres, ça lui était égal.

— Et toi, tu n'avais pas envie de renoncer à tes voyages.

— Non.

— Vous n'aviez jamais abordé le sujet avant de vous marier ?

— J'avais vingt-cinq ans et manquais de maturité, tout comme elle. Nous avons décidé de nous séparer, et cela s'est fait à l'amiable. Après le divorce, nous avons perdu contact. J'espère qu'elle est heureuse aujourd'hui.

— Et maintenant, sais-tu ce que tu attends de la vie ? As-tu envie de repartir à l'étranger pour ton association humanitaire ?

— Oui, parce que j'adore mon travail. Mais j'ai aussi envie de rester avec toi.

— J'ai déjà perdu quelqu'un que j'aimais profondément, Ellis. Je ne suis pas sûre d'être prête à m'exposer de nouveau à ce risque. Peut-être ferions-nous mieux de rester bons amis.

— Est-ce ce que tu veux ?

— Oui et non. J'ai envie d'être avec toi. Mais je sais aussi que tu as besoin de faire ce que tu aimes, et jamais je ne voudrais t'en empêcher. Si tu décides de rester à Londres alors que tu as encore la bougeotte, tu finiras par te sentir pris au piège, et tu m'en voudras. Il faut que nous sachions l'un et l'autre ce que nous voulons vraiment. Nous nous connaissons depuis longtemps, mais ça ne fait que quelques jours que nous sommes devenus plus intimes. Imagine que nous découvrions que nous ne voulons pas les mêmes choses ?

— Eh bien, nous en discuterons et trouverons un compromis. N'est-ce pas cela, une relation entre adultes ?

— Sans doute. Est-ce ce que tu souhaites ? Une relation entre adultes ? Avec moi ?

— Oui. Pour l'instant, je ne peux pas te promettre que tout ira bien entre nous. Que tout sera parfait et sans nuages.

— Personne ne peut faire une telle promesse, Ellis. La vie change parfois la donne.

— Ce que je te promets, c'est de toujours essayer d'être honnête avec toi.

— C'est tout ce que je te demande. Ça me suffit.

— Alors, toi et moi…

Il lui prit la main et la porta à ses lèvres.

— Je n'arrive pas à croire que cela nous arrive.

— Moi non plus.

— Ruby…

Se penchant vers elle, il lui frôla les lèvres d'un baiser léger. Pendant un instant, elle resta tendue, puis elle poussa un petit soupir et se laissa aller dans ses bras.

C'était tout ce qu'il désirait : Ruby abandonnée, douce et chaude, dans ses bras. Et l'embrasser jusqu'à ce qu'ils en aient le vertige.

Il accentua son baiser et se retrouva bientôt allongé sur le canapé, Ruby étendue sur lui. Il avait glissé les mains sous son chemisier et lui caressait le dos.

— Désolé, dit-il. Je crois que je brûle les étapes.

Il rajusta les vêtements de Ruby et, s'asseyant sur le canapé, il l'attira sur ses genoux pour la serrer dans ses bras.

— Désolée, dit-elle à son tour en lui caressant le visage. Nous voilà en train de nous présenter mutuellement nos excuses en faisant preuve d'une extrême politesse.

— Je te désire depuis longtemps, Ruby, mais, comme tu l'as dit, ça ne fait que quelques jours que nous sommes devenus plus intimes. Je veux attendre que tu sois tout à fait prête à franchir la prochaine étape.

— Je t'en remercie. Parce que j'en ai envie moi aussi, mais…

— Je sais. Cela fait peur.

Il lui posa un baiser sur le front.

— Puis-je être franc avec toi ? Je ne souhaite pas que notre première fois ait lieu à Londres. J'aimerais que ça se passe ailleurs, dans un endroit où toi et moi n'aurions aucun souvenir.

— Cela va-t-il poser un problème ? Je parle… du passé.

— Non. Je n'essaye pas d'entrer en compétition avec Tom, et je sais que tu ne fais pas de comparaison entre lui et moi, parce que nous sommes très différents. Et j'aimais Tom comme un frère. Mais je veux quelque chose qui n'appartienne qu'à nous. J'imagine que tu es déjà allée à Paris et à Rome avec Tom ?

— Oui. Ce sont mes deux villes préférées. Avec Tom, nous avons visité Florence, Venise, Sorrente, Verone.

— Alors, écartons l'Italie. Et Paris. Mais j'aimerais un endroit aussi magique.

— Et toi ? Quel est l'endroit le plus magique où tu es allé ?

— L'Outback australien, répondit-il sans hésiter. Uluru, ou Ayers Rock, est un lieu extraordinaire. Ce rocher de grès rouge à l'aube, puis pourpre et bleu au soleil couchant… Je n'ai jamais rien vu de semblable. Et le ciel étoilé est exceptionnel, car il n'y a aucune pollution liée à l'éclairage artificiel. On lève les yeux et l'on voit la Voie lactée et les nuages de Magellan se dessiner dans le ciel. C'est un des spectacles les plus incroyables qu'il m'ait été donné de voir.

— Es-tu resté longtemps là-bas ?

— Quelques jours. J'étais en congé. J'ai pris un avion et j'ai passé deux semaines à voyager à travers l'Australie. J'ai eu le privilège de visiter Uluru en compagnie d'un aborigène. Il m'a montré les grottes, les peintures rupestres, et il m'a parlé de la culture de son peuple, notamment de la médecine traditionnelle. Sais-tu qu'ils utilisent la sève d'un arbre proche de l'eucalyptus comme désinfectant et, en inhalation, pour soigner la toux et le rhume ?

Elle sourit.

— J'aurais parié que tu avais parlé de cela avec lui. Tu aimes vraiment la nature sauvage et indomptable, n'est-ce pas ?

— En partie seulement. J'imagine que tu préfères les grandes villes ?

— Celles qui ont de beaux bâtiments, un passé historique et une bonne gastronomie. Le shopping ne me passionne pas.

— Peut-être pourrions-nous aller quelque part, juste tous les deux.

Elle ouvrit de grands yeux.

— Et franchir l'étape suivante ?

— D'abord pour passer un moment ensemble et prendre la vie comme elle vient. Nous aurons chacun notre chambre, ainsi il n'y aura aucune pression. Si ça arrive, ce sera fantastique. Et si ça n'arrive pas, nous attendrons d'être prêts tous les deux.

— Aucune pression, répéta-t-elle.

Elle lui caressa le visage.

— Penses-tu que nous ferons ce voyage bientôt ?

— Quand auras-tu trois jours de congé d'affilée ?

— Je dois vérifier sur mon agenda. Nous pourrions essayer de synchroniser nos temps libres.

Ellis lui donna un baiser léger.

— Sûr. Et nous verrons bien ce qui arrivera, ajouta-t-il.

***

Quelques jours ensemble dans un endroit où ils n'auraient aucun souvenir ni l'un ni l'autre. Un endroit où ils se construiraient de nouveaux souvenirs. Où peut-être ils feraient l'amour pour la première fois…

Ruby était partagée entre l'excitation et la culpabilité.

N'était-ce pas trop tôt, si peu de temps après la mort de Tom ? Et n'était-ce pas le début de la fin de sa relation avec Ellis ? Elle avait vu le visage de ce dernier s'illuminer quand il avait parlé de l'Outback australien et de son amour pour le travail à l'étranger. Serait-il heureux s'il restait en Europe, ou son attirance pour ses missions à l'autre bout de la planète serait-elle la plus forte ?

9.

L'idée de découvrir un nouveau coin de la planète emplissait de joie Ellis. Notamment parce qu'il allait partager cela avec Ruby. Ce serait un endroit nouveau pour tous les deux.

A l'heure du déjeuner, il se rendit dans une agence de voyage pour prendre différentes brochures proposant des week-ends dans de grandes villes européennes, puis il envoya un texto à Ruby.

J'ai une pile de brochures. Veux-tu venir ce soir après le travail pour qu'on organise notre voyage ?

Elle répondit aussitôt.

Désolée, je ne peux pas. Je travaille tard jusqu'à vendredi, et ensuite je vais à Manchester passer la journée avec ma famille.

Il ne voulut pas lui laisser voir combien il était déçu.

Pas de problème. Fais-moi savoir quand tu auras un moment de libre pour qu'on fasse cela ensemble.

Il reçut un autre texto.

Tu pourrais venir avec moi à Manchester, si ça te dit ?

Comme son petit ami officiel ?

Il n'était pas certain d'être prêt à rendre publique leur relation, et encore moins à être présenté à la famille de Ruby comme son soupirant attitré. Tant qu'il ne serait pas absolument sûr que cela marche entre elle et lui, il préférait ne pas rendre les choses trop officielles.

Il lui envoya un nouveau message.

Désolé, je travaille vendredi. Peut-être t'accompagnerai-je la prochaine fois ?

Ils se retrouvèrent finalement le dimanche suivant pour feuilleter ensemble les brochures qu'il avait rapportées de l'agence de voyage.

— Un hôtel de glace… Comme c'est romantique ! dit Ruby. Et nous pourrions peut-être voir des aurores boréales ? J'adorerais cela.

Son sourire s'effaça.

— Tom avait eu envie d'aller là-bas, mais nous n'en avons pas eu le temps.

— Je sais, dit Ellis en la prenant dans ses bras. Peut-être ferons-nous cela une autre fois. Là, nous ne pouvons pas nous absenter très longtemps, et puis rien ne garantit que nous puissions voir des aurores boréales !

— De plus, la nuit tombe vite à cette saison, nous n'aurions pas le temps de voir beaucoup de choses. Et pourquoi pas Barcelone ?

— Il paraît que la Sagrada Familia est extraordinaire. Nous pourrions choisir cette destination. Ou peut-être Vienne.

— Ah, Mozart… Comme nous ferons ce voyage à la fin d'octobre, il y aura peut-être déjà des marchés de Noël. J'aimerais beaucoup voir cela.

— Et que dirais-tu de la ville aux mille flèches ?

— Où est-ce ?

— Il s'agit de Prague, en République tchèque.

— C'est là que tu voudrais aller, n'est-ce pas ? dit Ruby en souriant.

Elle avait raison. Mais comment l'avait-elle deviné ?

— Qu'est-ce qui te fait dire ça ? s'enquit-il.

— La façon dont ton regard s'est illuminé quand tu as mentionné cette ville. Exactement comme lorsque tu m'as parlé du ciel étoilé de l'Outback australien.

— Bien observé.

Ruby commença à regarder de près la brochure sur Prague.

— Tous ces ponts sur la rivière… Prague me semble une très jolie ville. Elle rappelle un peu Florence ou Paris.

— Et en octobre nous pourrions avoir un peu de neige. Ce serait vraiment romantique.

— D'accord. Allons à Prague.

— Génial. Les hôtels ont tous l'air d'être de magnifiques bâtisses dans le style Art nouveau.

— Je vais adorer ! En tout cas, je tiens à ce que nous partagions les frais de ce voyage.

Il soupira.

— Nous avons déjà eu ce genre de conversation, Ruby. J'aimerais que tu acceptes simplement mes invitations, sans penser que cela t'engage à quoi que ce soit. J'ai juste envie de te faire plaisir.

— M'emmener passer trois jours à l'étranger, ce n'est pas la même chose que m'inviter au restaurant, Ellis.

— Je ne te le proposerais pas si je ne pouvais pas te l'offrir.

— Nous ferons moitié-moitié, insista Ruby d'un ton déterminé, en croisant les bras.

— Et si je payais l'hôtel et les billets d'avion, et toi les repas ? suggéra-t-il.

— Ainsi que les billets d'entrée dans les lieux que nous visiterons.

Sentant que ça la mettrait plus à l'aise, il accepta.

— C'est entendu.

— Parfait.

— J'essayerai de trouver un hôtel situé en centre-ville, et je réserverai deux chambres. Ainsi, il n'y aura aucune pression. Nous allons juste goûter le plaisir de découvrir ensemble un pays que nous ne connaissons ni l'un ni l'autre.

— Merci, Ellis, dit doucement Ruby. J'apprécie beaucoup.

— Je sais.

Il lui donna un baiser léger.

— Et il nous faut acheter un guide de la ville…

Elle se mit à rire.

— Qu'y a-t-il de si drôle dans ce que j'ai dit ?

— Comme tu passes ta vie à voyager, je pensais que tu étais plutôt du genre à partir à l'aventure.

— Mais non ! Lorsque j'ai la chance d'explorer un nouvel endroit, j'aime bien m'informer auparavant afin de profiter au maximum du temps que je passerai dans le pays.

— Je comprends ! J'irai acheter un guide demain, à la pause-déjeuner. Comme je suis rarement allée à l'étranger, je me sens tout excitée.

— Moi, je suis surtout impatient de passer du temps avec toi et de découvrir cette ville en ta compagnie.

— Ce programme me plaît. Si je comprends bien, je dois prendre des chaussures de marche et des vêtements confortables ?

— Et peut-être une robe habillée, si nous décidons d'aller dîner dans un endroit chic.

— Promets-moi de ne pas me renverser un verre de vin dessus ! dit Ruby en éclatant de rire.

Il rit aussi, sachant qu'elle faisait allusion à leur fameux premier rendez-vous raté.

— Je ferai de mon mieux.

Le jour du départ arriva enfin. Ils prirent le train pour se rendre à l'aéroport.

— Quel hôtel nous as-tu trouvé ? demanda Ruby tandis qu'ils faisaient la queue à l'enregistrement des bagages.

— Il se trouve juste à côté de la place Venceslas. Nous serons à dix minutes à pied de la vieille ville et à un quart d'heure de la rivière, la Vltava.

L'aéroport de Prague était à quinze kilomètres de la ville. Pour se rendre à leur hôtel, ils prirent un taxi qu'Ellis avait eu la précaution de réserver afin d'éviter la file d'attente.

La découverte de Prague, avec ses maisons blanches de quatre ou cinq étages, coiffées de toits orange, les charma. Partout où leurs regards se portaient, ils voyaient des dômes, des mosaïques et quantité de grandes fenêtres.

— C'est magnifique ! s'exclama Ruby. Ça me rappelle un peu Paris.

— A moi aussi. Mais regarde cela !

Il désigna les tours et les clochers qui se dressaient dans le ciel de Prague.

— Je comprends pourquoi on l'appelle la ville aux mille flèches ! dit Ruby. Rien qu'au sommet de cette tour, il doit bien y en avoir une douzaine. Je suis si impatiente de visiter tout cela, Ellis, ajouta-t-elle en souriant.

Il entremêla ses doigts aux siens.

— Moi aussi.

Le taxi les déposa devant leur hôtel. Un portier en uniforme vint prendre leurs bagages et les accompagna jusqu'à la réception, dont le luxe fascina Ruby. Le centre du hall, tout en marbre et en vitraux Art nouveau, était occupé par une table où était disposé un énorme bouquet de lis et de pivoines.

— Cet endroit est superbe, dit-elle dans l'ascenseur qui les menait à leurs chambres. Mais cela a dû te coûter une fortune. J'imagine que nous sommes dans l'hôtel le plus cher de Prague.

— Non, le plus cher a vue sur la rivière. Je me suis adressé à eux, mais malheureusement, leur suite présidentielle est actuellement occupée par une star de cinéma.

Ruby éclata de rire.

— Par ailleurs, ajouta-t-il, c'était légèrement au-dessus de mes moyens, ce qui n'est pas le cas de cet hôtel-ci.

— Je ne m'attendais pas à ce que… Eh bien… C'est superbe, mais je me sens un peu mal à l'aise que tu aies dépensé autant d'argent pour moi.

— Rappelle-toi ce que je t'ai dit, Ruby. J'ai envie de te faire plaisir et de te voir sourire.

— Je vois.

Elle se mordilla la lèvre.

— Excuse-moi, je me comporte comme une gamine ingrate. Je regrette, ce n'était pas ce que je voulais.

— Je sais. Mais tu ne dois pas te sentir obligée à quoi que ce soit. Nous sommes là pour passer deux jours à explorer la ville et à prendre du bon temps. Pas d'horaire, pas de programme. A une exception près : j'ai réservé une table ici pour demain soir parce qu'il y aura un orchestre. J'ai pensé que ce serait amusant de danser ensemble après le dîner.

— L'idée me plaît beaucoup.

— Allons défaire nos bagages, et nous partirons à la découverte de la ville.

— Génial ! Alors, on se retrouve dans un quart d'heure.

Il ne fallut pas plus de dix minutes à Ruby pour s'installer. La chambre en imposait par son élégance raffinée, le lit était d'une largeur incroyable et d'un grand confort, et la salle de bains, tout en marbre, était équipée d'épaisses serviettes de bain moelleuses.

— Je me sens vraiment gâtée ! dit-elle en rejoignant Ellis dans le couloir.

Il lui sourit. Ses yeux gris semblaient exprimer le même bonheur que celui qu'elle sentait bouillonner en elle.

— Très bien ! C'était l'idée. Viens, allons visiter Prague.

Ils partirent à la découverte de la vieille ville qui enchanta Ruby avec ses maisons Art nouveau, remarquables par leurs murs peints en jaune, en rose ou en blanc, coiffées d'un dôme et percées de grandes fenêtres cintrées.

Voyant une foule patienter devant un bâtiment, Ellis consulta son guide.

— Nous sommes devant l'horloge astronomique de l'hôtel de ville, expliqua-t-il. C'est la plus ancienne qui fonctionne encore. Elle montre les mouvements du soleil et de la lune à travers le zodiaque.

— Elle est si belle avec toutes ces couleurs, vert, bleu, doré, dit Ruby d'un ton admiratif. Se passe-t-il quelque chose à chaque changement d'heure ?

— Apparemment, les statues s'animent. Veux-tu que nous attendions pour voir cela ?

Juste avant que l'heure sonne, le spectacle commença, faisant apparaître les douze apôtres, puis la figure de la Mort frappa la cloche sous l'œil ravi des touristes qui avaient attendu ce moment.

— C'est surprenant que cette horloge, construite il y a six cents ans, fonctionne toujours, observa Ruby. Je suis si contente que nous soyons venus ici !

Ils déambulèrent dans la vieille ville et marchèrent jusqu'à la rivière. Avisant un petit café qui donnait sur les eaux rapides de la Vltava, ils s'y arrêtèrent pour déjeuner d'un sandwich et d'un café.

— Aimerais-tu faire une promenade en bateau ? proposa Ellis.

— Quelle bonne idée ! J'ai rarement eu l'occasion d'en faire, car Tom souffrait du mal de mer. Même une croisière sur la Tamise le rendait malade !

— Je me souviens d'un voyage scolaire dans le sud de la France où nous étions censés observer la vie marine à travers le fond de verre du bateau où nous avions embarqué. Je n'ai rien vu, car j'ai passé mon temps à chercher des sacs pour Tom qui n'arrêtait pas de vomir !

— Pauvre Tom, cela a dû être affreux pour lui… Et aussi pour ceux qui l'entouraient, ajouta-t-elle avec un sourire.

Je suis si heureuse que nous puissions parler de lui, Ellis ! Cela rend les choses plus faciles.

— Nous l'aimions tous les deux, c'est un lien de plus entre nous. Jamais je ne l'oublierai ni n'éviterai d'en parler…

Contrairement à ses parents qui ne voulaient plus jamais évoquer le souvenir de Sally.

— Je veux me souvenir de tous les bons moments passés avec lui et en sourire, poursuivit-il. Exactement comme je le fais pour Sally.

Durant toute la promenade en bateau, ils se tinrent par la main. Comme ils passaient sous un pont décoré de centaines de cadenas, Ruby les montra du doigt à Ellis.

— Tu as vu ? C'est devenu une tradition dans beaucoup de villes européennes, que les amoureux accrochent sur un pont un cadenas portant leurs initiales.

— C'est bien mieux pour l'environnement que de graver son prénom sur le tronc d'un arbre, commenta Ellis.

De retour sur la terre ferme, ils franchirent le pont Charles, admirant les statues et la vue sur les autres ponts qui enjambaient la Vltava.

— J'ai peine à croire que ce pont a près de sept cents ans, dit-elle. J'ai adoré l'histoire qu'a racontée le guide, sur le bateau, quand il expliquait que, pour rendre le pont plus solide, les bâtisseurs mélangeaient des œufs au mortier. Je me demande si c'est vrai.

— Qui sait ? En tout cas, l'histoire est jolie.

Main dans la main, ils parcoururent les rues de la ville, s'arrêtant dès que quelque chose leur attirait l'œil et consultant leur guide pour en savoir plus.

Ils trouvèrent un petit restaurant à l'atmosphère romantique qui servait de la cuisine locale. Consulté par Ruby, le serveur lui conseilla des boulettes de bœuf à la crème accompagnées d'airelles. Ellis opta pour une épaisse tranche de fromage pané servi avec une salade de pommes de terre.

— Tout cela a l'air très bon, mais peut-être pas pour nos artères, dit-elle lorsque le serveur se fut éloigné.

— Nous l'éliminerons sans mal dès demain, affirma Ellis en souriant. J'ai pensé que nous pourrions visiter le château.

— C'est très tentant.

Le repas s'avéra excellent. Après s'être partagé un pudding aux prunes arrosé de beurre fondu et saupoudré de sucre, ils regagnèrent leur hôtel en admirant la ville sous son éclairage nocturne.

Ruby ne s'était pas sentie aussi détendue depuis longtemps.

— Tu as vraiment eu une idée géniale de m'amener ici ! Merci, Ellis.

— Tu es contente ? J'en suis ravi.

Comme Ellis lui passait un bras autour des épaules, elle le prit par la taille, heureuse de ce contact.

De retour à l'hôtel, ils commandèrent un chocolat chaud qu'ils burent au bar avant de se rendre dans leurs chambres.

Le moment était-il venu ? se demanda-t-elle, le cœur battant à tout rompre.

Ellis lui donna un baiser devant sa porte puis s'écarta.

— Bonne nuit, Ruby. Dors bien.

Visiblement, il ne s'attendait pas à ce qu'elle lui propose d'entrer dans sa chambre, pas plus qu'il ne l'invitait dans la sienne.

— Toi aussi, dit-elle d'un ton enjoué avant d'entrer dans sa chambre.

Mais elle ne put s'empêcher d'en éprouver une certaine déception.

Peut-être avait-il raison. Précipiter les choses serait une erreur. Et il avait déjà commis l'erreur d'épouser Natalia dans la précipitation. Il devait se sentir aussi hésitant qu'elle.

Plus tard, allongée dans son lit, elle songea à Ellis. A leur promenade dans la ville, main dans la main. Aux baisers qu'il lui avait donnés aux moments les plus inattendus. A la chaleur et à la douceur de ses bras autour de sa taille.

Et si elle lui téléphonait ?

Elle saisit l'appareil, composa les premiers chiffres du numéro de la chambre d'Ellis, puis raccrocha.

Elle ne voulait pas tout gâcher entre eux. Demain serait un autre jour.

Demain, peut-être…

Ellis ne parvenait pas à s'endormir, l'esprit obsédé par Ruby.

Tout à l'heure, devant la porte de sa chambre, elle avait eu l'air si vulnérable qu'il avait failli la prendre dans ses bras et la garder avec lui.

Mais il ne voulait exercer aucune pression sur elle. C'était pour cette raison qu'il avait réservé deux chambres séparées. Pour qu'elle comprenne qu'il était prêt à attendre le moment où elle se sentirait prête à franchir une nouvelle étape avec lui.

Et s'il lui téléphonait maintenant ? S'il lui demandait de venir le rejoindre dans sa chambre, simplement pour qu'ils se blottissent l'un contre l'autre et dorment ensemble ?

Non, ce ne serait pas loyal. Il ne fallait pas qu'elle se sente obligée à quoi que ce soit sous prétexte qu'il avait payé les frais du voyage. Et puis, ils n'en étaient qu'au tout début de leur histoire. Il attendrait qu'elle soit prête, comme il se l'était promis. Il resterait calme, raisonnable, maître de lui-même…

Mais, oh, comme il la désirait !

10.

Le lendemain matin, après avoir pris au restaurant de l'hôtel un copieux petit déjeuner composé d'une omelette au fromage et aux champignons, de toasts, de fruits, de yaourt, d'un jus d'orange et d'un cappuccino, Ellis et Ruby montèrent dans un tramway pour se rendre au château.

Arrivés à destination, ils admirèrent le panorama qui s'offrait à eux depuis la colline.

— D'après le guide, ce château est le plus grand qui existe, expliqua Ellis.

Ruby n'eut aucun mal à le croire. Les cours se succédaient et les murs semblaient s'étendre à l'infini.

Ils se rendirent dans la partie la plus ancienne du château et s'engagèrent dans un large escalier de brique aux marches peu élevées.

— Aucun rapport avec les escaliers de nos châteaux anglais, fit-elle observer.

Ellis consulta son guide et haussa un sourcil.

— Celui-ci n'était pas destiné aux gens, dit-il.

— Non ? A qui, alors ?

— Le croirais-tu ? Il était fait pour les chevaux ! On l'appelle l'escalier des cavaliers, car ils l'empruntaient, juchés sur leurs montures, pour aller disputer des joutes dans la salle Vladislav.

Parvenus en haut des marches, ils pénétrèrent dans une immense salle, très longue, avec un plafond voûté, de grandes fenêtres et d'énormes lustres en fer.

— J'imagine très bien la scène, murmura-t-elle. Cette salle est assez grande pour que des chevaliers s'affrontent sous l'œil des spectateurs.

Ils visitèrent ensuite les jardins en terrasse qui offraient une vue exceptionnelle sur la ville depuis le mur d'enceinte.

En entrant dans une autre cour, ils découvrirent la cathédrale Saint-Guy.

— Elle me rappelle beaucoup Notre-Dame de Paris avec ses tours jumelles et sa rosace.

— Et il y a un clocher. Nous devrions y monter.

— D'accord.

L'ascension s'avéra sportive.

— Tu es toute rose, fit remarquer Ellis lorsqu'ils atteignirent le sommet.

— Tu veux souligner le fait que je n'ai pas ta forme olympique, dit-elle en faisant la grimace. Contrairement à toi qui n'es pas rouge comme une tomate et tout en sueur.

— Mais non ! Tu es adorable, dit-il en l'embrassant. Tu veux bien que je fasse un selfie de nous deux ?

— D'accord, à condition que tu m'envoies ensuite la photo sur internet.

Collant sa joue contre celle de Ruby, il prit la photo tandis qu'ils affichaient tous deux un grand sourire.

— Ma petite amie et moi au sommet de la cathédrale, comme le prouve la flèche derrière nous.

« Ma petite amie et moi ».

Elle sentit un frisson la traverser.

Ils poursuivirent leur promenade dans les autres parties du château et visitèrent les petites maisons de la Ruelle d'Or.

Elle fut fascinée par la boutique de l'herboriste, avec ses étagères étroites chargées de pots et de bouteilles et ses bouquets d'herbes qui séchaient, accrochés aux chevrons.

— C'était avec cela que l'on soignait, autrefois…

Ellis hocha la tête.

— Dans certains endroits où j'ai travaillé, on ne dispose

pas de ces potions ni de ces onguents. Même avoir de l'eau chaude est un luxe.

En l'écoutant évoquer ses missions à l'étranger, elle se rappela l'avertissement de Tina. Ce serait folie de sa part que de tomber amoureuse d'un homme qui n'avait pas envie de rester en Angleterre.

Leur visite terminée, ils s'approchèrent des stands installés devant les grilles du château et s'offrirent un *trdelnik* — un gâteau roulé en spirale autour d'un bâtonnet, qui se mangeait chaud, saupoudré de sucre et de cannelle.

— C'est délicieux ! s'exclama-t-elle dès la première bouchée. A mi-chemin entre les crêpes que l'on mange à Paris et les doughnuts que l'on trouve en Angleterre.

Marchant dans les rues pavées, ils arrivèrent dans le parc de Petrin.

— Profitons de ce que nous sommes ici pour monter dans la tour panoramique, proposa Ellis. C'est une réplique de la tour Eiffel en plus petit. Elle ne fait que le quart de sa hauteur. Mais comme elle se trouve au sommet d'une colline, elle offre une vue imprenable sur la ville.

Le vent s'était levé, et lorsqu'ils atteignirent le haut de la tour, elle constata avec surprise que l'ouvrage oscillait légèrement sous la force des bourrasques. Ellis, la voyant nerveuse, la prit dans ses bras pour la rassurer.

— Le guide disait vrai ! Le paysage vu d'ici est extraordinaire. Ce toit doré doit être celui du théâtre devant lequel nous sommes passés quand nous étions sur la rivière.

— Et, là, c'est la Maison Dansante, dit-elle en montrant le bâtiment moderne qui se dressait de l'autre côté de la rivière. Peut-être pourrions-nous aller regarder cela de plus près demain ?

— Bonne idée.

Main dans la main, ils regagnèrent leur hôtel.

— Notre table sera prête dans une heure et demie environ, dit Ellis lorsqu'ils furent devant les portes de leurs chambres. Veux-tu que l'on prenne un verre au bar avant de dîner ?

— Avec plaisir. J'irai frapper à ta porte lorsque je serai prête, d'accord ?

— Très bien.

Il l'embrassa et sourit.

— J'ai vraiment apprécié cette journée et je suis heureux de l'avoir partagée avec toi.

— Moi aussi... Même si j'ai eu un peu peur au sommet de cette tour qui oscillait !

Après s'être douchée, elle enfila la nouvelle petite robe noire qu'elle avait achetée spécialement pour ce séjour à Prague, puis elle se coiffa, se maquilla et alla frapper à la porte d'Ellis, s'en voulant un peu de se sentir aussi nerveuse.

Ellis portait un smoking et un nœud papillon.

— Tu es superbe ! s'exclama-t-elle.

— Toi aussi. J'ai très envie de t'embrasser, ajouta-t-il en la prenant dans ses bras, mais je ne voudrais pas abîmer ton rouge à lèvres.

— Tu pourras m'embrasser plus tard.

— Je prends cela pour une promesse.

— C'en est une — et je tiens toujours mes promesses.

Ils prirent un verre de vin au bar avant de se rendre à leur table dans le restaurant.

Elle jeta un coup d'œil au menu.

— Cet établissement a obtenu des étoiles au guide Michelin, Ellis !

— Je sais, et ce dîner figurera sur la note de l'hôtel.

— Certainement pas ! On a dit que je payerais les repas.

— Tu pourras toujours m'inviter à déjeuner demain. J'aimerais qu'on ne revienne pas là-dessus.

— Merci, Ellis. Mais tu n'étais vraiment pas obligé...

Le serveur leur apporta du champagne et, en guise d'amuse-bouche, des ravioles fourrés à la truffe.

— C'est divin ! s'exclama-t-elle.

Ellis sourit.

— Dans ta liste de critères, ne parlais-tu pas d'un partenaire capable d'apprécier la bonne chère ?

— Absolument ! acquiesça-t-elle en riant.

En entrée, ils dégustèrent une salade de roquette, tomate et mozzarella assaisonnée avec du vinaigre balsamique, dont ils apprécièrent la fraîcheur et la jolie présentation. Ellis eut ensuite des ravioles à la betterave parfumés à la ricotta et au thym, tandis qu'elle se régalait avec du bar grillé accompagné de petits légumes. Mais, pour elle, le clou du dîner fut la crème brûlée qu'on leur servit en dessert.

— Jamais je n'ai fait un aussi bon repas de toute ma vie, soupira-t-elle lorsqu'ils eurent terminé.

— Venant d'une fine gastronome comme toi, c'est un vrai compliment.

Après le dîner, ils dansèrent comme Ellis l'avait promis. Une femme à la voix rauque chantait du jazz, accompagnée par un piano, une basse et une guitare. La lumière tamisée créait dans la salle un climat d'intimité. Blottie dans les bras d'Ellis, Ruby était prête à danser toute la nuit.

Lorsque la chanteuse eut terminé son tour de chant, Ellis proposa de retourner au bar.

— Je crois que j'ai assez bu, ce soir, dit-elle en souriant.

— Alors, je te raccompagne jusqu'à ta chambre.

Ils prirent l'ascenseur dont les miroirs reflétaient leur image à l'infini.

— J'ai très envie de t'embrasser, dit Ellis, la voix enrouée.

— Fais-le, murmura-t-elle.

Il lui adressa un sourire qu'elle jugea le plus sexy du monde et lui administra un baiser qui ne prit fin que lorsque l'ascenseur s'arrêta à leur étage.

— Le moment est venu pour moi de te dire bonne nuit, dit Ellis lorsqu'elle s'arrêta devant la porte de sa chambre.

Elle hésita. En cet instant précis, elle savait exactement ce qu'elle voulait. Elle brûlait du désir de lui demander de rester avec elle, mais si cela allait tout gâcher ?

Jamais elle n'avait été lâche. Si les choses devaient mal tourner, eh bien, tant pis.

— Et si je n'avais pas envie que tu me dises bonne nuit ? demanda-t-elle doucement.

— Es-tu en train de me dire que… ?

— Reste avec moi, Ellis.

— Es-tu sûre que c'est ce que tu veux vraiment ?

— Tout à fait sûre.

Elle ouvrit sa porte. Alors, Ellis la souleva dans ses bras pour lui faire franchir le seuil de sa chambre.

Les rideaux étaient déjà tirés, et la pièce n'était éclairée que par la douce lumière de la lampe de chevet.

— C'est aussi romantique que la lueur des bougies, commenta Ellis.

— Et beaucoup moins dangereux ! Si on allumait des bougies dans cette chambre, on déclencherait certainement l'alarme incendie. Tu imagines ?

— Tu as toujours l'esprit si pratique ! dit Ellis en riant. C'est une des choses que j'adore chez toi… Ce que j'adore aussi, c'est ta bouche.

Du bout du doigt, il suivit le dessin de ses lèvres.

Elle ouvrit la bouche et s'empara de son doigt.

Le souffle court, Ellis posa sur elle un regard obscurci.

— Tu me rends fou, Ruby. Je te désire tellement ! Il y a si longtemps que je te veux.

— Moi aussi, je te veux.

Elle commença à lui dénouer son nœud papillon.

Il sourit.

— Ah, c'est ainsi ?

Il la fit pivoter sur elle-même et descendit la fermeture Eclair de sa robe en l'embrassant tout le long de sa colonne vertébrale, du cou jusqu'aux reins.

Débarrassée de sa robe, elle se tourna vers lui.

— A mon tour.

Et elle se mit à lui déboutonner sa chemise. Pour lui

faciliter la tâche, Ellis ôta sa veste de smoking, et elle fit glisser la chemise de ses épaules.

— Parfait, dit-elle en caressant ses pectoraux. J'ai toujours pensé que tu pourrais poser pour un grand parfum…

Elle laissa ses doigts courir sur son abdomen.

— Et tes tablettes de chocolat sont parfaites aussi.

— Attention ! Mon ego risque d'exploser.

Il l'attira à lui et l'embrassa avec ardeur.

— Tu es si belle, Ruby ! Là, maintenant, j'ai envie de te couvrir de baisers absolument partout.

— Ça me va, approuva-t-elle, les jambes molles.

— Et j'ai l'intention de prendre tout mon temps, ajouta-t-il d'une voix rauque en lui ôtant son soutien-gorge.

Il prit en effet tout son temps. Elle n'aurait su dire qui acheva de déshabiller qui, mais elle se retrouva étendue de tout son long sur les draps, les yeux clos, et elle sentit le matelas se creuser sous le poids de son compagnon.

— Te rends-tu compte à quel point j'ai envie de toi ? murmura-t-elle, n'en pouvant plus d'attente.

— J'espère que tu en as envie autant que moi. Je te désire tant que j'en perds la tête. Tu es si belle ! Encore plus belle que je ne l'avais imaginé dans mes rêves.

Galvanisée par ses caresses, elle se cambra.

— Maintenant, Ellis… Je t'en prie, maintenant.

Comme il se relevait, elle fut prise de panique. Aurait-il changé d'avis ?

Le voyant sortir de son portefeuille un petit sachet carré, elle se mordit la lèvre.

Comment avait-elle pu oublier ce détail ?

— Je n'avais aucune idée de ce qui allait réellement se passer entre nous, mais j'ai pris mes précautions.

— Toujours aussi raisonnable !

— Ce qui ne veut pas dire ennuyeux, précisa-t-il en la rejoignant sur le lit.

Ça, elle en était convaincue. Elle savait qu'avec Ellis, elle ne risquait pas de s'ennuyer.

Ce qui se passa ensuite dépassa toutes ses espérances. Ellis se révéla un amant fabuleux, au point qu'elle perdit pied dès les préliminaires.

Haletante, elle rouvrit les yeux.

— Ellis…

Elle était incapable d'aligner deux mots à la suite.

Il la serra contre lui en souriant.

— C'est bon de savoir que je peux faire perdre ses moyens à la femme la plus intelligente que je connaisse ! Mais ce n'est qu'un commencement, ajouta-t-il, malicieux.

— Tu ferais mieux de tenir ta promesse, murmura-t-elle.

— Oh ! n'aie pas peur !

Et il tint sa promesse au-delà de ce qu'elle avait pu imaginer.

Lorsque, au comble du plaisir, elle cria, Ellis poussa un long cri en écho, avant de se laisser retomber près d'elle.

Un peu plus tard, il se leva et se rendit dans la salle de bains pour se débarrasser de son préservatif. Lorsqu'il revint, il s'allongea près d'elle et la prit dans ses bras.

— Ellis, je…

— Chut. Cette nuit, laissons-nous vivre, tout simplement.

Il y avait si longtemps qu'elle n'avait pas dormi dans les bras d'un homme ! Si longtemps qu'elle n'avait pas eu le sentiment d'être protégée et chérie.

Elle tendit la main pour éteindre la lampe de chevet, se blottit contre Ellis et s'endormit dans ses bras.

Ellis resta éveillé un moment, tenant Ruby contre lui.

Ce qui venait de se passer entre eux était pour lui une révélation. Jamais il n'avait connu ça avec personne. Pas même avec Natalia.

Cela lui donnait de l'espoir pour l'avenir. Peut-être que ça pourrait vraiment marcher entre eux ?

En même temps, il se sentait pris de panique. Il avait cru

aimer Natalia, pour découvrir ensuite qu'ils n'attendaient pas la même chose de la vie.

Qu'est-ce que Ruby attendait de la vie ? Faire de nouveau un mariage où elle mènerait une vie stable, non loin de leurs familles ? Il ne savait pas s'il était capable de lui offrir ce genre de vie. Pourrait-il renoncer à ses voyages ? N'avait-il pas commis encore une erreur qui risquait de blesser une personne très chère ?

Il soupira intérieurement.

Il avait dit à Ruby : « Cette nuit, laissons-nous vivre tout simplement », et voilà qu'il se laissait envahir par le doute au lieu de profiter de l'instant présent. Il devrait suivre son propre conseil. Demain, il serait temps de réfléchir à tout ça.

Cette nuit, il goûtait le bonheur de la tenir endormie dans ses bras.

11.

Le lendemain matin, lorsque Ruby se réveilla, elle se sentit toute chaude et confortable. Se rappelant ce qui s'était passé dans la nuit, elle éprouva un certain embarras qui fit bientôt place à de la culpabilité.

Ellis lui posa un baiser sur l'épaule.

— Ruby…

Elle se tourna vers lui.

— Depuis quand es-tu réveillé ?

— Assez longtemps. Qu'y a-t-il ? s'enquit-il en lui caressant le visage.

Elle respira un grand coup.

— Toi et moi. La nuit dernière.

— Ça te pose un problème ? dit-il d'un ton neutre.

— Oui. Non.

Elle ferma les yeux.

— Je ne regrette pas ce que nous avons fait, mais je me sens coupable.

— Pourquoi ? Nous sommes libres tous les deux. Nous avons des sentiments l'un pour l'autre, et cette nuit nous n'avons fait que leur obéir.

— Tu es le premier depuis Tom, murmura-t-elle. Le seul à part Tom.

— Et je m'en sens très honoré, dit-il doucement.

Elle ouvrit les yeux.

— Honoré ?

— Mais oui. Honoré que tu m'aies choisi. Ruby, tu ne dois pas te sentir coupable. Tu ne trahis pas Tom.

— C'est l'impression que j'ai.

— Tom t'aimait assez pour vouloir que tu retrouves le bonheur après sa mort. Tu n'as pas à l'oublier, mais la vie continue.

— Je me sens un peu ridicule.

— Il ne faut pas. Tu es humaine, tout simplement. On ne contrôle pas ses sentiments en appuyant sur un bouton marche-arrêt. Aucun de nous ne le peut.

— Es-tu en train de me dire que, toi aussi, tu te sens coupable ?

— Tu es la femme de mon meilleur ami, alors, oui, d'une certaine façon, je me sens coupable. Mais si Tom était vivant, jamais je n'aurais fait quoi que ce soit qui puisse mettre votre mariage en danger. Tom nous a quittés il y a un an. Il nous manque à tous les deux et nous manquera toujours, mais nous devons accepter le fait qu'il ne soit plus là, et je crois qu'il serait heureux de nous voir trouver le bonheur ensemble, toi et moi…

Il sourit.

— Mais il me ferait sans doute un sermon sur l'importance de l'engagement pour s'assurer que je ne te fasse jamais de mal.

— Pour l'instant, nous ne pouvons pas nous promettre que cela durera toujours.

— Bien sûr. Mais nous pouvons profiter du moment présent.

— Tant que cela durera ?

— Et cela peut durer beaucoup plus longtemps que nous ne le croyons. Avec de la chance.

— Il faut que je cesse de ruminer, reconnut-elle en se forçant à sourire.

— Et moi, il faut que je boive un café. De combien de temps as-tu besoin pour te doucher ?

— Ça dépend si je me douche seule ou pas…

Il sourit.

— J'adore ta façon de voir les choses, Ruby ! En réalité…

Ils descendirent juste à temps pour le petit déjeuner.

Après avoir déposé leurs bagages dans la réserve de l'hôtel en attendant que leur taxi vienne les chercher, ils décidèrent de profiter pleinement de leur dernière journée à Prague.

— Qu'aimerais-tu visiter aujourd'hui ? demanda Ellis.

— C'est toi qui as le guide. Que proposes-tu ?

— J'aimerais bien voir de près la Maison Dansante. Et aussi aller dans ce café qu'Einstein fréquentait.

Elle se mit à rire.

— Tu veux marcher sur ses traces ?

— Uniquement dans ce café, répondit Ellis en riant à son tour. Je m'abstiendrai de développer sa théorie de la relativité.

Ils se rendirent à la Maison Dansante puis marchèrent le long de la rivière en se tenant par la main. Ils finirent par trouver le café où Ellis voulait aller et s'y arrêtèrent pour boire un café en dégustant un gâteau. Voyant que, pendant cette pause, le soleil d'automne avait laissé la place à de gros nuages menaçants, ils passèrent le reste de la journée à visiter des musées.

Vint enfin le moment de récupérer leurs bagages à l'hôtel et de prendre le taxi qui les conduirait à l'aéroport.

Prague occuperait toujours une place particulière dans son cœur, songea-t-elle. La ville où Ellis et elle avaient fait l'amour pour la première fois.

Mais, une fois rentrés en Angleterre, que se passerait-il ? Resteraient-ils aussi proches l'un de l'autre ?

Ellis devait se poser les mêmes questions. Lorsqu'ils arrivèrent devant la porte de Ruby, à Londres, il aborda franchement le sujet.

— Bon, qu'allons-nous faire, maintenant ?

— Je ne sais pas, répondit-elle. Que désires-tu ?

— Es-tu prête à rendre officielle notre relation ?

Elle fronça le nez.

— Ne le prends pas mal, mais pourrais-je en parler d'abord aux parents de Tom ?

— Tu as raison, c'est préférable. Si cette situation les gêne, nous pouvons garder le secret encore un moment, le temps qu'ils s'habituent à l'idée.

— Merci de si bien comprendre les choses.

Il lui donna un petit baiser.

— On se voit demain au travail ?

— Oui. Et merci pour ce voyage à Prague. C'était merveilleux.

— Oui, absolument merveilleux.

Un bref instant, elle aurait juré avoir vu de la tristesse dans le regard d'Ellis.

— L'échographie montre que vous êtes enceinte de vingt-deux semaines, madame Falcon, dit Ellis.

— Je n'arrive pas à le croire, soupira Anita Falcon. J'ai quarante-cinq ans et un fils de quinze ans. Comment ne me suis-je pas rendu compte que j'attendais un enfant ? Je ne l'ai découvert que la semaine dernière !

Une larme roula sur sa joue.

— Il y a dix ans, reprit-elle, j'aurais été enchantée de donner un petit frère ou une petite sœur à Max. Mais comment vais-je élever un enfant aujourd'hui, alors que mes parents vivent chez moi… Mon père a perdu la tête, mon fils passe ses examens au mois de juin, et mon mari risque de se retrouver au chômage le mois prochain, ce qui veut dire que je ne peux pas m'arrêter de travailler, ne serait-ce que quelques mois. Et ma grossesse est trop avancée pour envisager de l'interrompre, si cette idée me traversait l'esprit. Comment ai-je pu ne me rendre compte de rien ?

Enfouissant son visage dans ses mains, elle se mit à sangloter.

Ruby s'assit à côté d'elle et lui passa un bras autour des épaules.

— Ne soyez pas si dure avec vous-même. Tout un tas de raisons peuvent expliquer qu'une femme ne se rende pas compte qu'elle est enceinte. D'après ce que vous venez de dire, vous subissez du stress, en ce moment.

Anita s'essuya les yeux du revers de la main.

— Il n'a pas été facile de trouver le moyen d'aider mon père. Nous voulions tous qu'il garde le plus longtemps possible son indépendance, et je souhaitais soulager maman. C'est pourquoi ils sont venus s'installer chez nous.

— Se retrouver sous le même toit que ses vieux parents n'a rien d'évident, surtout s'ils ont des problèmes de santé. Vous vous inquiétez pour eux, pour votre fils et pour le travail de votre mari. Cela fait beaucoup.

— J'attribuais au stress l'état dans lequel je me trouvais. Comme je n'avais pas mes règles depuis quatre mois, je pensais que c'était le début de la ménopause. De même, quand je devais me lever la nuit pour uriner, je me disais que c'était un effet de l'âge. J'ai tout mis sur le compte de la ménopause et du stress, d'autant plus que je n'ai aucune nausée, alors que j'en avais de très fortes lorsque j'attendais mon fils Max.

— Le corps réagit différemment à chaque grossesse. Une femme peut souffrir de terribles nausées pour son premier enfant et n'en avoir aucune pour le second. Avez-vous pris du poids ?

— Environ cinq kilos, répondit Anita. Là encore, j'ai cru que l'âge et le stress étaient les responsables. Et aussi le fait que je mange beaucoup de chocolat pour lutter contre l'angoisse.

— Certaines femmes prennent peu de poids durant leur grossesse. Si elles font de l'exercice physique ou sont déjà en surpoids avant de tomber enceintes, il arrive que leur grossesse ne soit pas visible pendant un bon moment.

— Par ailleurs, intervint Ellis, si vous présentez une

rétroversion utérine, ce qui est le cas d'une femme sur cinq, l'abdomen ne s'arrondit pas avant au moins douze semaines.

Anita les regarda, une lueur d'espoir dans le regard.

— Alors, si je ne me suis pas aperçue que j'étais enceinte, ce n'est pas totalement dû à ma stupidité ?

— Vous n'avez pas du tout été stupide, affirma Ruby. Il s'est écoulé quinze ans entre vos deux grossesses, ce qui explique que vous ayez oublié ce que l'on ressent quand on est enceinte. Et vous avez eu trop de soucis ces derniers temps pour repérer les signes qui auraient pu vous alerter.

— J'ai eu de terribles brûlures d'estomac la semaine dernière. J'ai pensé que c'était dû au stress et à l'abus de chocolat. Je suis allée voir mon généraliste. Lorsqu'il m'a annoncé que j'étais enceinte, je n'ai pas voulu le croire.

Elle se mordit la lèvre.

— Quand je pense à la façon dont je me suis nourrie ces derniers temps… J'ai mangé des fromages à pâte molle, des œufs à peine cuits, j'ai bu du vin, alors que j'aurais dû…

Elle se tut, au bord des larmes.

— Et vous avez peur d'avoir fait du mal au bébé, dit Ellis. Mais ce que l'on voit sur l'écran, c'est un bébé qui a le poids voulu à cette date de la gestation, dix doigts et dix orteils, et un rythme cardiaque des plus stables. Je n'ai rien constaté qui m'inquiète en tant qu'obstétricien. D'autre part, il vous reste dix-huit semaines pour manger beaucoup de légumes verts.

— Je ne vais pas y manquer, dit Anita avec un sourire vacillant.

— D'autres membres de la famille peuvent-ils vous aider ?

— J'ai un frère aîné, mais il fait l'autruche quant aux problèmes que connaissent mes parents. Je ne peux donc pas compter sur lui. Il trouve toujours des excuses pour ne pas venir les voir, alors qu'il ne vit pas si loin que ça.

*
* *

A ces mots, Ellis éprouva un bref sentiment de culpabilité. Depuis des années, il se trouvait une foule d'excuses pour ne pas rendre visite à ses parents. Notamment en invoquant le fait qu'il travaillait à l'étranger.

— Et la famille de votre mari ? demanda-t-il.

— Disons que ma belle-mère se fera un plaisir de raconter partout que, moi qui me crois si intelligente, j'ai été trop stupide pour savoir utiliser les méthodes contraceptives, et assez bête pour ne pas m'apercevoir que j'étais enceinte. Mais j'ai une amie merveilleuse. Je peux compter sur elle. Et je crois que Max et Nick, une fois qu'ils auront surmonté le choc, seront là pour moi aussi.

Ruby lui pressa la main.

— C'est génial. Et nous aussi, nous sommes là pour vous. Si vous avez la moindre inquiétude entre deux rendez-vous, venez nous voir. Nous disposons d'une consultation sans rendez-vous dans notre service.

— Je vous remercie. Je suis désolée de m'être effondrée comme je viens de le faire. Ce n'est pourtant pas mon genre.

— C'est à cause des hormones, dit Ruby. Et puis, vous avez de lourdes charges sur les épaules, en ce moment. Si j'étais à votre place, je réagirais comme vous.

— Vraiment ?

— Vraiment.

Ellis lui tapota l'épaule.

— Bien, nous allons finir de vous examiner et vous fixer un rendez-vous pour dans quinze jours. Il faut vous surveiller de près — en raison de votre âge, et non parce que quelque chose nous inquiéterait particulièrement. Mais si jamais vous aviez un souci, venez nous voir sans attendre le jour du rendez-vous.

— Vous avez été si gentils tous les deux, dit Anita. J'ai honte de m'être montrée aussi stupide…

— Cessez de vous faire des reproches, lui intima-t-il. Les études montrent qu'une femme sur cinq cents environ ne se rend pas compte avant la vingtième semaine qu'elle est enceinte. Vous n'êtes donc pas stupide.

— Merci à vous deux. Ce bébé n'était pas programmé, mais jamais il n'aura l'impression de n'avoir pas été désiré.

Dans la soirée, Ruby retrouva Ellis chez lui. Blottie dans ses bras sur le canapé du salon, elle évoqua le cas d'Anita.

— Cette pauvre femme qui est venue nous voir cet après-midi est confrontée à tout un tas de problèmes.

— Tomber enceinte à son âge n'est pas facile, dit Ellis, et elle doit en plus veiller sur ses parents, soutenir son fils à la veille de ses examens et faire face au chômage possible de son mari. Avec tout ce stress, pas étonnant qu'elle n'ait pas mesuré qu'elle attendait un bébé.

— Si je me retrouvais dans sa situation, je ne pourrais pas laisser mes parents se battre seuls avec leurs problèmes, mais je ne voudrais pas non plus les arracher à leur environnement familier et les faire venir chez moi. Comme je suis fille unique, ce serait à moi de trouver une solution. Je quitterais probablement Londres pour retourner à Manchester.

— Si cela arrivait à mes parents, dit Ellis, j'aurais du mal à leur venir en aide. Ils nous cachent leurs difficultés, à mes frères et moi. Si on leur pose des questions, on se heurte à un mur.

Il poussa un soupir.

— On se fait du souci pour eux. Mais s'ils refusent notre aide, nous ne pouvons pas les forcer à l'accepter.

— J'imagine que, en travaillant à des milliers de kilomètres, avec un million de problèmes de tout genre à régler, tu n'as pas trop le temps de t'inquiéter pour eux.

— Tu veux dire que mon métier me sert d'échappatoire ? C'est en partie vrai. Et j'en ai un peu honte. J'y ai pensé quand j'ai entendu Anita parler de son frère, qui trouve toujours des excuses pour ne pas rendre visite à leurs parents. C'est ce que je fais, moi aussi.

— Ellis, tu es un être humain, lui rappela-t-elle en lui caressant le visage. Nous avons tous nos limites. Et tu ne peux pas sauver tout le monde ni régler tous les problèmes.

Il lui donna un baiser léger sur les lèvres.

— Je sais. Certaines choses ne trouvent pas de solution. Et l'on doit accepter de faire tout son possible tout en sachant que ça reste très insuffisant.

— J'aimerais parfois disposer d'une baguette magique.

— Moi aussi. Mais je te remercie. Grâce à toi, je me sens mieux.

— Je n'ai rien fait du tout !

— Mais si. Je peux me confier à toi et je sais que tu ne me juges pas. Cela fait une énorme différence.

— Oh ! Ellis ! dit-elle, les yeux pleins de larmes.

— Bon, changeons de sujet de conversation, maintenant, et parlons de quelque chose de plus léger.

— Brenda et Mike viennent à Londres le week-end prochain, annonça Ruby après s'être mouchée.

Elle marqua une pause.

— Je pense qu'il est temps que nous leur disions, pour nous deux.

— Je souhaite le faire avec toi. J'adore les parents de Tom. Même si toi et moi n'étions pas ensemble, je t'aurais demandé si je pouvais passer chez toi leur dire bonjour.

Il lui caressa la joue.

— Mais maintenant que nous sommes ensemble, j'ai d'autant plus envie d'être là avec toi pour leur apprendre la nouvelle…

Il lui vola un baiser.

— Et j'espère aussi te convaincre de rester ici cette nuit.

— Je n'ai rien pris avec moi !

— Je peux te fournir une brosse à dents, presque toutes les affaires de toilette dont tu pourrais avoir besoin. Et, si tu veux, nous mettrons ton linge dans la machine à laver. Il sera propre et sec demain matin. Tu as ton uniforme à l'hôpital, tu n'as ni chat ni chien à nourrir, et je ne suis pas mauvais pour confectionner des œufs brouillés servis sur un toast. Et je te préparerai aussi du jus d'orange. Du vrai — une orange pressée, pas du jus venant d'une bouteille.

Elle éclata de rire.

— Vous êtes très persuasif, docteur Webster. Je n'ai aucun argument à t'opposer. Je serai ravie de rester avec toi.

— Bien, dit-il en l'embrassant encore.

Ils franchissaient une nouvelle étape dans leur relation.

C'était une autre raison de rester à Londres. Il connaissait Ruby beaucoup mieux qu'il n'avait connu Natalia. Ils s'entendaient admirablement, tous les deux.

Cependant, il avait encore des doutes. Sa dernière relation sérieuse avait été un échec. Celle-ci ne le serait-elle pas, elle aussi ?

12.

— Je me sens horriblement nerveuse, dit Ruby le dimanche matin.

— Tout se passera bien, affirma Ellis pour la rassurer. Ne t'inquiète pas.

Mais elle ne pouvait s'empêcher d'avoir des craintes. Elle voulait être avec Ellis, mais elle redoutait de perdre Brenda et Mike. Lorsqu'ils sauraient qu'elle fréquentait un autre homme, la rejetteraient-ils ?

On sonna à la porte.

Elle courut ouvrir et accueillit Brenda et Mike, qui la serrèrent dans leurs bras et lui offrirent un bouquet de fleurs.

— Oh ! Ellis, tu es là aussi ! s'exclama Brenda. Quel plaisir de te voir !

Elle l'embrassa, et Mike échangea avec lui une poignée de main.

— Puis-je vous offrir un café ? demanda Ruby.

— Avec plaisir, répondit Brenda.

— Je vais le préparer, annonça Ellis.

— Et moi, je vais mettre ces fleurs dans un vase, dit Ruby avec un sourire.

Lorsqu'elle se retrouva dans la cuisine seule avec Ellis, elle l'interrogea en baissant la voix.

— Quand allons-nous leur dire ?

— Le plus tôt sera le mieux.

— Très bien. Je vais essayer d'être courageuse.

De retour dans le salon, elle attendit qu'ils soient tous

assis en train de boire leur café en grignotant des biscuits, pour entrer dans le vif du sujet.

— Il y a quelque chose que je voudrais vous dire, commença-t-elle.

— Nous t'écoutons, ma chérie, dit Mike.

Elle respira un grand coup.

— Je vous en prie, n'allez pas croire que je pourrai jamais oublier Tom, mais…

— … tu as rencontré quelqu'un, la coupa Brenda d'un ton bienveillant.

Ruby, surprise, la regarda fixement. Etait-ce donc si évident ?

— Heu… oui, répondit-elle, mal à l'aise.

— Ma chérie, cela fait plus d'un an qu'il est mort, et tu es encore jeune. Je suis certaine que Tom ne voudrait pas que tu passes le restant de tes jours à le pleurer.

— Alors, ça ne vous contrarie pas si je vois quelqu'un ?

— Tant qu'il se conduit bien avec toi, précisa Mike. Si ce n'était pas le cas, alors, oui, ça me poserait un problème.

— Ne vous inquiétez pas, dit Ellis. Souvenez-vous : Tom m'a demandé de veiller sur elle.

— Tu as donc rencontré le soupirant de Ruby ? demanda Brenda.

Il toussota.

— Disons que vous le connaissez vous aussi depuis déjà un bon nombre d'années…

Brenda et Mike le regardèrent fixement, et il vit la surprise faire place au soulagement sur leurs visages.

— Mais nous ne voulions pas rendre la nouvelle publique avant d'être sûrs que vous nous approuviez, ajouta-t-il.

— Nous vous approuvons, dit doucement Brenda. Nous sommes plus que d'accord.

Mike sourit.

— Je regrette de ne pas avoir apporté une bouteille de champagne.

— En fait, avoua Ellis, j'en ai apporté une en espérant que je ne tentais pas le sort. Si vous n'aviez pas approuvé que Ruby et moi sortions ensemble, j'aurais proposé de porter un toast à la mémoire de Tom. Est-ce que je vais chercher cette bouteille ?

— Oui, oui ! dit Brenda en battant des mains. Et nous vous souhaitons à tous les deux tout le bonheur du monde !

Ce soir-là, Ruby, allongée sur le canapé du salon, évoqua en souriant la réaction des parents de Tom.

— Je suis si heureuse qu'ils nous approuvent !

— Moi aussi, dit Ellis. Serais-tu prête alors à ce que nous annoncions la nouvelle à tout le monde demain ?

— Oui, je pense. Je dois t'avouer que j'en ai déjà parlé à Tina.

Il savait que Tina était la meilleure amie de Ruby.

— Et qu'en pense-t-elle ?

— Elle a souligné le fait que tu as la bougeotte et que je ferais mieux de ne pas trop m'attacher à toi.

— Je n'ai pas la bougeotte, Ruby. J'ai l'impression que je vais avoir du mal à t'en convaincre — et quelques autres personnes aussi.

Elle lui caressa la joue.

— Je ne doute pas de toi. Cependant, tu as l'habitude de voyager tout le temps !

— Je suis pourtant resté à Londres pendant plus d'un an et demi, souligna-t-il.

— Cela ne te manquerait pas de travailler à l'étranger et de découvrir constamment de nouveaux endroits ?

— Si. Mais ce dont je suis sûr, c'est que tu me manquerais plus encore, dit-il tendrement.

*
* *

La nouvelle se répandit rapidement au sein de l'hôpital la semaine suivante. Ruby fut agréablement surprise de voir que tout le monde semblait se réjouir pour eux, d'autant plus qu'ils avaient clairement fait comprendre que leur vie privée ne changerait en rien leur relation professionnelle.

Un matin, Ellis se rendit dans le bureau des sages-femmes pour montrer à Ruby une lettre qu'il avait reçue de Grace Edwards.

— Tu te souviens ? dit-il. Tu pensais qu'elle était peut-être une chimère. Eh bien, elle a subi d'autres tests d'ADN qui ont révélé que tu avais vu juste. Le tribunal a classé l'affaire. Grace dit que ses relations avec son ex-mari commencent à s'améliorer, pour le plus grand bien de l'enfant.

— Voilà une bonne nouvelle. Je suis si contente que les choses s'arrangent pour elle.

— Pas seulement pour elle, la corrigea Ellis en lui volant un baiser. Je n'aurais jamais cru être un jour aussi heureux.

— Tout comme moi, dit-elle en lui rendant son baiser.

— Hé, vous deux, vous êtes censés donner le bon exemple aux plus jeunes, lança d'un ton malicieux Coral, la sage-femme stagiaire, qui passait devant eux.

Ellis se mit à rire.

— Mais c'est ce que nous faisons !

Les semaines qui suivirent donnèrent à Ruby l'impression de passer à la vitesse de l'éclair. Ellis et elle essayaient d'être ensemble le plus souvent possible, mais arriva le jour qui marquait la fin du remplacement qu'il effectuait à l'hôpital.

Ce soir-là, tous les membres du personnel qui n'étaient pas de garde se réunirent avec lui autour d'une pizza pour lui dire au revoir et lui offrir un cadeau de départ. Il s'agissait d'une trousse d'urgence un peu particulière, puisqu'il y trouva des chaussettes, du chocolat et du savon, ce qui le fit beaucoup rire. Il reçut aussi une carte signée de chacun des membres de l'équipe.

— Nous avons très envie de vous revoir, Ellis, déclara Theo. Je ne veux exercer aucune pression, mais nous avons tous envie que vous reveniez travailler ici. Et je compte bien avoir la réponse à la question que je vous ai posée dès que vous aurez remis un pied sur le sol anglais.

En d'autres termes, Theo était impatient de savoir si Ellis allait accepter le poste qu'il lui avait offert.

— D'accord, dit ce dernier en souriant. Message reçu.

— Et nous voulons recevoir régulièrement des textos pour avoir de vos nouvelles, déclara Iris, la sage-femme en chef.

— En fait, répondit Ellis, je ne pourrai prendre contact avec personne lorsque je serai là-bas. Le dispensaire où je vais se trouve dans un coin reculé du Zimbabwe. Il n'y a ni accès à internet ni réseau pour les téléphones portables.

Ruby avala sa salive.

Ellis l'ayant déjà mise au courant, elle était préparée à entendre toutes ces précisions, mais elle avait encore du mal à accepter la situation.

Voulant alléger l'atmosphère, elle plaisanta.

— Alors, j'imagine que tu ne pourras pas non plus nous envoyer de carte postale ?

— Le temps que je trouve quelqu'un qui se rende dans une grande ville disposant d'un bureau de poste, et que cette personne accepte de prendre la carte, d'acheter un timbre et d'expédier le tout en Angleterre, je serai probablement rentré avant que la carte ne vous arrive ! Et cela, même si je m'en occupe le jour même de mon arrivée.

Pas de téléphone, pas de texto, pas d'e-mail, et pas même une lettre. Un long mois sans aucun contact.

Elle avait confiance en Ellis, mais comment des amoureux parvenaient-ils à entretenir une relation à distance en n'ayant aucune nouvelle l'un de l'autre pendant des semaines ? Etait-ce à cela que ressemblerait sa vie à l'avenir ?

Elle fit dévier la conversation et se mit à taquiner Ellis, avec les autres membres de l'équipe.

Lorsque, la petite fête terminée, ils rentrèrent tous deux chez lui, il la prit dans ses bras.

— Ruby, je sais que cela va être très dur de ne pas pouvoir communiquer durant un long mois. Mais s'il y avait une urgence, sache que tu pourras toujours téléphoner à John, au siège de l'association. Il trouvera quelqu'un capable de m'envoyer un message radio. Et puis, si vraiment c'est ce que tu veux, je peux encore renoncer à cette mission.

Ellis ferait cela pour elle ?

Oui, son regard montrait qu'il était sincère. Il était prêt à renoncer à sa mission pour elle.

Mais elle ne pouvait lui demander un tel sacrifice. Elle ne voulait pas non plus qu'il parte au Zimbabwe en se sentant coupable de la quitter. Elle devait se montrer courageuse, lui donner le sentiment qu'il pouvait s'en aller sans aucune arrière-pensée.

— Tu as promis d'aller là-bas. Je ne t'inciterai pas à trahir ta promesse. Il faut tenir tes engagements, dit-elle avec un petit sourire vacillant.

Cette nuit-là, ils firent l'amour comme si c'était la dernière fois. Ce fut si bon que c'en était presque insupportable. Plus tard, blottie dans les bras d'Ellis, elle laissa silencieusement couler les larmes sur ses joues dans l'obscurité, faisant semblant de dormir.

Le lendemain, elle tint à accompagner Ellis à l'aéroport.

Comme ils quittaient son appartement, elle s'étonna de le voir n'emporter qu'un sac à dos.

— J'ai du mal à croire que tu n'aies que cela comme bagage !

— J'ai appris à voyager léger, répondit-il en souriant. Ruby, je vais revenir, tu sais.

— Je sais.

— Ruby, je t'…

Elle le fit taire en posant un doigt sur ses lèvres.

Elle avait deviné ce qu'il allait dire. Ces mots, elle voulait les entendre. Mais pas maintenant.

— Attends d'être de retour, dit-elle doucement.

Ils prirent le train pour se rendre à Heathrow et parlèrent peu durant le trajet. En attendant le départ de l'avion, ils burent un dernier café ensemble. Puis vint le moment où le vol pour Harare fut annoncé par haut-parleur.

— Je dois y aller, dit Ellis en la serrant dans ses bras. On se revoit dans un mois. Je vais compter les jours un par un. Il ne se passera pas une journée sans que je pense à toi.

— Moi aussi, je penserai à toi…

Elle ne pleurerait pas. Elle ne le laisserait pas prendre l'avion en se sentant coupable et malheureux à cause d'elle.

— Va là-bas où tu vas pouvoir changer les choses. Je suis fière de toi. Je veillerai sur ton appartement et ferai en sorte que tu aies du pain frais et du lait quand tu rentreras. On se revoit dans un mois, acheva-t-elle dans un souffle.

— Ruby… Je voudrais ne pas partir.

— Si tu y renonçais, tu le regretterais toute ta vie. Pars. Fais ce que tu sais si bien faire. Va aider à installer ce dispensaire qui va changer la vie des gens là-bas.

Il l'embrassa avec passion.

— Je vais bientôt revenir.

— Je sais.

Elle ne quitta pas l'aéroport avant d'avoir vu l'avion décoller.

Lorsqu'elle prit le train pour rentrer chez elle, elle se demanda pourquoi le soleil brillait dans un ciel sans nuages. Pourquoi le temps n'était-il pas triste et pluvieux, en harmonie avec son cœur en berne ?

Le lendemain, Ruby rendit visite à une nouvelle maman dont le bébé était né à trente-six semaines de grossesse. A présent, l'enfant avait trois jours, et le teint et le blanc des yeux très jaunes.

Elle regretta qu'Ellis ne soit pas là pour expliquer aux jeunes parents la situation. Il excellait tellement dans cette tâche ! Mais il fallait qu'elle se débrouille sans lui.

— Si votre bébé a le teint et les yeux jaunes, dit-elle, c'est parce qu'il a trop de bilirubine dans le corps.

— Qu'est-ce que la bilirubine ? demanda Mme Patterson.

— C'est un pigment jaune que le corps fabrique lorsque les globules rouges du sang — ceux qui font circuler l'oxygène dans tout l'organisme — sont défaillants. D'habitude, le foie élimine la bilirubine — en fait, c'est votre foie qui s'en charge quand l'enfant est encore dans votre ventre. Trois bébés sur cinq présentent un début de jaunisse. C'est pourquoi nous procédons à une analyse du sang du bébé dès la naissance. Votre petite fille semble avoir une forte jaunisse, et Coral m'a dit que vous aviez du mal à la nourrir.

— Alors, c'est ma faute ?

— Non, pas du tout. La jaunisse explique pourquoi elle se nourrit mal.

— Il va falloir qu'elle suive un traitement ?

— En fait, le meilleur traitement, c'est l'exposition au soleil, mais, à cette époque de l'année, l'ensoleillement est faible. Alors, nous utilisons la photothérapie par fibre optique. Cela consiste à coucher le bébé sur un matelas qui diffuse une lumière spéciale sur le dos de l'enfant. Cette lumière est absorbée par la peau, ce qui a pour effet de dissoudre la bilirubine, et le foie du bébé peut alors l'éliminer.

— C'est tout ? s'étonna Mme Patterson. Vous allez simplement l'allonger sur un matelas spécial ?

— Et nous surveillerons le taux de bilirubine dans son sang jusqu'à ce qu'il commence à baisser. Votre petite fille va perdre un peu d'eau, alors nous serons peut-être amenés à la placer sous perfusion pour la réhydrater. Vous pourrez rester auprès d'elle pendant tout ce temps, vous continuerez à la nourrir et à lui changer ses couches. Elle ira déjà beaucoup mieux dans un jour ou deux.

— Et après, elle ira tout à fait bien ?

— Absolument.

C'était vrai pour le bébé. Et si elle s'obstinait à répéter que tout irait bien aussi entre Ellis et elle, cela finirait par être vrai.

Ellis se réjouissait vraiment que son rythme de travail au Zimbabwe confine à la folie. Il était tellement occupé qu'il n'avait pas le temps de penser à quel point Ruby lui manquait. Le soir, il était si fatigué qu'il s'endormait dès qu'il posait la tête sur l'oreiller. Même s'il s'entendait bien avec les autres membres de l'équipe, il ne frayait pas avec eux autant qu'il le faisait autrefois. Tous les soirs, il s'appliquait à écrire à Ruby sur un carnet acheté spécialement pour rédiger ces lettres. A son retour, il lui donnerait ce journal de bord pour qu'elle sache qu'il avait pensé à elle tous les jours de leur séparation.

La veille de son départ, il reçut un appel radio de John, le gestionnaire d'affectation de son association humanitaire.

— Je sais que c'est beaucoup te demander, Ellis, mais je voudrais que tu prolonges ta mission. Acceptes-tu de rester deux semaines de plus ?

Deux ans auparavant, il aurait dit oui sans hésiter. Aujourd'hui, c'était différent. Il aimait Ruby, il avait besoin de la retrouver.

— Je regrette, dit-il, mais c'est non. J'adore ce travail, mais j'ai rencontré quelqu'un à Londres. Et maintenant, j'ai besoin de rentrer chez moi. Pour de bon.

Chez lui, c'était Londres. Parce que Ruby y était.

A condition qu'elle n'ait pas changé d'avis à propos de leur relation pendant qu'il était à l'étranger.

— Je comprends, dit John. J'ai l'impression que nous avons eu beaucoup de chance que tu acceptes de nous rejoindre pour cette mission d'un mois.

— J'avais promis de la faire, et je tiens toujours mes promesses.

— Tu vas nous manquer. Et si jamais tu changes d'avis, nous serons ravis que tu reviennes travailler avec nous, ne serait-ce que pour quelques jours.

— Tu seras le premier au courant, promit Ellis.

13.

Ellis avait délibérément trompé Ruby sur sa date de retour, lui indiquant celle du lendemain du jour où il devait véritablement arriver en Angleterre. Il voulait ainsi lui éviter de s'angoisser si quelque chose le retardait et qu'il était dans l'impossibilité de l'en avertir.

Le voyage lui parut interminable. Dès qu'il eut franchi la zone de contrôle des passeports à Heathrow, il sortit son téléphone de sa poche, mais ses mains tremblaient tellement qu'il fit tomber l'appareil dont l'écran se brisa sur le sol.

Il le ramassa en maugréant.

— Oh ! non, ce n'est pas vrai ! Comment vais-je téléphoner à Ruby, à présent ?

— Vous avez un problème, mon vieux ?

Il se retourna et se trouva face à l'un de ses compagnons de voyage. Il lui montra son téléphone dont l'écran était brisé.

— J'ai réussi à protéger ce portable pendant le mois que je viens de passer dans un coin reculé de la planète où j'ai installé un dispensaire, et voilà que, à peine arrivé ici, je le fais tomber… Quel idiot je fais ! conclut-il en secouant la tête.

— Tenez, servez-vous du mien, dit l'homme en lui tendant son téléphone.

— Merci beaucoup. Je n'en aurai pas pour longtemps.

Il prit l'appareil et voulut composer le numéro de Ruby, puis il s'arrêta brusquement.

— Oh non ! s'exclama-t-il. Je ne me souviens plus du

numéro de la personne que je voulais appeler. Comment puis-je être aussi nul ?

L'homme s'esclaffa.

— C'est le problème avec ces appareils. On se fie tellement à eux que, lorsqu'ils lâchent, on est perdu.

— Vous avez raison. En tout cas, je vous remercie de votre aide, ajouta-t-il en lui rendant son téléphone.

Après avoir franchi la douane, il se rendit dans une boutique et acheta un téléphone à carte. Ayant trouvé sur internet le numéro de l'hôpital, il le composa et, deux secondes plus tard, il était en relation avec la maternité.

— Bonjour, Iris. Ne dites rien… c'est Ellis. Est-ce que Ruby est là ?

— Oui. Mais je croyais que vous ne deviez revenir que demain ?

— Mon voyage de retour s'est passé plus facilement que je ne le pensais. Je vous en prie, ne dites rien à Ruby ! Je veux lui faire la surprise.

— Promis.

— Merci. J'arrive tout de suite.

Avec pour tout bagage son sac à dos, il sauta dans le train pour regagner le centre de Londres, puis il prit le métro qui l'amena près du London Victoria. Après s'être arrêté à la boutique de l'hôpital pour acheter un gros bouquet de fleurs, il se dirigea vers la maternité.

Iris était à l'accueil.

— Bienvenue à la maison ! dit-elle. Ruby se trouve dans la cuisine du personnel, et je suis sûre qu'elle est seule, chuchota-t-elle en lui adressant un clin d'œil.

— Merci.

Il lui lança un baiser du bout des doigts et se rendit directement dans la petite cuisine.

Appuyée contre le comptoir, Ruby sirotait un café. En le voyant apparaître, elle faillit laisser tomber sa tasse.

— Ellis ! Je croyais que tu ne rentrerais que demain !

— Parfois, les vols ont du retard. Je ne voulais pas que

tu t'inquiètes, alors j'ai préféré te dire que mon retour était prévu pour demain et non pour aujourd'hui.

Il posa le bouquet sur le comptoir, se débarrassa de son sac à dos et la prit dans ses bras.

— Tu m'as tellement manqué ! dit-il en l'embrassant.

Se serrant contre lui, elle lui rendit son baiser avec la même fièvre. Lorsqu'il s'écarta enfin, il remarqua qu'elle avait des rougeurs sur le visage.

— Oh ! mon Dieu ! Je suis désolé. C'est ma barbe. J'aurais dû d'abord me raser — et prendre une douche.

Il fit la grimace.

— Excuse-moi. Je ne dois pas sentir très bon.

Ruby éclata de rire.

— Ne t'inquiète pas ! L'essentiel, c'est que tu sois là. Combien de temps t'a pris ce voyage ?

— J'ai fait six heures de Jeep pour aller du dispensaire à Harare. Là, j'ai dû attendre un bon moment, puis le vol entre Harare et Heathrow a duré près de vingt heures, en comptant les escales. Et cela a été encore très long pour atteindre le centre de Londres. A mon arrivée à Heathrow, j'ai voulu te téléphoner, mais tu ne croiras jamais ce qui m'est arrivé.

Il lui raconta la chute de son portable et l'impossibilité de se souvenir ensuite de son numéro de téléphone.

— Tu imagines ? Quel idiot je suis !

Elle lui caressa la joue.

— Rassure-toi, je crois que, moi aussi, je serais incapable de me rappeler ton numéro. Je compte sur mon portable pour le garder en mémoire.

Il lui déposa un baiser dans le creux de la main.

— Tu m'as tellement manqué. Je t'aime, Ruby. Je t'aime tellement ! Et je veux rester ici, à Londres, avec toi.

— Ellis, tu es parti un mois. Tu viens de voyager pendant près de trente-six heures, tu n'as sans doute pas beaucoup dormi. Je pense que nous devrions avoir cette conversation lorsque tu auras retrouvé tous tes moyens.

La peur s'empara de lui.

Ruby aurait-elle changé d'avis ? Portait-elle aujourd'hui un autre regard sur leur relation ?

Elle sortit une clé de la poche de son pantalon.

— Tiens, prends-la, dit-elle. C'est la clé de chez moi. Ton appartement est probablement glacial, et ton réfrigérateur totalement vide. Pensant que tu rentrais demain, j'avais prévu de tout préparer pour ton retour ce soir après le travail. Chez moi, tu pourras te doucher, te restaurer et dormir un peu en attendant que je rentre. Je demanderai à Tina de me rendre le double que je lui laisse habituellement.

— Merci, dit-il en prenant la clé qu'elle lui tendait.

Il sortit de son sac à dos le petit carnet qu'il avait emporté au Zimbabwe et le lui tendit.

— Je t'ai écrit tous les jours pendant que j'étais là-bas. C'était le seul moyen de me sentir proche de toi alors que j'étais à des milliers de kilomètres de Londres.

— Tu m'as écrit tous les jours… Tu m'as tellement manqué, murmura-t-elle, la voix enrouée. Ellis, je t'aime, moi aussi.

Il la prit dans ses bras et la serra étroitement contre lui.

— Tu as raison, j'ai besoin de dormir. Mais je serai réveillé lorsque tu rentreras, et alors nous pourrons parler.

Il lui donna un baiser, puis, lui reprenant le carnet, il déchira la dernière page et la mit dans sa poche.

— Que fais-tu ? demanda Ruby.

— Je veux être là quand tu liras cette dernière page.

Prenant le bouquet qu'il avait posé sur le comptoir, il le tendit à Ruby.

— C'est pour toi. Je sais, ces fleurs ne sont pas géniales, mais je voulais juste…

— Elles sont très belles, Ellis. Après avoir fait ce long voyage, tu as pensé à m'offrir des fleurs !

Ruby l'embrassa de nouveau et se blottit dans ses bras.

— Va à la maison et dors. Je rentrerai bientôt. Bienvenue chez toi, Ellis. Je suis tellement heureuse de te retrouver !

Son sourire continua de lui réchauffer le cœur tandis qu'il regagnait l'appartement. Après s'être lavé et rasé, il se rendit dans la chambre d'amis qu'il avait si souvent occupée pendant la maladie de Tom. A peine eut-il posé la tête sur l'oreiller qu'il s'endormit.

Ruby profita de sa pause-déjeuner pour prendre connaissance des lettres qu'Ellis lui avait écrites chaque jour. Installée dans un coin de la cantine avec un sandwich et un café, elle se plongea dans la lecture du carnet.

Cela ressemblait à un journal de bord. Ellis décrivait le fonctionnement du dispensaire, l'équipe avec laquelle il travaillait, les patientes qu'il voyait. Mais il parlait aussi de ses sentiments. Il disait combien elle lui manquait, combien il aurait voulu être à Londres, même s'il adorait son travail. Il racontait que, en regardant le ciel la nuit, il se disait qu'ils ne voyaient pas les mêmes étoiles puisqu'ils n'étaient pas dans le même hémisphère, et qu'il se sentait encore plus seul.

Elle avait la gorge nouée par l'émotion. Les sentiments qu'Ellis lui portait n'avaient pas changé. Il semblait bien qu'ils aient une chance d'avoir une relation durable.

Lorsqu'elle rentra en fin d'après-midi, l'appartement était silencieux. Elle se dirigea vers sa chambre, mais Ellis n'y était pas. Il avait eu la délicatesse de ne pas se coucher dans le lit qu'avait occupé son meilleur ami.

Prenant soin de ne pas faire de bruit, elle ouvrit la porte de la chambre d'amis.

Ellis dormait à poings fermés. Il avait encore les traits tendus et le visage marqué par la fatigue.

Elle brûlait d'envie de le réveiller, mais elle s'en abstint, consciente qu'il avait besoin de récupérer après un voyage aussi épuisant. Voyant son sac à dos posé par terre, elle se dit qu'elle pouvait au moins faire quelque chose pour lui.

Elle s'empara du sac et referma doucement la porte derrière elle.

Lorsque Ellis ouvrit les yeux, il entendit des bruits discrets dans l'appartement.

Ruby était rentrée.

Comme il cherchait son sac à dos afin d'y prendre ses vêtements, il ne le trouva pas au pied du lit, là où il croyait l'avoir posé.

Peut-être l'avait-il laissé dans la salle de bains ?

Mais il n'y était pas non plus.

Ruby avait dû l'entendre marcher, car elle l'appela.

— Ellis ? lança-t-elle depuis la cuisine.

Vêtu simplement de son boxer-short, il se hâta de la rejoindre.

— Excuse-moi, dit-il, je ne trouve plus mes vêtements.

Elle sourit.

— Ils étaient dans ton sac à dos, et maintenant ils tournent dans la machine à laver. Je pensais que tu dormirais plus longtemps et qu'ils seraient secs lorsque tu te réveillerais.

Elle prit un air coupable.

— De toute évidence, j'ai été trop bruyante. Désolée, je ne voulais pas interrompre ton sommeil.

— Tu ne m'as pas réveillé… Ruby, je suis si heureux d'être de retour chez moi ! ajouta-t-il en la serrant dans ses bras.

Oui, il se sentait vraiment chez lui. C'était une sensation nouvelle. Etrange, mais agréable.

— Et moi, dit Ruby, je suis si contente que tu sois là ! Mais tu dois mourir de faim, non ?

— Je crois que la fatigue m'a coupé l'appétit. Pour l'instant, tout ce que je veux, c'est être avec toi. Mais je prendrais volontiers une tasse de thé.

Il jeta un regard à son boxer-short.

— Sauf que, franchement, je n'ai pas la tenue qui convient.

— J'ai donné tous les vêtements de Tom à une œuvre de charité, je ne peux donc rien te prêter. Tout ce que je peux faire, c'est te donner une serviette de toilette, si tu as froid.

— Je n'ai pas froid. C'est juste que je me sens un peu nu.

— Pour ma part, je trouve le spectacle plutôt agréable, déclara Ruby en rougissant légèrement.

— Moi aussi, j'apprécie ce que je vois, dit-il.

Et il lui donna un long baiser.

Après avoir préparé deux tasses de thé, ils s'assirent autour de la table de la cuisine.

— As-tu lu le carnet que je t'ai donné ? demanda-t-il.

Ruby hocha la tête.

— Oui, j'ai tout lu, à part la dernière page. Celle que tu as arrachée.

— Et que j'ai mise dans mon… Ruby, as-tu vidé mes poches avant de mettre mon jean dans la machine à laver ?

Elle pâlit brusquement.

— Non.

— Ah !

— Es-tu en train de me dire que j'ai mis cette dernière page dans la machine ? Oh non, je n'ai pas pu faire une chose pareille !

Ses yeux s'emplirent de larmes.

— Maintenant, je ne saurai jamais ce que tu avais écrit.

— Ne t'en fais pas, je me rappelle chaque mot de cette dernière lettre que je t'ai adressée. Je vais te les dire. Tu m'as manqué lorsque j'étais au Zimbabwe, Ruby. Il y avait un grand vide dans ma vie, et mon travail ne me suffisait plus. La veille de mon départ, John m'a joint par radio et m'a demandé de rester deux semaines de plus. Il y a deux ans, j'aurais accepté sans la moindre hésitation. Mais cette fois, j'ai dit non. Parce que je voulais rentrer à la maison. Je voulais revenir, Ruby. Pour te voir. Pour être avec toi.

Quittant sa chaise, il s'agenouilla devant elle.

— Je n'avais pas prévu de faire cela ici. Je voulais un endroit romantique… Et une tenue plus élégante que celle-ci, ajouta-t-il avec un sourire. Mais je me rends compte que ça n'a pas d'importance, et je suis incapable d'attendre plus longtemps pour te dire que je t'aime. Je veux vivre avec toi, Ruby. J'ai trouvé la seule personne qui me donne envie de me poser quelque part — toi. Et j'ai envie de fonder une famille avec toi ici, à Londres. Tu es l'amour de ma vie. Veux-tu m'épouser ?

Ruby resta si longtemps silencieuse qu'il commençait à croire qu'elle allait dire non.

— Oui, murmura-t-elle enfin, d'une voix tremblante.

Soulagé, il respira un grand coup, se releva et la serra dans ses bras.

— Merci, mon Dieu ! J'ai cru que tu allais refuser. J'avais si peur que tu n'aies changé d'avis durant mon absence !

Une larme roula sur la joue de Ruby.

— Tu m'as tellement manqué, Ellis ! Et je craignais tant que tu ne veuilles pas revenir.

— Mais non. Tu me manquais de plus en plus à mesure que le temps passait. J'étais impatient de rentrer. Et maintenant me voilà ici pour de bon.

— Tu n'es pas obligé de renoncer complètement à ton ancienne vie, tu sais. Je ne veux pas que tu aies des regrets plus tard. Si tu partais, disons, deux semaines tous les six mois, tu pourrais continuer de faire ce travail que tu adores.

— Mais tu m'as fait comprendre que je pouvais aussi être utile ici, comme lorsque j'ai fait cette transfusion intra-utérine pour sauver le bébé d'Helen Perkins…

Il marqua une pause.

— Tu as raison, ces missions risquent parfois de me manquer. J'ai passé le plus clair de ma carrière à l'étranger. La solution que tu suggères pourrait marcher.

— Mais… ?

Encore une fois, elle avait deviné qu'il y avait un mais.

— Je déteste l'idée de te laisser seule ici. Je sais que je t'ai déjà posé la question et que tu as répondu non, mais si je partais seulement de temps en temps pour de courtes missions, envisagerais-tu de m'accompagner ?

— Si la mission était vraiment courte, oui, pourquoi pas ?

— Parfait ! Je t'aime, dit-il en l'embrassant. Et dès que mes vêtements seront secs, on annoncera la nouvelle au monde entier.

— Hum, Ellis, il va falloir attendre encore un peu avant que tu puisses t'habiller. Alors, on a le temps de fêter ça en privé d'abord.

— C'est ça que j'adore chez toi, dit-il en souriant. Tu as toujours des idées géniales !

Epilogue

Deux ans plus tard

Assis au bord du lit dans une chambre de la maternité du London Victoria, Ellis, un bras passé autour des épaules de Ruby, couvait des yeux leur fils, un tout petit bébé au visage écarlate, qui lui tenait solidement le doigt.

— La vie ne pourrait pas être plus belle, madame Webster, dit-il tendrement. Et je vous aime tous les deux énormément, et plus encore.

— Nous aussi, nous t'aimons, déclara Ruby. N'est-ce pas, Tom ?

Pour toute réponse, le bébé se mit à bâiller, ce qui les fit rire tous les deux.

— Je suis heureuse que tu aies pu revenir à temps pour sa naissance.

— Ça a failli ne pas se faire. Un premier bébé est censé naître avec un peu de retard, et non avec deux semaines d'avance. Surtout quand son père part travailler dans un coin perdu à des milliers de kilomètres de là pour une semaine seulement, en s'imaginant qu'il dispose d'un mois environ avant que le bébé n'arrive…

Il leva les yeux au ciel.

— Très mauvais calcul ! Je crains que cet enfant ne soit un fichu entêté.

— Tout comme son père, dit Ruby pour le taquiner.

— Lorsque, arrivé à l'aéroport, j'ai ouvert mon téléphone

et lu ton texto disant que le travail avait commencé… J'ai cru m'évanouir !

— Allons ! dit-elle en souriant. Pense à tous ces bébés que tu as aidé à mettre au monde.

— C'est très différent lorsqu'il s'agit de ma femme et de mon bébé.

Il se pencha pour poser un baiser sur le front de son fils.

— Heureusement, reprit-il, la femme qui était devant moi dans la file de gens attendant pour le contrôle des passeports m'a demandé si j'allais bien. Quand je lui ai dit ce qui m'arrivait, elle m'a laissé passer devant elle, et tous les autres ont fait comme elle, ce qui m'a permis de gagner du temps et de pouvoir te rejoindre plus rapidement. C'est surprenant de voir comme de parfaits inconnus peuvent être gentils.

— C'est vrai. Mais toi aussi, tu sais être gentil et généreux. Dis-toi qu'on reçoit autant qu'on donne.

— Sans doute, dit-il en souriant. Je t'aime, Ruby. Et j'aime notre bébé. J'ai du mal à croire que nous ayons fait quelque chose d'aussi parfait. Je suis impatient de vous ramener tous les deux à la maison…

La jolie maison entourée d'un jardin qu'ils avaient achetée juste avant de se marier.

— Et impatient aussi de voir tous ses grands-parents découvrir leur petit-fils, poursuivit-il. Parce que ce bébé va avoir six grands-parents : tes parents, les miens, et ceux de Tom, que je considère presque comme mes parents. Il n'est pas question qu'ils se sentent mis à l'écart.

Ruby le regarda en souriant.

— Voilà encore quelque chose que j'adore chez toi : le sens de la famille que tu montres maintenant.

— Grâce à toi, je dois dire. Tu t'es donné beaucoup de mal pour faire sortir mes parents de leur coquille. Tu as changé ma vie, Ruby. Jamais je n'aurais cru être un jour aussi heureux.

— Et moi, je n'aurais jamais cru connaître une seconde fois le bonheur. Une chance pareille est presque indécente.

— Mais non ! Comme tu disais, on reçoit autant qu'on donne, et tu donnes beaucoup. Tout ce que je souhaite, c'est pouvoir vous prodiguer, à ce petit Tom et à toi, autant de bonheur que vous m'en donnez. Je vous aime, tous les deux. Et je suis fier de vous.

— Nous aussi, nous sommes fiers de toi. Et nous comptons sur toi pour nous ramener très vite chez nous.

— Tes désirs sont des ordres, mon amour.

« Chez nous ».

Oui, il était vraiment chez lui, à présent. Pour de bon.

AVRIL TREMAYNE

Le rêve secret d'une infirmière

Traduction française de
MARCELLE COOPER

BLANCHE

HARLEQUIN

Titre original :
FROM FLING TO FOREVER

Ce roman a déjà été publié en 2015.

1.

Ella Reynolds considéra sa coupe de champagne vide en réprimant un soupir.

Elle ne se sentait pas vraiment dans son élément lors des mariages, et le fait que ce soit celui de sa sœur n'y changeait rien.

A force de cajoleries, Tina l'avait convaincue d'être sa demoiselle d'honneur et de porter cette robe en satin qui la boudinait et ces escarpins à bouts pointus qui lui écrasaient les doigts de pieds, sans parler de ce ridicule chignon dont les épingles lui agressaient le crâne.

Et, comme si ça ne suffisait pas, il y avait cet homme qui épiait le moindre de ses mouvements depuis son arrivée. Il l'avait observée tandis qu'elle précédait sa sœur dans la nef, puis durant la cérémonie, alors que tous n'avaient d'yeux que pour les mariés. Et, maintenant encore, elle sentait son regard sur elle dans la salle de réception. En plus de l'agacer, cela remuait en elle de douloureux souvenirs, car il était accompagné d'un adorable petit garçon asiatique de trois ou quatre ans.

Ça n'arrangeait pas sa migraine. Le champagne non plus, sauf que tenir un verre, même vide, cela vous donnait une contenance.

S'en autoriserait-elle un second ?

Après tout, personne ne remarquerait qu'elle dépassait la limite autorisée. Et certainement pas sa sœur, enceinte et radieuse, en train de danser avec son mari Brand, ni ses parents en grande conversation à l'autre bout de la pièce avec ceux de leur gendre venus à Sydney pour l'occasion.

Non, personne ne s'occupait de ce qu'elle faisait, et ça lui convenait parfaitement. C'était moins difficile de se maîtriser quand aucun de ses proches ne risquait de déceler ses émotions, et en particulier la jalousie inavouable qui la rongeait à la vue du ventre arrondi et du bonheur de Tina.

Et, accessoirement, cela allait lui permettre de saisir au passage une seconde flûte de champagne…

Elle se tournait vers le serveur qui approchait avec son plateau, quand la sensation d'une présence derrière elle l'interrompit en plein mouvement.

Pivotant sur son siège, elle leva la tête.

Oh non ! C'était son observateur inconnu.

— Bonjour.

— Bonjour, répondit-elle du bout des lèvres.

— Alors… Vous êtes Ella.

Pas très original, comme entrée en matière.

— Oui. Je suis la sœur de la mariée.

— Oh ! dit-il d'un air surpris. Votre accent… Je ne me rendais pas compte…

— Que j'étais américaine ? Eh oui, cela peut surprendre, étant donné que ma sœur est australienne. Voilà ce qui arrive, quand on a des parents issus de continents différents. Je vis à Los Angeles et Tina à Sydney. Ce qui ne nous empêche pas de parler toutes les deux la langue de Shakespeare…

Quelle conversation inepte !

Il rit.

— Je ne suis pas sûr que Shakespeare la reconnaîtrait.

Une manière de lui signifier qu'elle avait un accent yankee à couper au couteau. Etait-il maladroit, ou bien mufle ?

Son sourire adoucissait l'affront, mais s'il croyait la séduire avec ses belles dents blanches, son teint hâlé et ses muscles saillant sous le smoking…

De toute façon, elle avait décidé de ne plus se laisser charmer par quiconque, même par un beau blond aux allures de surfeur. Et puis, pas question de se faire draguer au mariage de sa sœur, alors que tous les membres de sa famille se trouvaient concentrés dans un périmètre réduit.

— Ça ne vous dérange pas si je m'assieds pour bavarder quelques instants avec vous ?

Si, ça la dérangeait.

Elle haussa les épaules, ce que l'inconnu prit de toute évidence comme une permission.

— Brand a dû vous prévenir que je tenais absolument à vous rencontrer pour vous soutirer des informations, dit-il en s'asseyant à sa droite.

Ce n'était donc pas pour ses beaux yeux qu'il la regardait depuis tout à l'heure ?

— Non, dit-elle, en lançant un coup d'œil à son beau-frère qui dansait un rock très sage avec Tina. Il a quelques sujets de préoccupation, actuellement — le mariage, le bébé, leur prochain déménagement pour Londres, le tournage du film…

— Pardonnez-moi, il faudrait peut-être que je me présente. Je suis Aaron James.

Le nom lui disait quelque chose.

— Vous êtes acteur, dit-elle, se souvenant de quelques bribes d'un mail envoyé par Tina. Vous jouez dans un film qui traite de la malaria.

— En effet. Il s'agit d'un documentaire qui répertorie les foyers où sévit encore le paludisme et les moyens mis en œuvre pour l'éradiquer. C'est un sujet qui me tient très à cœur, car mon fils… Mais inutile de vous ennuyer avec mes problèmes personnels. Ce documentaire-fiction emploie des comédiens pour les scènes de reconstitution, d'où ma participation au projet. D'habitude, je joue plutôt pour la télévision. Avez-vous entendu parler de la série télévisée *Triage* ?

— Vaguement, admit-elle, embarrassée de s'être méprise sur la nature de l'intérêt qu'il lui portait. Bien. Alors, vous désirez me parler du documentaire ou du feuilleton ? S'il s'agit du feuilleton, je ne suis pas compétente, vous savez. Mon expérience d'urgentiste est des plus limitées. Et puis, je suis infirmière, ce qui n'est certainement pas votre rôle dans l'histoire… Vous jouez un médecin, je parie ?

Le sourire à cent mille watts avait un peu pâli.

— Oui, mais…

— Ecoutez, je reprends l'avion demain, mais je vais vous laisser les coordonnées de quelques médecins de ma connaissance à Sydney qui seront en mesure de vous renseigner.

— Non, ce n'est pas…

— Les numéros sont dans mon portable, l'interrompit-elle. Avez-vous un stylo ?

La main d'Aaron James se posa sur la sienne pour l'empêcher d'ouvrir la pochette en satin bronze.

— Ella…

Elle crispa les doigts sous la chaleur des siens, surprise par cette intimité soudaine et contrariée par le bien-être qu'elle en ressentit.

— Ce n'est pas pour le feuilleton, dit-il en lui relâchant la main. C'est pour le documentaire. Comme je vous l'ai dit, il dressera un inventaire des thérapies, des mesures d'assainissement de l'environnement, de lutte contre la prolifération des moustiques, ainsi que des recherches en cours pour mettre au point un vaccin. Le tournage commence par divers hôpitaux du Cambodge où vous avez exercé. C'est pour cette raison que je tenais à avoir votre avis sur la question.

Comme elle ne répondait pas, il fronça les sourcils, l'air contrarié.

— Brand m'a dit que vous aviez travaillé pour *Frontline Medical Aid*.

— Oui, c'est exact, dit-elle en s'efforçant de réprimer le tremblement de sa voix. Ainsi que pour d'autres organismes de santé dans différents pays d'Asie et d'Afrique. Pour le moment, toutefois, je ne suis sous contrat avec aucun d'entre eux. Pour l'année à venir, je serai basée à Los Angeles, où je compte poser définitivement mes valises.

— J'ai bien compris. Tout ce qui m'intéresse, c'est d'entendre votre témoignage. A quoi cela ressemble-t-il de travailler dans l'humanitaire ?

— Eh bien… Je suppose que, comme dans tout travail, il y a des hauts et des bas.

— Autrement dit, ma question est stupide ? dit Aaron James en lui resservant son sourire hollywoodien.

— Ecoutez, je ne sais pas ce que vous voulez savoir au juste. Au cours de mes missions, je me suis bornée à faire mon travail d'infirmière, c'est-à-dire à prodiguer des soins aux malades et aux blessés, et à effectuer de la prévention en matière de santé et d'hygiène. C'est tout.

— Allons donc, vous avez fait un peu plus que cela ! Les conditions de travail devaient être parfois extrêmes, sans parler des maladies qui sévissent sous ces latitudes, des camps de réfugiés, des zones truffées de mines antipersonnel, des enlèvements dont sont victimes les Occidentaux…

Elle sentait son cœur cogner à tout rompre contre ses côtes. Consciente qu'elle serrait les poings, elle cacha ses mains sous la nappe et essaya de se ressaisir.

— Oui, j'ai connu tout cela. J'ai vu des enfants estropiés par les mines, d'autres en phase terminale du sida, ou victimes de malnutrition sévère. Certains sont morts dans mes bras. Certains de mes collègues ont été enlevés, voire tués. Mais j'imagine qu'une équipe de cinéma bénéficiera de mesures de protection que ne peut pas se permettre une O.N.G. Vous aurez certainement des gardes du corps.

— Je ne m'inquiète pas pour ma sécurité, dit Aaron sur un ton patient, en s'adossant à son siège. Dites-moi si je me trompe, mais il me semble que vous n'avez pas très envie de me parler de votre expérience ?

Miracle, il avait compris !

— Ça ne me dérange pas, répliqua-t-elle mollement.

Sa voix sonnait faux à ses propres oreilles.

Ce fut le moment que choisit l'adorable bambin qu'elle avait vu tout à l'heure pour surgir soudain et se blottir contre la jambe d'Aaron.

— Papa, regarde ce que Tina m'a donné.

« Papa ». Aaron James avait-il une épouse asiatique ? A moins que l'enfant ne soit adopté.

Aaron se pencha pour respirer le parfum de la petite rose que lui tendait le petit garçon.

— Elle vient de son bouquet, dit ce dernier.

— Mmm, elle sent bon ! Ella, je vous présente mon fils Khim. Khim, voici Ella, la sœur de Tina.

Khim. Un prénom cambodgien. Et, d'après la confidence avortée de tout à l'heure, il semblait que Khim ait eu la malaria.

— Ravie de faire ta connaissance, Khim ! Ça tombe bien que tu arrives avec cette rose, car tu viens de me rappeler que Tina ne va pas tarder à lancer son bouquet, et il n'est pas question que je rate ça, ajouta-t-elle en adoptant son ton le plus enjoué. Alors, au revoir et bonne chance pour le documentaire, Aaron. Au revoir, Khim.

Ouf. Ç'avait été un moment délicat, mais elle s'en sortait honorablement, se félicita-t-elle tout en s'éloignant du pas calme et mesuré qu'elle s'était entraînée à adopter dans les moments de stress. Décidément, il faudrait qu'elle lise plus attentivement les mails de sa sœur. Elle se rappelait à présent, un peu tard, la teneur complète du dernier message qui lui disait qu'Aaron James était divorcé et qu'il avait un fils adoptif — Tina n'avait pas précisé qu'il était cambodgien car, cela, elle s'en serait souvenue. Sa sœur avait également mentionné le documentaire, et sans doute lui avait-elle demandé comme un service à rendre à Brand de faire de son mieux pour aider Aaron dans son projet.

Elle se mordit la lèvre.

Si elle avait su que l'ami de son beau-frère viendrait la solliciter aujourd'hui, elle se serait préparée à la confrontation.

« Confrontation ». Un bien grand mot pour quelques innocentes questions.

La honte l'envahit.

Aaron James avait dû la trouver bien peu coopérative. Mais il ne pouvait pas savoir que le sujet qui l'intéressait était celui-là même qu'elle ne pouvait se résoudre à aborder avec quiconque.

Personne n'était au courant pour Sann, le petit garçon cambodgien qui était mort du paludisme avant même qu'elle ait eu le temps d'entamer les démarches d'adoption. Personne ne savait non plus pour Javier, son collègue et amant enlevé en Somalie par un groupe de rebelles indépendantistes, et dont on n'avait plus aucune nouvelle. Personne ne savait, pour la bonne raison qu'elle n'en avait rien dit à ses proches afin qu'ils ne s'inquiètent pas pour elle, ni ne l'obligent à raconter et à revivre l'enfer qu'elle avait vécu.

Aaron avait dû sentir sa réticence, car il était passé en quelques minutes de l'admiration — oui, il lui semblait bien avoir lu de l'admiration dans ses yeux gris argent — à l'incompréhension. Depuis qu'elle avait botté en touche à ses questions, il la trouvait visiblement antipathique.

La migraine empirait. Les maudites épingles à cheveux semblaient s'enfoncer de plus en plus dans son cuir chevelu.

Patience. Après le lancer de bouquet et les embrassades finales, elle pourrait regagner son hôtel, où elle avalerait une aspirine et dévaliserait le minibar, étant donné qu'elle restait sur sa soif puisque la seconde flûte de champagne lui était passée sous le nez.

Comme si l'alcool avait jamais résolu quoi que ce soit… Mais ça, elle refusait d'y penser pour l'instant.

Aaron avait l'impression de s'être fait éconduire en beauté.

Alors que Brand lui avait assuré qu'Ella Reynolds se ferait un plaisir de le renseigner, celle-ci lui avait opposé une fin de non-recevoir avant de quitter précipitamment la table. Enfin, « précipitamment » n'était pas le mot juste, puisqu'elle avait marché lentement, mais elle lui avait tout de même donné l'impression de fuir. Non seulement ses questions étaient demeurées sans réponse, mais son ego en avait pris un coup. Tout ça parce qu'elle était sans doute la seule femme dans cette salle à ne pas savoir qui il était et qu'elle s'en était souciée comme d'une guigne lorsqu'il avait décliné son identité.

Bon, c'était normal qu'elle n'ait jamais entendu parler de lui puisqu'elle était américaine. Aux Etats-Unis, il n'était pas un acteur connu.

Non qu'il soit du genre à vouloir être reconnu à tout prix, mais l'indifférence d'Ella le vexait. Il n'avait pas l'habitude de susciter ce genre de réaction, ou plutôt cette absence de réaction, chez une femme.

A moins qu'elle n'ait feint l'indifférence. Mais pourquoi ?

Allons, il ne l'intéressait pas, c'est tout. Il fallait qu'il l'accepte.

Un soupir aux lèvres, il regarda les invitées se mettre en place pour le rituel du lancer de bouquet.

Ella Reynolds se tenait au beau milieu de la foule, souriante. Il aurait pu jurer qu'elle évitait soigneusement de regarder dans sa direction.

Tina n'avait pas menti en lui disant que sa sœur était ravissante. Malgré ce chignon qui emprisonnait ses cheveux blond miel, Ella était d'une beauté saisissante avec son teint lumineux, son grand front, ses yeux bleu-violet surmontés de sourcils dorés et sa bouche pulpeuse. Et sa silhouette aux courbes sensuelles coulées dans du satin couleur bronze n'avait rien à envier à son visage. Ses seins dignes d'une déesse ne devaient de toute évidence rien à la chirurgie esthétique — métier oblige, il savait reconnaître les poitrines siliconées. Et la cerise sur le gâteau, c'était son parfum. Sombre, capiteux. Enivrant.

Bref, Ella Reynolds était une « bombe ».

Tina lui avait dit aussi que sa sœur avait plus d'une fois

risqué sa vie pour aider les malades et les démunis. Selon elle, c'était un modèle de courage et d'altruisme.

Là, il n'était plus d'accord. Après la brève conversation qu'ils venaient d'avoir, Ella Reynolds ne lui apparaissait pas comme un modèle : quelque chose n'allait pas chez elle. Son sourire semblait forcé, son regard vide, comme mort.

Il sentit un frisson lui parcourir le dos.

Cette sensation était si dérangeante qu'il avait eu du mal à rester assis à son côté. Ce court entretien avait éteint la flamme du désir qui s'était allumée en lui quand il l'avait vue entrer dans l'église.

Cela valait mieux. Il ne voulait pas soupirer après elle ni après quiconque. Il n'en avait ni le temps ni l'envie.

— Viens, Khim, dit-il en prenant son fils par la main. La bataille pour le bouquet va être amusante. Mais promets-moi de ne pas essayer de l'attraper, d'accord ?

Il avait déjà donné dans ce domaine, et il n'était pas près de récidiver.

2.

Malgré l'intention d'Ella de ne plus quitter Los Angeles, lorsque le directeur d'une O.N.G. avait sollicité son aide quelques semaines plus tard, elle avait refait ses valises, direction le Cambodge où sévissait une épidémie de dengue.

Et pourquoi pas ? Depuis le mariage de Tina, elle se sentait à cran, insatisfaite, sans pouvoir en définir la raison. Ce voyage imprévu semblait un bon dérivatif. Se noyer dans le travail lui éviterait de s'interroger sur ses états d'âme. Et se tuer à la tâche dans un hôpital pour enfants situé dans une ville en bordure de rivière, au paradis des moustiques, en pleine période de mousson, c'était exactement le genre d'activité masochiste dont elle raffolait.

Voilà pourquoi elle se retrouvait à Battambang, à l'ouest du Cambodge, en ce jour de l'année qu'elle redoutait le plus : celui de son anniversaire. Mais elle le fêtait dans le bar de l'un des meilleurs hôtels de la ville, et non dans la gargote où elle avait ses habitudes.

Ses parents avaient appelé ce matin pour lui souhaiter un bon anniversaire. Ils lui avaient envoyé un billet d'avion *open* pour Londres avec ordre de l'utiliser dès que sa mission au Cambodge serait terminée. Ils avaient présenté cela en partie comme un service à rendre à Tina, qui avait rejoint son mari en Angleterre. Etant donné que Brand était très pris par le tournage de son film, elle pourrait veiller sur sa sœur enceinte, s'assurer que celle-ci se ménageait…

Pas dupe, Ella savait que sa sœur aurait de son côté reçu

une batterie d'instructions analogues pour veiller à ce qu'elle se repose et se remplume — leur mère s'inquiétait toujours de la voir amaigrie au retour de ses virées humanitaires dans le tiers-monde.

Le cadeau de Tina, lui, brillait par son originalité. Il s'agissait d'une chèvre. Oui, une chèvre ! Qu'elle pourrait donner à son tour à quelque village démuni du Cambodge, du Laos ou de l'Inde. D'aucunes auraient aimé recevoir pour leurs vingt-sept ans autre chose qu'une chèvre en transit mais, pour elle, c'était le cadeau rêvé puisqu'il lui permettait de faire œuvre utile.

Joint au certificat vétérinaire se trouvait un paquet avec un petit mot.

« Fais-moi plaisir, porte ceci. »

« Ceci », c'était des sous-vêtements de soie vert menthe portant l'étiquette d'une luxueuse marque française qu'elle n'aurait jamais eu les moyens de s'acheter.

C'était une hérésie de les porter sous son débardeur de supermarché et sa jupe de gitane achetée aux puces, mais ça lui remontait un peu le moral de les sentir à même sa peau.

Peut-être devrait-elle accorder plus d'attention à sa lingerie ?

Sauf qu'elle ne risquait guère de trouver la réplique de ces merveilles dans les bacs des solderies où elle faisait ses courses.

Apprenant que c'était son anniversaire, quelques collègues l'avaient entraînée en ville pour fêter ça. Ils avaient avalé quelques verres, raconté un peu leur vie, et puis ils étaient partis se reposer l'un après l'autre en prévision d'une autre journée épuisante. Seule Helen, une collègue infirmière, lui tenait encore compagnie dans la salle de billard de l'établissement, et plus pour longtemps à en juger par les coups d'œil discrets qu'elle jetait à sa montre.

Elle-même pouvait se permettre de veiller tard et de faire la grasse matinée demain, car sa garde ne commençait que l'après-midi. Ce fut donc sans remords qu'elle libéra Helen en lui assurant qu'elle était une grande fille parfaitement capable de rentrer seule.

En fait, elle espérait secrètement ne pas rentrer seule.

Elle avait entamé une partie de billard avec un nommé Tom, un expatrié anglais vaguement ingénieur avec lequel elle avait sympathisé autour d'un verre. Peut-être pourrait-il l'aider à se sentir vivante pendant une heure ou deux, à garder les cauchemars à distance ?

A condition de dépasser le stade du « non-je-ne-suis-pas-une-fille-facile » et de se résoudre à l'inviter dans sa chambre.

Comme elle se penchait au-dessus de la table de billard pour ajuster son tir, elle sentit une main se poser dans le bas de son dos.

Elle rata complètement son piqué et regarda par-dessus son épaule, un sourire plaqué sur le visage.

C'était Tom. Il n'avait vraiment pas les manières d'un ingénieur, mais qui s'en souciait ?

Toujours par-derrière, il l'attira contre lui, et ses bras se nouèrent autour de sa taille. Quand il se mit à lui mordiller le lobe de l'oreille, elle rit nerveusement, sans pouvoir s'empêcher de ressentir un petit frisson désagréable.

Dans son cou, l'haleine de Tom était chaude, humide, alcoolisée. Les mordillements s'accentuèrent.

La queue de billard dans une main, le dos collé contre Tom, un peu de soie verte de son soutien-gorge dévoilé par la bretelle de son débardeur qui avait glissé sur son épaule, elle regarda désespérément vers l'entrée du bar.

Pourquoi cela, à cet instant ? Elle n'aurait pas su le dire. Mais c'est ce qu'elle fit. Et elle vit entrer Aaron James.

Il se tint sur le seuil, frais comme une rose dans un T-shirt blanc et un jean qui lui allaient encore mieux que le smoking du mariage, sublime avec son air de beau blond ténébreux — l'expression méritait d'être inventée pour lui —, tout en muscles, ses cheveux clairs striés des mêmes mèches blanchies par le soleil qu'elle avait remarquées lors des noces de Tina.

En fait, c'était curieux qu'elle se rappelle tous ces détails.

Il la toisa d'un air glacial et lui adressa un petit signe de tête pour montrer qu'il se souvenait aussi d'elle. Puis il se dirigea vers le bar en les ignorant superbement, Tom et elle.

Sans doute lui avait-elle fait une si piètre impression lors de leur rencontre à Sydney qu'il n'avait plus envie de lui adresser la parole…

Elle qui croyait ne plus en être capable, elle se sentit rougir comme une pivoine, et elle s'empressa de remonter sa bretelle vagabonde.

Un rire lascif aux lèvres, Tom la refit glisser.

— Arrête, dit-elle en la remettant en place.

C'était étonnant comme certains hommes appelaient le tutoiement alors qu'on les connaissait depuis une heure à peine. Il faut dire que les bars se prêtaient à ce genre de familiarités éclairs.

— Désolé. C'était juste pour m'amuser.

Sauf qu'elle n'avait plus du tout envie de s'amuser avec lui.

Pour faire bonne mesure, elle enfila son gilet en coton.

Dans ces contrées où les mentalités étaient différentes et où les femmes ne jouissaient pas des mêmes libertés qu'en Occident, elle veillait à se couvrir pour sortir dans la rue, quitte à se délester de quelques épaisseurs lorsqu'elle se trouvait dans une enclave occidentale. Les cardigans et les pantalons longs étaient accessoirement très utiles pour se protéger des moustiques.

En l'occurrence, il n'y en avait pas dans cet élégant bar cosmopolite à l'air conditionné, mais le regard glacial que lui avait jeté Aaron James lui donnait envie de se rhabiller.

Elle essaya de se concentrer sur la partie de billard.

Mais c'était difficile. Chaque fois qu'elle riait ou que Tom poussait un cri de triomphe parce qu'il gardait la main, les yeux gris d'Aaron se tournaient vers eux, implacables. Quand elle faillit renverser une chaise en allant chercher son verre, Aaron n'en rata de toute évidence pas une miette. Ni quand Tom l'enlaça par-derrière pour l'aider, bien inutilement, à ajuster son tir. La réprobation qu'elle devinait dans son regard lui donnait l'impression de commettre quelque activité honteuse, coupable.

Ce n'était pas juste ! Elle était une adulte majeure et vaccinée, célibataire, libre de faire ce qu'elle voulait avec qui elle voulait le jour de son anniversaire, afin d'oublier pendant quelques heures la maladie et la mort.

Mais elle avait beau se le répéter, le cœur n'y était plus. Son projet de terminer la soirée avec Tom s'était évaporé sous cette paire d'yeux argent qui semblaient la juger si sévèrement.

Une paire d'yeux qui appartenait à un ami de sa sœur. Elle imaginait déjà les mots qu'Aaron James emploierait pour décrire son comportement à Tina…

Cette pensée acheva de la dégriser.

Non, mieux valait arrêter les frais pour ce soir, d'autant que ses tempes commençaient à battre douloureusement. L'alcool lui causait toujours des migraines, ce qui ne l'empêchait pas d'en boire. Cela faisait partie de son côté suicidaire.

Elle alla ranger la queue de billard dans le râtelier.

— Merci pour la partie, Tom. Il est temps que je rentre.

— Mais la soirée ne fait que commencer, baby ! Je croyais que nous…

— Non. Je suis fatiguée, et je ne me sens pas très bien.

— Je t'offre un dernier verre, dit-il en essayant de la retenir.

Elle esquiva son bras.

— Je t'ai dit non.

Sourd à son refus, Tom l'enlaça.

Il était manifestement dans un état d'ébriété avancé, mais cela ne l'inquiétait pas outre mesure. Elle s'était sortie de situations autrement plus délicates.

Doucement mais fermement, elle entreprit de se dégager.

Cela ne découragea en rien Tom qui, croyant peut-être qu'elle cherchait à se faire désirer, posa une bouche baveuse sur le coin de la sienne.

— Que tu es belle, lui murmura-t-il, l'haleine imbibée de whisky.

Berk. Comment avait-elle pu envisager un cinq à sept avec cet individu ?

Sachant qu'il ne faut pas contrarier un ivrogne sous peine de le rendre encore plus incontrôlable, elle le remercia pour le compliment tout en continuant ses efforts pour se libérer.

Soudain, Tom la relâcha et recula, raide comme un piquet, tel un pantin télécommandé.

— Laisse-la tranquille, mon vieux.

L'accent était australien.

C'était Aaron James qui ceinturait l'importun par-derrière !

Comment avait-il fait pour se transporter du comptoir à la table de billard en une fraction de seconde ?

— Ça va. Vous pouvez le lâcher.

Aaron ne relâcha pas pour autant sa prise, qui gigotait comme un beau diable.

— Je vous ai dit que ça allait, répéta-t-elle. Je contrôle la situation.

— Je vois ça, dit-il d'un ton sarcastique.

— Je vous assure que si.

Désireuse de montrer qu'elle n'avait pas besoin d'un chevalier blanc pour voler à son secours, elle s'avança pour tirer sur le bras musclé qui maintenait Tom dans un étau.

Ce fut alors que le poing de Tom lui atterrit sur la tempe. Elle vacilla, et tout devint noir.

La première chose qu'Ella remarqua en reprenant conscience, ce fut un parfum viril. Frais et sauvage, comme une plage en hiver. Ses narines s'emplirent de la délicieuse fragrance.

Elle ouvrit les paupières et entrevit un brouillard de

blanc et de brun. Puis ses yeux firent le point sur le T-shirt et le visage bronzé d'Aaron James qui la regardait d'un air inquiet, penché sur elle.

— Oh. Que s'est-il passé ?

— Cet imbécile vous a assommée.

Ah oui. Tom.

— Pas exprès.

— Il était soûl, ce qui n'est pas une excuse.

— Où est-il ?

— Parti. Bon débarras.

Sa tête ne reposait pas sur un coussin comme elle l'avait d'abord cru, mais contre les cuisses d'Aaron. Comme elle essayait de se redresser, il la maintint en place.

— Restez tranquille. Vous avez vu trente-six chandelles.

Une foule de gens les entourait, parmi laquelle quelques visages inquiets mais surtout beaucoup de curieux.

— Je ne me sens pas très bien.

— Vous m'étonnez, dit sèchement Aaron.

— Il faut que je rentre.

Mais elle ne bougea pas d'un pouce.

Mmm, ce parfum ! Etait-ce celui de la peau d'Aaron ou de sa lotion après-rasage, ou l'alliance des deux ? En tout cas, il la réconfortait, elle n'aurait pas su dire pourquoi.

— Bien. Messieurs-dames, le spectacle est terminé, dit Aaron d'un ton sans réplique.

La foule se dispersa, et elle entendit Aaron s'adresser au patron de l'établissement. Hélas, c'était au-dessus de ses forces de se concentrer sur ses paroles. Elle n'avait qu'une envie : refermer les yeux.

— Ella, votre lèvre saigne, reprit-il en se penchant de nouveau sur elle. Je suis descendu à cet hôtel, alors vous allez me suivre dans ma chambre pour que je vous soigne. Ensuite, je vous ramènerai chez vous. Ou à l'hôpital.

— Non, pas l'hôpital !

Elle n'avait aucune envie que ses collègues la voient dans cet état.

— On verra après les premiers soins.

Elle aurait préféré rentrer chez elle tout de suite, et par ses propres moyens. Mais les mots vacillèrent sur ses lèvres.

— D'accord, s'entendit-elle marmonner à la place.

Sa langue effleura sa lèvre blessée.

Aïe. Elle avait dû heurter quelque chose en tombant. Toutefois, ce n'était rien à côté de son crâne.

Passant le bras sous ses aisselles, Aaron l'aida à se relever.

— Appuyez-vous sur moi.

Etant donné que ses genoux flageolaient, elle fut bien obligée. Ce n'était pas la grande forme.

Ils sortirent du bar sous le regard de quelques curieux qui chuchotaient entre eux.

— Je suis désolée, dit-elle. J'espère que personne ne vous aura reconnu.

Aaron secoua la tête, l'air désinvolte.

— Au Cambodge, je suis un illustre inconnu. Et, à supposer que quelque amateur de feuilleton australien me reconnaisse, ça me serait bien égal.

— Tout de même, je m'en voudrais de vous mettre dans l'embarras.

— Ne vous inquiétez pas. Quand elles s'y mettent, mes trois sœurs m'embarquent dans des situations bien pires.

— Vous n'aviez pas besoin de m'aider, je m'en serais sortie toute seule, vous savez.

— Vraiment ?

— Bien sûr. J'ai l'habitude des dragueurs de comptoir, et Tom était inoffensif.

— La preuve !

— Faites-moi grâce de votre ironie, Aaron. J'ai un mal de crâne épouvantable.

Ils étaient à présent dans le hall de l'hôtel.

— J'ai une question à vous poser, rétorqua-t-il en s'arrêtant en plein milieu du hall. A quoi songiez-vous, de boire ainsi plus que de raison ? Et en compagnie d'un tel individu ? Ce poivrot bavait littéralement sur vous, et vous le laissiez faire !

Sauf erreur, il y avait de la colère dans sa voix.

Elle n'en croyait pas ses oreilles. Il lui faisait la morale !

— D'abord, ça fait deux questions, pas une… Et Tom n'est pas un poivrot, il est ingénieur, ajouta-t-elle, comme si l'un empêchait l'autre.

Dans son état, elle n'avait cure de logique. Elle ne savait qu'une chose : elle n'avait pas envie d'un sermon moralisateur.

Le regard gris vira à l'orage. Elle s'attendait qu'Aaron James émette des doutes sur la profession de Tom, mais il se contenta de lui reprendre le bras pour l'aider à traverser le hall.

— Excusez-moi de me mêler de ce qui ne me regarde pas, dit-il d'un ton radouci. Mais je me sens un peu responsable de vous en tant qu'ami de Brad et de Tina.

— Eh bien, il ne faut pas. J'ai déjà un père, qui d'ailleurs ne me tient jamais ce genre de discours, pour la bonne raison qu'il me sait parfaitement capable de veiller sur moi-même. De toute façon, que faites-vous ici ?

Elle grimaça comme la mémoire lui revenait.

— Ah oui, le documentaire, c'est vrai… La ville ne manque pas de bars, mais il a fallu que vous entriez dans celui où je me trouvais, maugréa-t-elle, consciente de sa mauvaise foi.

Elle ne pouvait pas s'empêcher de le prendre à partie. Lui, il lui avait bien reproché de trop boire !

— Je suis descendu dans cet hôtel, j'ai bien le droit de fréquenter son bar. C'est plutôt vous qui devriez m'expliquer votre présence ici. Vous n'étiez pas censée être à Los Angeles ?

— J'y étais, mais on m'a proposé une mission.

— Et nous voilà tous les deux à Battambang. Quelle coïncidence !

Ils sortirent par la porte du fond et empruntèrent une allée bordée d'arbres menant à une ravissante demeure de style colonial — probablement une villa que l'hôtel réservait à ses hôtes de marque.

— Combien de temps allez-vous rester en ville ? demanda-t-elle tandis qu'Aaron insérait la clé dans la serrure.

— Deux semaines, en principe.

— Dans quinze jours, vous serez donc parti. Et moi, je continuerai à fréquenter les bars et à côtoyer des gens comme Tom, et à les laisser me baver dans le cou si ça me chante.

Par esprit de contradiction — ou pour le choquer —, elle en rajoutait, noircissait le tableau à dessein. Elle n'était pas une alcoolique, bien qu'elle flirtât parfois avec la ligne rouge, et elle n'avait certes pas l'habitude de ramasser des hommes dans les bars. Mais si Aaron le pensait, elle ne ferait rien pour l'en dissuader.

— Vous jouez avec le feu, Ella, répliqua-t-il d'un ton ombrageux. Mais, comme vous l'avez si bien dit, vous êtes assez grande pour savoir ce que vous faites. Puisque vous veillez si bien sur vous-même, je partirai d'ici la conscience tranquille.

Le sarcasme ne lui échappa pas.

Pourquoi s'ingéniait-elle à renfoncer la mauvaise opinion qu'il nourrissait d'elle ?

Peut-être parce qu'elle était déprimée à cause de l'anniversaire, de cette date fatidique qui l'obligeait à dresser le bilan de sa vie et de ses malheurs.

Aaron la conduisit dans un élégant petit salon où les lampes étaient restées allumées bien qu'il n'y eût personne.

Même si cela ne la regardait pas, elle ne put s'empêcher de l'interroger.

— Votre fils est avec vous ?

— Oui. Il est couché.

— Alors, vous avez une nourrice ? A moins que votre femme…

De quoi se mêlait-elle ?

— Mon ex-femme, rectifia-t-il. Rebecca habite à Sydney. Et pour répondre à votre question, bien entendu, j'emploie une nourrice : Jenny. Je n'ai pas pour habitude de laisser mon fils de quatre ans seul dans une chambre d'hôtel.

Le ton lapidaire d'Aaron témoignait de l'antipathie qu'elle lui inspirait. Et elle le lui rendait bien. Son mépris l'irritait. Au moins, quand son père lui faisait la morale, il y joignait de la sollicitude et de l'affection.

Il lui fit signe de s'asseoir.

— Voulez-vous boire quelque chose ?

— Un verre d'eau, s'il vous plaît, dit-elle en s'effondrant sur le canapé.

— Bonne réponse.

La moutarde lui monta au nez devant une telle condescendance.

Il alla dans la cuisine en enfilade et sortit une bouteille d'eau du réfrigérateur. Quand il revint avec le verre d'eau glacée, elle le prit sans même le remercier.

Qu'il aille au diable avec sa réprobation et ses airs condescendants ! Juste pour voir sa réaction, elle aurait dû demander du whisky.

Elle but une gorgée, puis frotta le verre contre sa tempe.

— Vous avez toujours mal ?

— Oui.

Il contourna le divan et, à sa grande surprise, se mit à lui masser les épaules et le cou.

— Mmm, ça fait du bien.

— Comme beaucoup d'acteurs, j'ai eu une carrière en dents de scie. A une époque, j'étais assistant-kinésithérapeute pour boucler les fins de mois. Il m'en reste quelques rudiments de massage.

Ses doigts accomplissaient des merveilles, mais sa voix restait toujours aussi revêche.

— Il manque la musique des vagues, dit-elle pour plaisanter.

Le silence lui répondit.

Le massage terminé, Aaron examina sa lèvre.

— Ce n'est qu'une égratignure. Je vais la désinfecter.

Quand il revint quelques minutes plus tard avec un bol rempli de glaçons et la trousse de premiers secours, elle fit une nouvelle tentative pour détendre l'atmosphère.

— On vous croirait tout droit sorti de *Triage*.

Une remarque qu'il traita de nouveau par le mépris.

Quand il eut désinfecté la plaie, elle prit une compresse qu'elle enroula autour d'un glaçon.

— Vous avez eu une bonne idée. Le froid fera l'effet d'un antalgique.

— Laissez-moi faire, dit-il en lui prenant le glaçon des mains.

— Aaron, je peux me soigner moi-même, je vous rappelle que je suis infirmière.

Autant parler à un mur.

Il se mit à promener le glaçon sur la zone douloureuse, l'air toujours aussi sévère, et elle sentit de nouveau le délicieux parfum de son après-rasage lui chatouiller les narines.

Que ne pouvait-il sentir la transpiration comme les autres clients du bar... Mais non, c'était dans sa gargote habituelle que les gens sentaient la transpiration. Le bar de cet hôtel cinq étoiles était fréquenté par des touristes haut de gamme qui se douchaient plusieurs fois par jour, et aussi par quelques aventuriers dont Tim — non, Tom — faisait sans doute partie...

Seigneur, ses idées devenaient de plus en plus confuses.

Une tache rouge se distinguait sur le T-shirt d'Aaron.

C'était du sang. Son sang. Et il y en avait aussi sur son cou, qui s'était probablement déposé là quand il l'avait prise dans ses bras.

Sans réfléchir, elle tendit la main pour frotter la tache et l'effacer.

La peau d'Aaron était chaude, elle sentait presque la veine de la jugulaire palpiter sous son pouce, et ce parfum qui l'enveloppait ne faisait qu'ajouter à son émoi.

Immobile, comme pétrifié, il l'observait.

Qu'était-il en train de penser ? Puisqu'il la prenait pour une fille facile, croyait-il qu'elle allait se rabattre sur lui maintenant que Tom s'était envolé ?

3.

— Désolée, j'ai… Je vous ai taché de mon sang, marmonna Ella.

Aaron retint sa respiration.

— Ella, je ne crois pas que ce soit une bonne idée de me toucher.

Elle écarta aussitôt la main.

Conscient de se contredire, il la reprit pour la poser contre sa poitrine.

Elle allait sentir son cœur battre tel un tambour contre sa paume, se rendre compte de l'effet qu'elle produisait sur ses sens, prendre conscience du pouvoir qu'elle exerçait sur lui. Mais tant pis. Il voulait sa main sur son corps. Ses deux mains.

Alors qu'il ne la trouvait même pas sympathique. Il avait beau se le répéter, une certaine partie de son anatomie plaidait pour le rapprochement.

Leur seul contact avait été cette brève et ô combien frustrante conversation lors d'un mariage. Il pensait ne jamais la revoir. Et maintenant, contre toute attente, ils se retrouvaient au bout du monde, dans la même pièce, tout près l'un de l'autre, et il n'avait aucune idée de ce qu'il allait se passer.

En entrant dans ce bar et en voyant cet imbécile la peloter, il avait été pris d'une envie furieuse de lui coller son poing sur la figure puis d'entraîner Ella loin de lui. Lui qui ne se mettait jamais en colère, cette réaction extrême l'avait presque effrayé. Il avait songé à sortir, aller boire un verre ailleurs ou se promener au hasard des rues pour évacuer sa tension, mais il avait préféré rester, au cas où les choses auraient mal tourné entre Ella et son « chevalier servant ».

Bien lui en avait pris.

Ella avait ri trop fort, bu plus que de raison, et ce Tom avait de toute évidence cherché à en profiter.

Il avait volé au secours d'Ella sans se poser de questions, et senti ses veines s'embraser tandis qu'il la prenait dans ses bras pour la relever. A cet instant, il l'avait désirée comme il n'avait jamais désiré personne. Et il la désirait encore. Ce qui le mettait hors de lui.

Alors, pourquoi continuait-il à tenir sa main sur son cœur ? Et elle, pourquoi le laissait-elle faire alors qu'elle aurait pu se dégager ? Seigneur, il faudrait que l'un des deux au moins reprenne ses esprits !

Bien au contraire, il laissa tomber glaçon et compresse et prit l'autre main d'Ella pour la soulever à ses lèvres et y déposer un baiser.

Les mains d'Ella se posèrent sur ses épaules, sûres d'elles.

Au comble de l'excitation, il retint son souffle.

— Tu ne le veux pas vraiment, murmura-t-elle. Tu ne m'aimes même pas.

Ce qui ne l'empêcha de glisser les doigts sous les manches de son T-shirt pour lui caresser la peau.

Un gémissement de plaisir lui échappa tandis que son pouls accélérait encore.

Ella se rapprocha encore, posa la joue contre son torse et s'immobilisa, comme pour lui signifier que la balle était dans son camp.

Allait-il céder au désir ou écouter la voix de la raison qui lui hurlait de reprendre ses distances ? La bataille faisait rage en lui. Il ferma les yeux afin que la vue d'Ella ne le fasse pas basculer du mauvais côté, mais cela ne fit qu'intensifier le pouvoir de son parfum.

Ella Reynolds était la sœur de Tina, Bon Dieu !

— Non, dit-il d'une voix étranglée qu'il eut du mal à reconnaître comme la sienne, je ne peux pas.

Il ne bougeait pas. Son corps était au supplice, et il craignait que le moindre mouvement ne révèle l'ampleur de son désir.

Ella poussa un soupir de résignation.

— Non, bien sûr.

Et elle s'écarta pour se rasseoir à sa place.

Ouf. La catastrophe avait été évitée de justesse.

— Dommage, poursuivit-elle en lui effleurant le bras du bout de son index, là où la manche relevée révélait le cercle noir de son tatouage. Parce que j'aime les tatouages. Ils m'excitent.

Il la scruta, désarçonné.

Un amusement mêlé de condescendance se lisait dans ses yeux, aux antipodes de la tendresse et de la vulnérabilité qu'il avait cru y déceler quelques instants plus tôt. A moins qu'il ne les ait imaginées.

Au mariage de Tina et de Brand, il s'était senti mal à l'aise en présence de cette femme, et il avait eu envie de prendre ses distances. Maintenant aussi. Sauf qu'il n'en avait pas le droit. Il n'était pas question de laisser la sœur de Tina rentrer seule chez elle dans un état de semi-ébriété, avec un mal de tête atroce et une lèvre fendue.

Comme si c'était par amitié pour Tina qu'il avait amené sa sœur dans sa résidence…

Ella se leva soudain, un sourire crispé aux lèvres.

— Je n'ai jamais eu à supplier un homme pour qu'il m'invite dans son lit. Je ne vais pas commencer maintenant, tatouage ou pas. Je ferais mieux de m'en aller.

S'exprimait-elle toujours de manière aussi crue, ou était-ce l'alcool qui la désinhibait ?

— Je vais te raccompagner.

— A condition de ne pas tirer ton chauffeur du lit.

Parce qu'il était acteur, elle supposait qu'il avait un chauffeur à sa disposition.

— Où habites-tu ? demanda-t-il sans prendre la peine de rectifier.

— A dix minutes à pied. Je vais y aller, ajouta-t-elle en se dirigeant vers le vestibule.

Il la suivit.

— Je vais faire le chemin avec toi.

— Chouette, un garde du corps ! dit-elle, plus sarcastique que jamais. J'ai toujours rêvé d'en avoir un.

Voilà pourquoi il ne l'aimait pas : elle était moqueuse, imprévisible, d'humeur volatile, prête à le séduire et froide comme un glaçon l'instant d'après. Et elle l'attirait néanmoins tel un aimant ! C'était à n'y rien comprendre.

Dans la rue, il lui emboîta le pas, enivré par son parfum capiteux qui, associé à la chaleur humide, aux cris des marchands ambulants et au ballet des rickshaws, le transportait dans un monde exotique où les règles de la société anglo-saxonne ne s'appliquaient plus.

Comme en plein jour, les deux-roues slalomaient à toute vitesse entre les pousse-pousse et les voitures. Des musiciens de rue jouaient des airs occidentaux qui leur permettaient sans doute, hélas, de remplir leur escarcelle plus vite que des mélodies autochtones.

Laissant la musique et les touristes derrière eux, ils abordèrent un quartier plus calme.

— Inutile de préciser que Tina n'a pas besoin d'être au courant pour l'escapade de ce soir, dit soudain Ella.

— Bien sûr.

Elle n'assumait donc pas complètement ses frasques.

— Cela t'arrange sûrement aussi, poursuivit-elle en riant. Ta femme n'apprécierait pas d'apprendre que nous avons failli nous retrouver dans un lit !

On aurait dit qu'elle s'ingéniait à le choquer.

— Mon ex-femme, rectifia-t-il en s'efforçant de ne pas répondre à la provocation.

— Ça, c'est toi qui le dis. J'ai ma petite idée…

Fatigué de ses sous-entendus, il s'arrêta.

— Que veux-tu dire ?

— Tu n'es pas le genre d'homme qui coupe les ponts si facilement avec son ex.

— Eh bien… C'est compliqué, admit-il.

Un euphémisme pour les trois années d'enfer que Rebecca lui avait fait vivre. Le chantage aux sentiments, les overdoses, elle ne lui avait rien épargné.

— Comme ce doit être gênant, une ex qui n'est pas une ex. Cela doit perturber votre vie sexuelle.

C'en était trop !

Il saisit le bras d'Ella pour l'obliger à se tourner vers lui.

— Mais à quoi joues-tu, à la fin ?

Elle leva les yeux vers lui et ouvrit la bouche pour lui dire…

Il ne le saurait jamais car, succombant à la tentation, il s'empara de ses lèvres.

L'erreur à ne pas commettre.

Et elle eut l'audace de lui rendre son baiser.

Quand il perçut le goût métallique du sang, il se souvint de sa blessure et recula.

— Désolé.

— Moi aussi, mais sans doute pas pour les mêmes raisons que toi, dit Ella avec cette désinvolture infernale qu'il avait tant de mal à supporter. La manière dont tu embrasses augurait bien du reste.

— Je ne cherche pas de relation sentimentale.

— Moi non plus, répondit-elle, l'air sincèrement étonné. T'ai-je donné l'impression du contraire ?

— Non.

— Ouf, tant mieux. Tout ce que je veux, c'est passer un bon moment. Et ça tombe bien que nous soyons arrivés en bas de chez moi, car nous allons pouvoir nous dire adieu et effacer cette soirée de nos mémoires. Pas de relation sentimentale pour toi, pas de nuit sans lendemain pour moi, car tu es hélas marié… Oh non, c'est vrai, tu ne l'es plus, mais tu as tout de même fait vœu de chasteté.

Il serra les poings au fond de ses poches.

— J'aurais dû te laisser avec Tom.

— Au moins, avec lui, il y aurait eu de l'action.

Elle fit un pas vers l'entrée de l'immeuble puis s'arrêta et porta la main à ses yeux.

— Que se passe-t-il ?

— Rien, une migraine. Cela passera avec une aspirine.

— Alors, au revoir.

Et il tourna les talons pour rentrer à l'hôtel.

« De l'action » ? Si un jour, il s'autorisait à poser les mains sur Ella Reynolds, elle aurait son content d'« action ». Mais il n'était pas question qu'il la touche. Jamais.

Ella rentra chez elle en se maudissant copieusement.

Elle brûlait de fièvre, sa tête était sur le point d'exploser, ses articulations lui faisaient mal, et elle était à peu près sûre d'avoir contracté la dengue — à moins que ce ne soit la malaria.

Après avoir pris deux comprimés de paracétamol — l'aspirine était à proscrire en cas de dengue car elle pouvait provoquer une hémorragie —, elle se coucha en espérant que, quel que soit le mal, il se manifesterait sous une forme bénigne. Mais ce ne fut pas son état de santé qui lui tira ensuite des larmes. C'était la honte. Et le regret de s'être comportée avec Aaron comme elle l'avait fait.

Ça n'avait pas empêché celui-ci de l'embrasser. Passionnément. Il l'avait désirée.

D'habitude, ça l'amusait plutôt d'émoustiller ses chevaliers servants d'un soir, et elle n'avait aucun mal à résister à ceux qui désiraient plus qu'un flirt. Mais Aaron avait été différent. Il l'avait embrassée comme si, la devinant à bout de souffle, il voulait lui communiquer sa force, l'aider à se ressourcer.

Hélas, il avait ensuite fait « marche arrière toute » et déclaré qu'il ne voulait pas d'une « relation sentimentale ».

De rage, elle boxa l'oreiller.

Comme si un seul baiser, aussi renversant soit-il, pouvait faire naître cette envie chez elle ! C'était à en pleurer. Une relation sentimentale, c'était la seule chose dont elle se savait incapable.

Depuis l'enlèvement de Javier en Somalie, sa vie allait à vau-l'eau, et elle était trop lâche pour se confronter à la réalité et prendre les mesures qui s'imposaient. La désinvolture, voire le côté provocateur, qu'elle affichait en société cachait en réalité son désespoir et sa culpabilité. Elle se sentait coupable d'être libre alors que Javier était retenu dans quelque geôle abjecte, voire mort.

L'année suivant le kidnapping, elle avait été au bord de la dépression nerveuse jusqu'à ce qu'elle fasse la connaissance dans un orphelinat cambodgien du petit Sann âgé de deux ans. Elle avait cru qu'il pourrait être son fils, mais il lui avait été enlevé lui aussi, emporté par la maladie le jour de son vingt-sixième anniversaire.

Et aujourd'hui, un an plus tard jour pour jour, elle était toujours dans les limbes, sans nouvelles de Javier et en deuil de Sann. Bouleversée à la vue d'un enfant asiatique adopté par un Occidental, incapable d'envisager quelque relation que ce soit avec un homme. Elle jouait à l'allumeuse pleine d'assurance alors qu'elle ne contrôlait en réalité rien du tout et flirtait dangereusement avec les excès de toutes sortes. Elle fréquentait les bars, abusait parfois de l'alcool, se laissait inviter par des hommes qu'elle éconduisait au dernier moment car la culpabilité finissait toujours par l'emporter sur l'envie désespérée de se sentir vivante. Jusqu'à présent, elle était toujours tombée sur des hommes corrects qui n'avaient pas insisté, mais elle n'aurait pas toujours cette chance.

A l'hôpital, elle masquait ses idées noires sous un masque professionnel, mais la nuit, quand elle parvenait à dormir, les cauchemars lui glaçaient le sang.

Il n'était pas question de se confier à ses proches et de

les entraîner dans son chagrin. Ni d'infliger ses états d'âme à ses collègues surchargés de travail. La situation semblait sans issue. Elle était prise au piège, tel un animal traqué. Aaron James avait dû le sentir. Pas étonnant qu'il ne veuille pas d'une relation avec elle.

Ivre de fatigue, elle ferma les yeux même si elle savait que les cauchemars la guettaient.

Le Dr Seng tapa du plat de la main sur le bureau, ce qui arracha Aaron à sa rêverie.

— Maintenant que nous avons fait le point sur la malaria, je vais vous parler de notre établissement.

A leur arrivée au Children's community friendship hospital, il avait laissé Khim dans la salle de jeux afin de pouvoir accorder toute son attention aux explications du Dr Seng.

Hélas, ce n'était pas facile de se concentrer sur le discours de son hôte alors que l'image d'une certaine jeune femme blonde le hantait. Comme il était à peu près sûr qu'Ella travaillait ici, il s'attendait à la voir surgir à tout moment au coin d'un couloir.

— Avant Pol Pot, il y avait plus de cinq cents médecins au Cambodge, disait son interlocuteur. Quand les Khmers rouges sont partis en 1979, il n'en restait même pas cinquante. Il a fallu reconstruire tout le système médical sans argent, convaincre les compétences qui avaient fui à l'étranger de revenir. Notre malheureux pays a mis plusieurs décennies à se relever de ses cendres.

Aaron savait tout cela. Il avait mis un point d'honneur à connaître l'histoire du Cambodge, pour Khim. Et il ne comprenait toujours pas la brutalité et la barbarie de la dictature khmer.

— C'est difficile de l'imaginer quand on voit les infrastructures d'aujourd'hui. Je suppose que cet hôpital est l'un des fleurons de cette renaissance ?

— Il y a cinquante ans, c'étaient des ruines qui se dressaient à cet endroit. Des philanthropes étrangers ont financé sa reconstruction, et il fonctionne aujourd'hui principalement grâce à des dons privés, d'où la nécessité des opérations de relations publiques comme celle que vous nous proposez avec votre documentaire. Toute publicité qui promeut notre œuvre est la bienvenue, et nous essayons d'élargir sans cesse notre cercle de donateurs et de mécènes. Vingt-cinq dollars permettent de soigner un enfant malade, cinquante de l'opérer, ce qui n'a bien sûr rien à voir avec les prix que vous pratiquez en Australie.

— Les patients ne paient rien ?

— Rien. Ce sont pour la plupart des villageois très pauvres. Mais ceux qui peuvent contribuer aux frais de leur hospitalisation sont invités à mettre la main à la poche.

— Et votre personnel est recruté parmi la population locale ?

— Autrefois, les médecins étaient pour la plupart occidentaux, mais aujourd'hui ils sont en grande majorité khmers. Nous sommes un centre hospitalo-universitaire, nous formons les travailleurs médicaux de tout le pays. C'est notre grande fierté.

— Il n'y a donc pas de personnel étranger actuellement ?

— Deux cardiologues de Singapour sont attendus dans quelques semaines pour pratiquer une série d'opérations à cœur ouvert. Sinon, nous avons trois infirmières américaines qui exercent en ce moment bénévolement chez nous.

— Est-ce que…

Il s'éclaircit la gorge.

— Est-ce qu'Ella Reynolds en fait partie ?

Le Dr Seng ouvrit de grands yeux.

— Ella ? Mais oui, bien sûr.

Ah, le destin lui faisait enfin une fleur !

— Je suis un ami de sa famille.

— Hélas, vous ne pourrez pas la voir car elle est malade, absente pour la semaine.

Il aurait dû se sentir soulagé. La semaine de tournage s'annonçait sereine, sans commentaires blessants, moqueries, provocations sur son tatouage ni haussements de sourcils suggestifs.

Mais de quoi était-elle malade ? Souffrait-elle d'un rhume, d'une entorse, du choléra, du cancer ?

— Est-ce grave ?

— Elle a contracté la dengue. Normal, avec l'épidémie qui sévit actuellement. Voilà un sujet pour votre documentaire, étant donné que ce mal endémique touche tous les ans à peu près cent millions de gens à travers le monde.

Son inquiétude grandit.

— La dengue n'est pas mortelle, n'est-ce pas ?

— La plupart des malades sont atteints de la forme légère qui guérit spontanément en une semaine, mais elle peut être fatale lorsqu'elle s'accompagne de complications hémorragiques.

Il sentit sa gorge se serrer.

— Et Ella… ?

— Elle ne va pas mourir, si c'est ce qui vous inquiète, dit le Dr Seng en riant. Plus le diagnostic est précoce, moins la fièvre fait de dégâts. Et, comme Ella ne l'a jamais eue avant, les médicaments pourront agir pleinement.

— Est-elle hospitalisée ?

— Non, elle se repose chez elle. Helen, l'une de ses collègues, passe la voir plusieurs fois par jour, et je compte lui rendre visite aussi. Quel dommage que la maladie se soit déclarée le jour de son anniversaire…

— Son anniversaire ?

— C'était avant-hier. Voulez-vous que je lui transmette un message ?

— Non, c'est inutile, s'empressa-t-il d'ajouter. Je la verrai peut-être avant de repartir pour Sydney.

— Si vous n'avez plus de questions, je vous propose d'aller récupérer Khim pour faire la visite de nos locaux.

Aaron découvrit que, en ces lieux, c'était Khim la star

et non lui. Le petit garçon australo-cambodgien fascinait tous ceux qui l'approchaient, et il semblait fasciné en retour. Il ne tarda pas à maîtriser l'art du *satu*, le salut paumes jointes et tête baissée, et le pratiqua comme s'il avait fait cela toute sa vie.

Cela mit un peu de baume au cœur d'Aaron, qui avait hésité à l'amener.

Leur guide leur fit traverser les couloirs animés de l'hôpital de jour où transitaient quotidiennement cinq cents patients sous des ventilateurs qui tournaient en permanence.

Les malades souffrant de malaria, de dengue et de pneumonie étaient confinés dans l'unité d'isolement, en compagnie des tuberculeux, des malades du sida et des enfants atteints de méningite. Dans la salle d'attente des urgences, les autres se côtoyaient indifféremment.

Avec ses appareils de ventilation artificielle, ses salles où régnait un ordre méticuleux et son laboratoire d'anatomo-pathologie, l'unité de soins intensifs ressemblait à un vaisseau futuriste, offrant un contraste saisissant avec les couloirs où le surplus de malades attendaient sur des matelas à même le sol qu'une chambre se libère.

La visite se termina par les amphithéâtres de cours, dont certains avaient été transformés en dortoirs de fortune.

Bien qu'Aaron écoutât avec intérêt les explications de son guide, l'image d'Ella flottait toujours dans son esprit.

Tina et Brand voudraient sans doute qu'il prenne de ses nouvelles…

D'accord, lui aussi avait envie de savoir comment elle allait et si elle allait se remettre aussi rapidement que le prétendait le Dr Seng.

Il lui rendrait une visite, une seule, par acquit de conscience, puis il enfermerait le souvenir d'Ella Reynolds à double tour dans la boîte des erreurs évitées de justesse.

Quarante minutes après avoir quitté l'hôpital et déposé Khim aux bons soins de Jenny à l'hôtel, il se trouvait en bas de l'immeuble d'Ella — en fait une simple pension de famille, ce dont il ne s'était pas rendu compte l'autre soir dans l'obscurité.

Il demanda à un résident le numéro de la chambre d'Ella Reynolds et monta l'escalier.

4.

En frappant à la porte, Aaron se sentit soudain coupable à la perspective de tirer Ella du lit.

Un peu plus ou un peu moins, au point où il en était… L'autre soir, il avait tout de suite mis la migraine d'Ella sur le compte de l'alcool, alors que cela constituait en fait un des premiers symptômes de la dengue. A la sortie du bar, il s'était même montré odieux envers elle, bien que ce genre de comportement ne lui ressemblât guère.

La porte s'ouvrit, et une jolie brune en uniforme d'infirmière apparut sur le seuil.

— Excusez-moi, dit-il. Je croyais que c'était la chambre d'Ella Reynolds.

— Ça l'est.

Elle lui adressa le sourire appréciateur dont il avait l'habitude et qui le changea des regards blasés et sarcastiques d'Ella. Bien qu'elle l'eût dragué, à sa manière, Ella Reynolds ne sacrifiait à aucun des codes de la gente féminine.

— Elle est couchée, avec une fièvre de cheval.

— Je sais. Je m'appelle Aaron James, je suis un ami de… de la famille.

— Moi, c'est Helen, sa voisine de couloir. Je veille à ce qu'elle prenne bien ses médicaments.

— Enchanté de faire votre connaissance, Helen.

— Attendez un instant, je vais voir si elle a la force de vous recevoir.

La porte se referma sur son nez.

Il était en train de se demander si elle se rouvrirait quand Helen réapparut.

— Ella est en train de vérifier sa tension, ou plutôt de pratiquer le test du tourniquet, mais entrez. Il faut que je parte à l'hôpital, je vais vous laisser en sa compagnie.

Il faisait sombre dans la pièce, et il y régnait un tel silence qu'il entendit son cœur battre à coups redoublés.

Adossée à un oreiller dans un petit lit dont la moustiquaire était relevée, Ella, visiblement très concentrée sur son bras enserré dans le brassard du tensiomètre, ne lui jeta même pas un coup d'œil. Il eut tout le loisir de promener son regard à la ronde.

Les murs étaient nus et blancs, la photo encadrée sur la table de chevet constituait la seule touche personnelle. Il y avait une armoire, une chaise, une valise contre un mur, et la porte entrebâillée du fond offrait un aperçu sur une salle d'eau grande comme un mouchoir de poche.

Il reporta son attention vers le lit alors qu'Ella était en train de desserrer le brassard du tensiomètre.

— On m'a dit que tu étais malade. J'en suis désolé.

— Pas autant que moi, répondit-elle d'un ton à la fois sec et amusé. Comment l'as-tu su ?

— Par le Dr Seng, à l'hôpital. Le tournage débute lundi prochain.

— Et il durera ?

— La semaine.

La mine sombre, elle hocha la tête. Sans doute était-elle en train de calculer les probabilités de tomber sur lui à son retour au travail.

— Alors, qu'est-ce que c'est, le test du tourniquet ?

— On le fait au moyen d'un tensiomètre…

— Un sphygmomanomètre ?

— C'est le mot savant. Bravo, docteur Triage ! Oui, il suffit de gonfler le brassard à moitié, à mi-chemin entre la mesure diastolique et systolique, puis d'attendre quelques minutes pour voir apparaître sur la peau les pétéchies, les petits points rouges qui indiquent la présence des globules rouges.

— Et tu en as, des… Euh, des pétéchies ?

— Très peu.

— Ce qui est mauvais signe ?

— Non, plutôt bon.

— Pourquoi ?

Elle poussa un soupir.

— Cela montre que je suis atteinte de la dengue classique, pas de la variante hémorragique. Il faut que je m'estime heureuse, même si tous les os de mon corps me font un mal de chien et que ma tête semble sur le point d'exploser.

— Les médicaments n'atténuent pas la douleur ?

— Les antipyrétiques font baisser un peu la fièvre, c'est tout.

Le silence tomba dans la pièce, et il se creusa la tête pour trouver quelque chose à dire.

— Tu veux peut-être transmettre un message à Tina ?

Les lèvres d'Ella se crispèrent.

— Non.

Un drap lui recouvrait le bas de son corps. Elle portait un T-shirt rouge, et ses cheveux étaient retenus au sommet de son crâne par un élastique. Son visage empourpré était bien sûr vierge de tout maquillage et de fines gouttes de transpiration perlaient sur son front. Mais malgré la maladie, ses lèvres pincées et son regard dissuasif, elle lui semblait la plus belle femme du monde.

— On ne devrait pas baisser la moustiquaire ?

De quoi se mêlait-il, de donner des conseils à une infirmière spécialiste en maladies tropicales ?

— Si ça ne te dérange de me parler à travers la moustiquaire, fais-le. Ou alors, chasse les moustiques avant qu'ils ne me piquent.

— D'accord. Je vais les chasser.

— Pourquoi es-tu ici ? demanda-t-elle, l'air méfiant. Pour m'avertir que je risque de te croiser à l'hôpital ?

— Non, car tu n'auras certainement pas repris le travail avant la fin du tournage. Je voulais juste m'assurer que tu allais bien, que tu n'avais besoin de rien.

— Je vais aussi bien que possible étant donné les circonstances et, non, je n'ai besoin de rien. Alors, merci d'être venu, mais…

Ces quelques mots avaient visiblement épuisé Ella. Elle glissa sur son oreiller pour se recoucher sur le dos et fixer le plafond.

— J'ai appris que c'était ton anniversaire, l'autre soir.

Le silence lui répondit.

Il fit un pas vers le lit.

— Si j'avais su…

— Qu'aurais-tu fait ? murmura-t-elle d'un ton las, sans tourner la tête vers lui. Un gâteau ?

Au temps pour ses efforts pour se racheter.

Cherchant désespérément un autre sujet de conversation, il souleva la photo encadrée de la table de chevet.

— Toi et Tina, vous ne vous ressemblez pas du tout. Ni physiquement, ni de caractère.

— Je tiens de mon père, marmonna Ella. Quant à Tina, c'est un mystère génétique. Peut-être a-t-elle hérité de nos arrière-arrière-grands-parents.

Elle souriait à présent, et il en eut le souffle coupé.

Elle était magnifique lorsqu'elle souriait vraiment, de la bouche et des yeux. Même si le sourire n'était destiné qu'au plafond.

— Je n'aurais pas cru que tu étais le genre de fille à apprécier Disneyland, dit-il en reportant son attention sur la photo.

— Qui n'aime pas Disneyland ? Tant qu'on garde à l'esprit que c'est un univers de contes de fées et que tout le monde est loin d'être aussi beau et gentil dans la vraie vie, on peut y passer de très bons moments.

La note désabusée ne lui échappa pas. A son jeune âge, elle semblait déjà avoir tout vu et être revenue de tout.

Elle tourna enfin son regard vers lui.

— A la réflexion, si, j'ai besoin d'une chose. Une seule : que tu me promettes de ne rien dire à Tina ni à Brand sur mon escapade d'avant-hier soir ni sur ma maladie. Ce que je fais ici ne les regarde pas. En fait, si tu pouvais ne parler de moi à personne, ça m'arrangerait.

— Tout de même, tes proches devraient savoir que tu as contracté la dengue, non ?

— Pourquoi les inquiéter inutilement ? Dans une semaine, cette fièvre ne sera plus qu'un mauvais souvenir. A moins que je ne développe des complications. Si je venais à décéder, poursuivait-elle sur le ton de la dérision, je compte sur toi pour l'annoncer à ma famille. Mais enfile un gilet pare-balles, car ma mère risque de sortir sa carabine. Elle n'a jamais aimé les porteurs de mauvaises nouvelles.

— Raison de plus pour le lui dire maintenant.

Ella secoua la tête d'un air las.

— Pas question. De toute façon, je ne vais pas mourir. Alors, tu me promets de ne rien dire ? ajouta-t-elle en se soulevant sur le coude.

— Je ne sais pas… Le soutien de tes proches pourrait t'aider.

— M'aider à quoi ? Cette maladie va s'autodétruire d'elle-même dans quelques jours, et ce n'est pas comme si j'étais seule, livrée à mon sort. Matin et soir, j'ai la visite d'experts à mon chevet, tous les spécialistes des maladies tropicales ont défilé dans cette chambre depuis hier… Et je te prierais de ne pas me regarder comme ça.

— Comme quoi ?

Une question pour la forme. Il savait pertinemment comment il la regardait, et ce n'était pas comme un ami de la famille venu prendre des nouvelles. Il la dévorait des yeux, et c'était d'autant plus déplacé qu'elle était malade.

Au prix d'un effort manifeste, elle s'adossa de nouveau à son oreiller.

— Ecoute, Aaron, il vaut mieux mettre les choses au clair tout de suite. Je ne coucherai jamais avec toi.

Pas de doute, elle avait bien interprété son regard.

— Tu as un enfant, poursuivit-elle. Et une femme ou une ex-femme, peu importe. Cela t'impose des contraintes et des devoirs, ce qui est dans l'ordre des choses. Je comprends et admire ton dévouement à leur égard, mais plus je te vois, plus je me dis que je faisais fausse route l'autre soir en croyant voir en toi le partenaire d'une nuit sans lendemain. Tu n'es évidemment pas le genre d'homme à te livrer à des galipettes sous la couette avec une quasi-inconnue rencontrée dans un bar, et il vaut donc mieux que nous en restions là. Avant-hier soir, il aurait pu se passer quelque chose entre nous si tu n'avais pas décliné la proposition mais, maintenant, c'est moi qui ne suis plus intéressée. Le moment est passé. Tu pourras rentrer à Sydney la conscience tranquille, la vertu intacte et le documentaire dans la boîte.

— Ella…

— Plus un mot, s'il te plaît, Aaron. Et j'espère sincèrement ne plus jamais te revoir. Je ne veux rien avoir à faire avec un ami de ma sœur, un homme qui a un enfant, de surcroît.

Pour une fois, il était complètement d'accord avec elle. Il aurait dû se sentir soulagé et s'en aller avant qu'elle ne change d'avis. Pourtant, quelque chose dans ce qu'elle venait de dire le retint sur place.

— Qu'est-ce que Khim a à voir là-dedans ? s'entendit-il demander.

— Euh… J'ai un problème avec les enfants. Je m'attache à eux, et j'ai du mal au moment des adieux.

— Pourtant, tu travailles dans un hôpital pédiatrique.

— C'est mon métier, c'est différent… Bref, comme je ne tiens pas à m'attacher à Khim, il vaut mieux que je ne voie pas non plus son père…

Sa voix tremblait. Elle était manifestement sous le coup d'une intense émotion.

— Et maintenant, s'il te plaît, je suis fatiguée, je suis malade… Va-t'en.

— Message reçu cinq sur cinq, Ella. Toi et moi, nous n'avons rien à faire ensemble. Je te souhaite un prompt rétablissement et bonne chance pour la suite.

— Merci.

Sur ce, Ella tira la moustiquaire, comme pour signifier que la conversation était terminée, au cas où il ne l'aurait pas compris.

Il sortit, ferma la porte et resta planté sur place.

Il avait accompli son devoir, il était libre de s'en aller. Soulagé de s'en aller. Pourtant, quelque chose le retenait dans ce couloir. Etait-ce la curiosité ? L'inquiétude ?

Il venait de faire un pas vers l'escalier, quand il entendit un sanglot derrière le battant. Un seul, comme si Ella étouffait le reste derrière sa main.

Tendant l'oreille, il attendit.

Plus rien.

Malgré ses manières brutales et son discours cru, cette femme avait quelque chose d'attachant. Et il était à peu près sûr qu'elle ne lui avait pas tout dit sur ce problème avec les enfants…

Mais, après tout, cela ne le regardait pas. Les problèmes d'Ella Reynolds ne relevaient pas de sa responsabilité. Il s'était acquitté de son devoir envers Brand et Tina en lui rendant visite. Maintenant, il ne lui restait plus qu'à la rayer de sa mémoire.

Il se força à descendre les marches.

Ella était restée absente de l'hôpital pendant huit jours. A son retour, elle n'en revint pas : en l'espace de ces quelques jours, Aaron James avait fait la conquête de tout le personnel, qui ne jurait désormais plus que par lui.

Non content de ravir les cœurs, il s'était vanté auprès d'Helen — donc de tout le monde ! — d'être un ami proche de son beau-frère, le metteur en scène. Alors qu'elle lui avait expressément demandé de ne parler d'elle à quiconque !

Tous en avaient déduit qu'ils se connaissaient, Aaron et elle. Du coup, ses collègues mettaient un point d'honneur à l'informer de tout ce que le bel acteur avait dit ou fait. Toutes les heures, elle avait droit à son bulletin d'informations : Aaron avait pris une tasse de café avec les aides-soignantes qui s'extasiaient sur sa simplicité. Aaron parlait avec les patients et les familles en montrant de la compassion, de l'intérêt, même quand la caméra ne tournait pas, et il avait toujours un mot gentil pour les uns et les autres. Aaron ne rechignait jamais à se faire prendre en photo ni à signer des autographes. Pas prétentieux pour un sou, il riait de lui-même quand il devançait son laborieux interprète-traducteur.

Aaron avait pris la température d'un patient — Mon Dieu, quel exploit ! —, et il s'était porté volontaire pour tester devant les patients — les vrais, pas ceux des scènes de reconstitution du documentaire — la nouvelle méthode de dépistage rapide de la malaria. Une petite piqûre d'épingle dans le gras du pouce avait suffi à le transformer en héros. On ne comptait plus ses hauts faits : il avait aidé un papa cambodgien à préparer le repas de son fils dans la petite cuisine de l'aile annexe. Il mangeait à la cantine en compagnie de tout le monde, souriant, disponible, serviable…

« N'en jetez plus ! » avait-elle envie de crier.

Tout ce qu'elle demandait, c'était de travailler sans entendre son nom. Elle faisait une overdose d'Aaron James, même si elle devait reconnaître qu'il l'avait laissée en paix depuis qu'elle lui avait mis les points sur les *i*.

Après s'être autorisé une pause de quelques minutes — elle avait encore les jambes un peu flageolantes —, elle passa dans le box de son patient suivant, un amour de fillette prénommée Maly.

Elle entreprit de prendre ses constantes. Suivrait ensuite le prélèvement de l'échantillon d'urine pour le labo.

L'épidémie de dengue avait atteint son pic, et le petit

hôpital ne désemplissait pas. On accueillait vingt nouveaux malades tous les jours, et tout le personnel était sur le pont.

Concentrée comme elle était sur le réglage du débit de la perfusion, elle n'aurait pas dû se sentir observée. Pourtant, elle le sentit et se retourna.

Ils étaient là sur le seuil, le père et le fils. Aaron et Khim.

Le tournage s'était terminé la veille. Que faisaient-ils encore dans les murs ?

— Bonjour, Ella, dit Aaron.

Déterminée à se comporter en professionnelle, elle plaqua un sourire sur ses lèvres et s'avança vers lui.

— Bonjour, Aaron. Et *sua s'day*, Khim, ajouta-t-elle en s'accroupissant devant ce dernier. Sais-tu ce que cela veut dire ?

Le garçonnet secoua la tête.

— Cela veut dire bonjour en khmer. Est-ce que tu te souviens de moi ?

— Voui. Je peux jouer avec elle ? dit-il en désignant Maly.

— Jouer, non, car Maly ne se sent pas très bien, mais tu peux aller lui parler tout doucement, pour ne pas la fatiguer. Tu crois que tu en seras capable ?

— Voui, dit-il, la mine grave.

Elle se redressa et le regarda s'approcher du lit de Maly.

— Elle n'est pas contagieuse, dit-elle à l'intention d'Aaron afin de le rassurer. La dengue ne se transmet pas d'un humain à l'autre.

— Je l'ai appris, en effet. Le Dr Seng espère que, grâce à notre documentaire, les gens connaîtront mieux cette maladie et qu'ils pourront identifier les symptômes et faire la différence entre la dengue et la malaria qui, elle, est une maladie parasitaire. Le moustique à l'œuvre n'est pas le même.

— Exact. Le nom savant du moustique de la dengue est *Aedes aegypti albopictus*, on l'appelle communément moustique-tigre… Cela a l'air de t'intéresser, vraiment ?

— Bien sûr.

— Contrairement à *Anopheles*, le moustique de la malaria, celui de la dengue mord pendant la journée et prolifère en zone urbaine dans les eaux stagnantes, les bassins mal nettoyés, les coupelles de pots de fleurs, les vases et autres gouttières… Si un moustique-tigre sain pique une personne infectée de la dengue, il devient porteur du virus à son tour et peut infecter une autre personne en la piquant, et c'est ainsi que se diffuse l'épidémie. J'espère que tu prends des précautions pour Khim ?

— Oh oui. Mes sœurs me l'ont suffisamment répété — manches longues, pantalons longs, lotion anti-moustiques.

— Et cela s'applique à toi aussi, dit-elle, réprobatrice. Ce T-shirt laisse tes bras à nu.

— Je sais. Je tente le diable.

Il la regarda de nouveau avec cet air intense qui la mettait mal à l'aise.

— Le tournage est-il terminé ?

— Non, pas encore. Nous avons pris du retard sur le calendrier, ce qui m'a au moins permis d'emmener Khim à Angkor Vat. Ainsi qu'à cet endroit incroyable au nord d'Angkor, ce lit de rivière sculpté de statues allongées dans des poses érotiques, dédié à un dieu hindou, le Kal… ? Kab… ? Ce n'est pas exactement un spectacle pour un enfant, mais on ne m'avait pas prévenu de la nature du site. Nous ne nous sommes pas attardés. Heureusement, à cet âge, les gamins ne portent guère d'intérêt aux monuments qu'on leur fait visiter…

Elle réprima un sourire. L'embarras d'Aaron était presque attendrissant.

— Le Kbal Spean. Et le dieu en question est Shiva. On l'appelle aussi la rivière aux Mille Lingas, c'est-à-dire aux mille phallus.

Elle prenait un malin plaisir à l'embarrasser. Et ça marchait, car il fourragea dans ses cheveux d'un air de plus en plus gêné.

— Alors, parle-moi de ce tournage, dit-elle, prenant pitié de lui.

— Oui. Le tournage. Il nous reste quelques jours ici pour les dernières prises de vue, puis nous nous déplacerons dans des villages près de la frontière thaïlandaise pour filmer le quotidien d'une équipe de médecins humanitaires et les suivre dans leurs missions de dépistage et de soins.

— J'ai fait partie d'une des équipes itinérantes de lutte contre la malaria il y a quelques années. Les volontaires exposaient délibérément leurs bras et jambes pour servir d'appâts aux moustiques, qu'ils récupéraient dans des tubes à essai après s'être fait piquer et envoyaient au labo de Phnom Penh.

— N'était-ce pas dangereux de se soumettre ainsi aux piqûres ?

— La méthode était un peu radicale, mais on nous administrait en amont un cocktail médicamenteux qui nous immunisait en principe contre le parasite.

— Alors, quel était l'intérêt de l'expérience ?

— Cela permettait de voir si le programme de soins pilote qu'on avait mis au point parvenait à casser la chaîne de transmission entre les moustiques, les parasites et les humains. Mais, ne t'inquiète pas, ce genre d'expérience ne se pratique plus, et personne ne te demandera de te promener en short ou bras nus pour attirer les insectes.

— Tu as donc servi d'appât ?

— Oui.

— Tu as dit que les médicaments vous immunisaient « en principe », ce qui signifie que le traitement préventif ne marchait pas toujours. Tu prenais donc en connaissance de cause le risque d'attraper la malaria ?

— Je l'ai attrapée. Deux fois. En Somalie et ici.

— En Somalie ?

Ah non, il ne l'attirerait pas sur ce terrain.

— Et je n'en suis pas morte. Mais j'ai vu beaucoup

d'enfants en mourir — un toutes les trente secondes au plus fort de l'épidémie…

Sentant sa voix trembler, elle s'interrompit pour se ressaisir.

— Et je ferai tout ce qui est en mon pouvoir pour que ça n'arrive plus jamais.

Le sourcil froncé, Aaron l'observait. Heureusement, il ne pouvait pas deviner ses secrets, mais il était temps de contre-attaquer.

— Je ne veux pas être indiscrète, mais est-ce que tu comptes emmener Khim avec toi dans ces villages ?

— Non.

Il rouvrit la bouche comme pour ajouter quelque chose puis se ravisa.

— Y a-t-il un problème ?

— Oui et non, dit-il d'une voix qui trahissait sa réticence. Je me demande si je n'ai pas fait une erreur en amenant Khim au Cambodge. J'avais mes raisons pour ne pas le laisser en Australie, et je me suis dit que ça lui ferait du bien de maintenir un lien avec son pays de naissance. Mais, comme toi, il a eu la malaria avant que je ne l'adopte.

— C'est ce que j'avais cru comprendre.

— S'il l'attrapait de nouveau, je ne me le pardonnerais jamais.

Elle croisa les bras pour ne pas être tentée de lui prendre la main.

Cela l'étonnait qu'il se confie à elle, car ils n'étaient pas précisément des amis, leur « relation » ayant démarré sur de trop mauvaises bases.

— Je suis aussi de l'avis que les enfants adoptés devraient savoir d'où ils viennent, dit-elle de son ton le plus professionnel.

Puis, incapable de résister, elle lui posa la main sur l'épaule. Pour la retirer aussitôt.

— Mais c'est vrai que nous sommes loin de l'Australie, et les risques sanitaires sont réels pour un enfant de cet âge.

— Alors, tu penses que j'ai eu tort de l'entraîner dans ce voyage ?

— Tu m'as dit avoir de bonnes raisons… C'est terrible à dire, mais les pathologies dont nous parlons sont causées par la pauvreté, et ce sont les plus démunis qui en meurent. A supposer que ton fils contracte l'une de ces maladies, il recevrait tout de suite les soins appropriés dans un établissement de pointe, et sa vie ne serait jamais en danger.

Aaron poussa un soupir.

— Je comprends ce que tu veux dire. C'est horrible, et réconfortant à la fois.

— Vous allez bientôt rentrer chez vous, et il n'y a aucune raison de t'inquiéter si vous prenez toutes les précautions nécessaires dans les villages. En plus des manches, des pantalons longs, des crèmes répulsives, méfiez-vous de l'eau. N'en buvez jamais, même si on vous la présente comme potable. Emporte vos propres bouteilles, ainsi que de la quinine, des antibiotiques à large spectre et des antipyrétiques afin de pouvoir commencer le traitement à la moindre alerte si le médecin de l'équipe diagnostique la dengue. Mais je suppose qu'il a tout le nécessaire dans sa valise médicale

Un vertige s'empara d'elle, et elle chancela sur ses jambes.

Aaron la prit par le bras pour l'aider à recouvrer son équilibre.

— Ça ne va pas ?

— Un peu de fatigue, c'est tout.

— Tu n'es pas encore complètement remise, n'est-ce pas ?

— Bien sûr que si. De toute façon, je vais rentrer car ma garde est terminée. Il est vraiment mignon, ajouta-t-elle, le menton pointé vers Khim qui était en train de caresser le dos de la main de Maly.

— C'est mon petit ange.

— Tu as de la chance…

Sa voix s'étrangla.

— Excuse-moi, il faut que j'y aille.

Et elle s'enfuit avant que les larmes ne commencent à couler.

Aaron regarda Ella s'éloigner dans le couloir.

Elle avait perdu les somptueuses courbes qu'il avait admirées au mariage de Brand et de Tina. Lors de sa visite à la pension une semaine auparavant, il ne s'en était pas rendu compte car elle était allongée dans son lit mais, maintenant, il voyait l'effet de l'attaque de fièvre qu'elle avait subie. Elle était mince comme… Comme un lévrier de course. Et toujours aussi belle malgré la queue-de-cheval en déroute et l'uniforme trop grand pour elle.

Et il la désirait toujours autant.

A son grand dam, il avait espéré tous les jours l'apercevoir à l'hôpital durant la semaine passée, tout en la sachant alitée et inopérationnelle. Pathétique. Il avait essayé de la chasser de son esprit. En vain. Il y avait quelque chose en elle qui l'intriguait, quelque chose qui ne cadrait pas avec les airs d'aventurière sulfureuse, revêche et blasée qu'elle voulait se donner. Quand elle avait regardé Khim lui rendre son salut mains jointes, toute la tendresse du monde s'était inscrite sur son visage, mêlée à une tristesse infinie. Elle était comme un puzzle dont il avait du mal à assembler les pièces.

Il se ressaisit.

A quoi bon cerner la personnalité d'Ella Reynolds alors qu'il ne voulait rien avoir à faire avec elle ? D'ici une semaine, il n'aurait plus à la revoir. Il retrouverait sa tranquillité d'esprit, et sa libido se rendormirait de nouveau.

Ce n'était pas pour tout de suite, car il revit Ella quelques instants plus tard, à la sortie de la chambre de Maly. Accroupie dans le couloir à côté d'un petit malade allongé sur une paillasse, elle prenait son pouls.

C'était une torture. Pourquoi ne rentrait-elle pas chez elle comme elle l'avait annoncé, qu'il n'ait plus à voir son sourire, sa beauté, sa fragilité ? Qu'il n'ait plus à se poser de questions sur ses contradictions ?

Cela allait bien au-delà du désir physique. Il voulait apprendre à la connaître, tout savoir d'elle, percer son mystère…

— Papa, tu me fais mal.

Il desserra aussitôt les doigts qui tenaient la main de Khim.

A leur vue, Ella se leva, leur adressa un signe de tête et s'éloigna de ce pas mesuré qu'il lui avait déjà vu au mariage.

On aurait dit qu'elle fuyait. Lentement, mais elle fuyait.

5.

Le lendemain, Aaron se trouvait avec l'équipe de tournage dans le couloir de l'unité de soins intensifs, quand un brancardier arriva en poussant un chariot-lit où était allongé un petit garçon.

Marchant à côté du chariot, Ella donnait les détails du dossier au médecin de garde.

Aaron fit signe au caméraman de filmer.

Agé de deux ans, l'enfant s'appelait Bourey. Il ne montrait pas l'éruption cutanée caractéristique de la dengue. Il alternait accès de fièvre et frissons et avait été pris de convulsions dans la voiture qui l'amenait à l'hôpital. Depuis, il avait sombré dans l'inconscience.

Dès qu'il fut installé dans une chambre, les infirmières s'affairèrent autour de lui. Ella prit ses constantes tandis que ses collègues posaient des électrodes sur le torse pour le brancher aux différents moniteurs.

— Test sérologique et test du taux de glucose sanguin, ordonna le médecin.

Une aiguille terminée par une canule se ficha dans le petit bras. Dès que le sang fut prélevé, le tube fut scellé dans une enveloppe et envoyé au labo.

— 2 ml de diazepam en intraveineuse débit lent pour prévenir les convulsions.

La respiration devenait de plus en plus faible et filante.

— Intubation trachéale.

En quelques gestes experts, Ella mit l'enfant sous respirateur artificiel.

— On va le traiter pour malaria *falciparum* sans attendre les résultats de l'analyse, décréta l'homme en blouse blanche. L'accès fébrile et le coma sont caractéristiques. On risque l'accès pernicieux à tout moment.

Depuis qu'il tournait le documentaire, Aaron savait que, contrairement aux autres parasites responsables de la malaria, le *Plasmodium Falciparum* pouvait entraîner la mort en l'absence de traitement.

— 5 mg d'artémether en intraveineuse, et commencez la benzylpénicilline. On va attendre pour la ponction lombaire. Je ne veux pas d'interférences neurologiques. Quel est le taux de glucose ?

Ella cita un chiffre.

— Fixez une poche de dialyse pour recueillir un échantillon d'urine et voir si l'hémoglobinurie s'est déjà installée, poursuivit le médecin.

Le tube de dialyse fut fixé et plusieurs canules branchées au cathéter pour acheminer dans le sang de ce tout petit enfant les perfusions qui lui sauveraient peut-être la vie. Quelques gouttes de couleur foncée se mirent à tomber dans le sac destiné à recueillir l'urine.

Durant le quart d'heure qui suivit, Aaron eut du mal à suivre les opérations. La tête lui tournait.

« Hypoglycémie, acidose métabolique, œdème pulmonaire, choc hypotensif, monitorez, vérifiez, observez. »

Les instructions fusaient, et l'équipe réagissait au quart de tour pour éviter à tout prix l'« accès pernicieux » qui serait fatal chez un patient de cet âge.

Le caméraman filmait en silence, totalement concentré sur la scène.

Ella affichait un calme olympien, trompeur. Ses gestes étaient parfaitement mesurés, sûrs, mais ses yeux trahissaient sa nervosité.

Enfin, l'agitation diminua autour du lit du petit Bourey, et Aaron vit Ella se glisser hors de la chambre.

Il fit signe au cameraman d'arrêter de tourner et quitta à son tour la pièce.

Ils avaient suffisamment d'images, il leur fallait maintenant quelqu'un pour les commenter. Mais, d'abord, il devait obtenir l'autorisation de les diffuser. Le Dr Seng était la personne à approcher.

Celui-ci l'écouta et promit de plaider la cause du documentaire auprès de la famille de Bourey afin qu'elle accepte que l'enfant paraisse dans le film.

— Quant au commentateur médical, poursuivit le médecin, je vous conseille Ella. Elle passe bien à l'image, et elle est spécialiste du paludisme. Ses connaissances sont si approfondies à ce sujet qu'elle pourrait écrire un livre à l'usage des étudiants en médecine.

Se doutant que la « spécialiste » ne serait pas emballée à l'idée de parler devant un micro, Aaron allait plutôt suggérer un médecin, quand Ella passa près d'eux.

Le Dr Seng soumit la requête à celle-ci, puis il les laissa entre eux, un sourire sibyllin aux lèvres.

— Je suis d'accord puisque c'est pour la bonne cause, dit Ella, froide comme un glaçon.

Le caméraman les rejoignit et leur proposa de s'installer dans un coin tranquille de l'étage avec vue sur le sas de l'unité de soins intensif. Optant pour une caméra à poing qui donnerait un effet plus intime, il se posta devant eux, prêt à filmer.

« Intime ». Il ne manquait plus que cela.

— Allons-y, dit Ella, visiblement aussi impatiente que lui d'en finir.

— Tu ne veux pas te maquiller ou te recoiffer avant ?

— Quelque chose te dérange dans mon apparence ?

— Non. C'est juste que la plupart des gens…

— Qu'est-ce qui est le plus important ? Ma coiffure ou l'état de santé de ce petit garçon ?

— Entendu, allons-y.

Il demanda au cameraman de tourner.

— Pourriez-vous me parler du cas du petit Bourey ?

— C'est un enfant de deux ans qui souffre de malaria *Falciparum*. Le bilan sanguin montre un parasitisme de 22 %, ce qui est un seuil critique. D'où la perfusion d'artémether, une alternative à la quinine, que nous maintiendrons en place durant vingt-quatre heures. Ensuite, nous administrerons par voie orale l'A.C.T., un cocktail médicamenteux dont l'artémether fait partie, jusqu'à ce que le taux de parasites chute de manière significative.

— Et si vous n'y parvenez pas ?

— Cela signifierait que l'organisme de Bourey montre une résistance à l'A.C.T. L'option serait alors une transfusion complète. Depuis quelques mois, on a recensé en Asie plusieurs cas de résistance à la chloroquine, le deuxième composant de l'A.C.T. Au lieu d'agir en quarante-huit heures, il met le double.

— Mais il est efficace ?

— Pas chez tous les patients. L'épicentre de la résistance semble se trouver ici, au Cambodge.

— Comment l'expliquez-vous ?

— Les autochtones prennent des antipaludéens à titre préventif, mais pas suffisamment pour être immunisés complètement. Des contrefaçons médicamenteuses circulent sur le marché : des placebos ou des produits ne comportant qu'une dose infime du principe actif. Il y a tout un trafic organisé des deux côtés de la frontière avec la Thaïlande. C'est ainsi que les souches de parasites deviennent de plus en plus résistantes à l'A.C.T. Le problème, c'est qu'il n'y a pas de nouveau traitement miracle à l'horizon, et il faut donc s'attaquer à cette résistance…

Levant les mains en l'air en signe d'impuissance, elle haussa les épaules.

Parfait pour la caméra.

— Et le pire est peut-être à venir. Si cette résistance se propageait à l'Afrique, ce serait une catastrophe sanitaire. Il y a déjà chaque jour trois mille enfants qui meurent du paludisme en Afrique sub-saharienne…

Aaron attendit que le caméraman fasse un close up sur le visage d'Ella puis reprit la parole.

— Pour en revenir au cas de Bourey, que va-t-il se passer ?

— Nous allons le monitorer vingt-quatre heures sur vingt-quatre pour voir s'il y a une évolution favorable. Je pourrais vous détailler en jargon médical les tests et les analyses que nous ferons, mais cela n'éclairera pas les profanes. Pour résumer, cet enfant est entre la vie et la mort. Ses reins et cœur sont soumis à une forte pression, mais son cerveau également. Reste à espérer qu'il ne conserve pas de séquelles neurologiques…

« A condition qu'il survive ».

Les mots flottaient dans l'air.

Hélas, *Plasmodium Falciparum* avait eu le dernier mot.

Ils avaient tout préparé pour la transfusion complète, le dernier recours pour faire baisser le taux de parasites et traiter l'anémie, mais ils n'eurent même pas le temps de la lancer. Une heure après son admission à l'hôpital, Bourey avait rendu son dernier souffle.

Ella détacha de son petit corps les sondes et tubes et quitta l'unité de soins intensifs, les yeux embués par les larmes.

La carapace qu'elle s'était forgée depuis un an était en train de se fissurer de toutes parts.

Pour ne rien arranger, Aaron était là à quelques mètres, dans le couloir.

Elle essaya de se ressaisir,

En vain. Son corps était secoué de tremblements irrépressibles, elle n'avait plus la force de donner le change. Un sanglot lui échappa avant qu'elle n'arrive à sa hauteur.

Il ne fallait pas que quiconque la voie dans cet état. Et surtout pas Aaron, qui connaissait sa sœur et pourrait le lui rapporter. Or, elle ne voulait pas que Tina apprenne le malheur qui l'avait frappée les années précédentes, ni sa détresse actuelle.

Ses jambes ne lui obéissaient plus, et elle vacilla en voulant rebrousser chemin.

— Doucement, dit Aaron en la rattrapant pour l'épaule. Tu ne tiens plus sur tes jambes, viens t'asseoir.

— Je vais bien.

— Tu n'en as pas l'air.

Elle fit un pas, deux, puis s'arrêta. Les sanglots gonflaient dans sa gorge, il fallait qu'elle s'échappe avant qu'ils n'éclatent. Hélas, elle avait l'impression que ses pieds pesaient des tonnes.

Comme s'il la sentait paralysée, Aaron l'entoura de son bras et l'entraîna dans le parc de l'hôpital. Dans la chaleur étouffante du soir, il la conduisit à un banc situé derrière un massif d'eucalyptus, à l'abri des regards, et il l'aida à s'y asseoir.

Elle s'apprêtait à prétendre qu'elle allait bien, mais les mots qui sortirent de sa bouche furent tout autres.

— Je suis désolée, dit-elle, le souffle court. Ce pauvre petit... Comme Sann. Mon Sann. C'est trop dur, Aaron. Je t'en supplie, aide-moi.

Il la prit dans ses bras.

— Je vais t'aider, Ella, je te le promets. Dis-moi qui est Sann. Raconte-moi.

— Il est mort. Je n'ai rien pu faire...

Aaron la serra contre lui. Il semblait comprendre qu'il n'y avait rien d'autre à dire.

Combien de temps resta-t-elle ainsi à pleurer dans ses bras ? Elle n'aurait su le dire, mais son contact la réconfortait. Quand ses larmes cessèrent enfin, elle ne chercha pas à s'écarter. Elle était bien.

Jusqu'à ce qu'il lui prenne le menton pour lever son

visage vers lui. Et qu'elle voie la flamme intense qui brûlait dans son regard.

Une flamme qui lui rappela qu'il était imprudent de pleurer sur son épaule. Elle ne pouvait pas se permettre de se rapprocher d'un homme qui cherchait manifestement autre chose que son amitié.

Elle se dégagea brutalement.

— Je ne devrais plus me laisser bouleverser par ces souvenirs. Ces décès sont, hélas, inévitables. Ces gens sont tellement pauvres qu'ils essaient d'abord de soigner leurs enfants par des remèdes traditionnels ou des prières et, quand ils les amènent à l'hôpital, c'est trop tard.

Sann, lui, avait été orphelin…

— Le traitement est pourtant gratuit pour les villageois qui vivent en dessous du seuil de pauvreté, mais il faut un moyen de transport pour venir à l'hôpital, payer l'essence. Toutefois, pour le cas dont je te parle, poursuivit-elle en se refusant à prononcer de nouveau le nom de son petit garçon, je crois que rien n'aurait fait de différence. La maladie était à un stade trop avancé. Le pire, c'est de se sentir impuissant.

Elle passa une main tremblante sur son visage.

— D'habitude, je donne mon sang pour conjurer ce sentiment. C'est un geste qui ne coûte rien et qui peut aider quelqu'un, d'autant que les hôpitaux en ont toujours besoin. Malheureusement, je ne peux même pas le faire en ce moment, étant donné que je me relève à peine de la dengue. Je me sens tellement inutile !

— Je vais donner mon sang en ton nom.

— Ne te sens pas obligé, Aaron. Tu fais déjà beaucoup avec le documentaire. Et je suis contente d'y avoir contribué par mon commentaire. Je ferai tout ce qu'il m'est possible pour améliorer le sort des enfants malades.

Elle esquissa un geste pour se lever, mais Aaron la retint.

— Ella, tu ne m'as pas dit qui était Sann.

Les larmes lui emplirent de nouveau les yeux.

— C'était un petit garçon que je voulais adopter, dit-elle tout bas.

Le soulagement qu'elle en éprouva la surprit. Cela faisait du bien de se confier, même à Aaron James.

— Je faisais partie d'une équipe humanitaire ici, au Cambodge, et Sann était hospitalisé dans un état grave. J'ai dû m'absenter quelques jours pour une mission itinérante et, à mon retour, on m'a annoncé qu'il était mort. Du paludisme.

— Et tu t'en veux de ne pas avoir été là pour lui, dit Aaron d'une voix très douce. Et je suppose que tu continues à travailler avec des enfants au Cambodge pour expier ta faute. Sauf qu'il n'y a pas de faute, Ella.

— Excuse-moi, dit-elle en enfouissant le visage dans ses mains. Je ne sais plus où j'en suis. Je... Je n'ai pas l'habitude d'en parler. S'il te plaît, ne dis rien à Tina, poursuivit-elle, s'obligeant à le regarder de nouveau. Elle n'est pas au courant pour Sann, et ça ne servirait à rien de lui parler de lui, ni de ce qui s'est passé aujourd'hui. Puis-je avoir ta parole ?

— Je ne dirai rien. Mais tu commets une erreur, Ella. Ce n'est pas en taisant ta...

— Merci, l'interrompit-elle, peu désireuse d'entendre ses conseils. Il ne va pas tarder à pleuvoir, cela se sent dans l'air. Je vais me mettre à l'abri.

— Attends...

Sans écouter la fin de sa phrase, elle courut vers le bâtiment des urgences.

Elle venait juste d'arriver sous l'auvent quand les nuages se déchirèrent, libérant un déluge. Quant à Aaron, toujours assis sur le banc, il la fixait de loin avec toujours cette flamme inquiétante dans le regard, en apparence indifférent à la pluie qui collait ses vêtements à sa peau.

Elle frissonna et s'obligea à détourner les yeux.

Le lendemain, Ella apprit par Helen qu'Aaron James était passé donner son sang.

Il l'avait fait pour elle. Mais elle haussa les épaules comme si elle s'en fichait.

Même chose le surlendemain quand Helen lui annonça qu'Aaron et son équipe étaient partis tourner dans les villages. Cette fois, elle feignit l'indifférence pour cacher son soulagement.

Avec un peu de chance, Aaron serait tellement occupé que le moment où elle avait pleuré dans ses bras s'effacerait de sa mémoire. Elle, entre-temps, elle essaierait d'oublier la manière dont il l'avait regardée.

Comme s'il la comprenait, comme s'il tenait à elle.

Il lui était difficile de ne pas penser à lui, pourtant, car elle s'inquiétait pour Khim, et l'un n'allait pas sans l'autre. Depuis la mort de Bourey, elle avait un mauvais pressentiment concernant la santé du fils d'Aaron.

Mais sans doute était-ce son cerveau fatigué qui lui jouait des tours. Khim avait une nourrice qui veillait sur lui. Et de toute façon, ça ne la regardait pas.

Elle avait beau se répéter cela, elle ne cessa de s'inquiéter et se mit à compter les jours jusqu'au retour d'Aaron. Quand il aurait ramené Khim sain et sauf en Australie, elle pourrait recouvrer sa sérénité.

Ce jour-là, quand Ella entendit Helen l'appeler à son arrivée à l'hôpital, son cœur se mit à cogner contre ses côtes.

— Qu'y a-t-il ? dit-elle en pressant le pas vers sa collègue.

Mais elle savait déjà.

— C'est Aaron James. Ou plutôt son fils. On vient de l'amener au Khmer International Hospital pour des douleurs abdominales associées à une forte fièvre, des vomissements, une douleur derrière les orbites. Des symptômes qui pourraient être ceux de la dengue.

La panique l'envahit.

— La nourrice ne parvient pas à joindre Aaron sur son portable, poursuivit Helen, alors elle nous a avertis au cas où nous parviendrions à le contacter. J'ai tout de suite pensé à toi, étant donné que tu es parente avec son meilleur ami.

Incapable de répondre, Ella se dirigea d'un pas tremblant vers le poste infirmier.

Le cauchemar qu'elle avait tant redouté prenait forme.

Dans la jungle inondée par la mousson, le portable d'Aaron ne passait plus, ce qui l'inquiétait. Il n'était jamais resté aussi longtemps sans parler au téléphone avec Khim.

Pourquoi n'avait-il pas dit à Jenny, la nourrice, d'entrer en contact avec Ella si jamais il y avait un problème ?

Ella. Il avait espéré que cette expédition l'aiderait à la chasser de son esprit. Quelle erreur ! Chaque fois qu'il voyait un homme ou une femme estropiés, un enfant victime de malnutrition ou un malade du sida, il se souvenait des confidences qu'elle lui avait faites au mariage de Tina.

« J'ai vu les blessures causées par les mines antipersonnel, la maladie, la pauvreté… »

Elle avait dit cela d'un ton presque blasé, et il comprenait à présent que c'était une distance nécessaire pour ne pas sombrer dans la folie.

Le travail de dépistage dans les villages avançait. On prélevait une goutte de sang sur le doigt des personnes qui présentaient des symptômes inquiétants comme de la fièvre ou un gonflement de la rate à l'examen clinique et, un quart plus tard, la bandelette du test de dépistage livrait le verdict — deux barres si le virus de la malaria était décelé dans le sang, une si c'était une fausse alerte.

Ils avaient distribué des dizaines et des dizaines de moustiquaires imprégnées d'insecticide dans les différents villages où ils avaient planté leur caméra et leur tente de soins. Il leur restait un dernier entretien avec le chef du village où ils se trouvaient, puis il pourrait retourner auprès de Khim. Sans doute Jenny avait-elle déjà préparé les valises pour le retour à Sydney. Une fois là-bas, il ne reverrait sans doute plus jamais Ella, et son souvenir s'effacerait peu à peu de sa mémoire.

Une heure plus tard, le tournage terminé et l'entretien dans la boîte, ils roulaient en direction de la ville.

C'est alors que son portable sonna.

Miracle ! A peine sorti de la jungle, il marchait de nouveau.

Il prit la communication, écouta en plaquant l'autre main sur son oreille pour masquer les bruits extérieurs et sentit son sang se glacer.

C'était Jenny à l'autre bout de la ligne. Elle lui annonçait, en larmes, que Khim souffrait de la fièvre hémorragique de la dengue.

S'il n'avait pas été assis sur la banquette arrière, ses jambes auraient cédé.

Son fils était entre la vie et la mort. A cause de lui. Jamais il n'aurait dû l'amener au Cambodge où l'épidémie battait son plein. Et dire qu'il l'avait cru à l'abri en ville, sous la garde de Jenny !

Rebecca, son ex-femme, appela ensuite. Quelqu'un de l'hôpital de Battambang, une infirmière en apparence très compétente, l'avait informée de l'état de santé de leur fils. D'une voix pâteuse, manifestement sous l'emprise de l'alcool, à moins que ce ne soit de quelque produit stupéfiant, Rebecca lui dit que Khim avait été pris en charge par d'excellents médecins et par cette fameuse infirmière qui semblait très dévouée à Khim.

Une infirmière très dévouée. S'agissait-il d'Ella ?

Quelques minutes plus tard, après s'être entretenu avec le médecin qui soignait Khim et qui venait de lui expliquer que la fièvre avait été dépistée au tout début — ce qui était censé le rassurer —, il appela un spécialiste en maladies tropicales à Sydney. Puis il commença à composer le numéro d'Ella.

Mais il se ravisa.

Elle ne voulait plus rien avoir à faire avec lui. La manière dont elle l'avait fui la dernière fois qu'ils s'étaient vus ne laissait aucun doute à ce sujet.

De plus, l'état de santé de son fils ne la concernait pas. Il ne pouvait pas ajouter ce fardeau sur ses épaules après ce qu'elle lui avait confié. Et, de toute façon, il ne voulait pas la mêler à ses problèmes. Ce serait lui accorder une place trop importante dans sa vie.

Le Khmer International Hospital où Khim avait été emmené ressemblait à un hôtel cinq étoiles, comparé au petit hôpital où travaillait Ella. Khim y avait une chambre pour lui tout seul à l'étage de pédiatrie.

Tout en sachant que l'établissement jouissait d'une excellente réputation, elle n'avait pu s'empêcher de venir rendre visite au petit garçon. Son intention était de s'assurer qu'il recevait bien tous les soins nécessaires à son état, puis de s'effacer pour laisser le personnel soignant faire son travail.

Ce n'était pas à elle de palper l'abdomen de Khim pour voir si le foie et la rate avaient un peu dégonflé, pas à elle de s'inquiéter dans l'attente des derniers dosages sanguins. Et, pourtant, c'était ce qu'elle faisait.

Une heure plus tard, le résultat des analyses confirma le diagnostic : le virus de la dengue avait décimé les leucocytes et les plaquettes, et l'hématocrite — la mesure calculant le volume occupé par les globules rouges dans l'échantillon analysé — crevait en revanche le plafond, ce qui indiquait une fuite de plasma.

Les chiffres étaient préoccupants, mais elle avait vu pire. La situation était sous contrôle. Les reins, le cœur et les poumons fonctionnaient sans assistance, et Khim était même parvenu à boire un peu d'eau tout à l'heure.

Maintenant, passe la main et va-t'en.

Mais Khim n'avait personne auprès de lui. Sa famille était loin. Les enfants n'aimaient pas rester seuls dans une chambre d'hôpital, si confortable soit-elle. Et sa présence pourrait permettre à la nourrice de prendre une pause.

Jenny lui avait donné le numéro de portable d'Aaron, et Ella avait plusieurs fois composé les premiers chiffres, sans parvenir à aller au bout. Des dizaines d'appels paniqués de proches s'entassaient probablement déjà dans la boîte vocale, c'était inutile d'y ajouter le sien. D'autant que, si d'aventure il décrochait, elle craignait de s'entendre dire que sa présence n'était pas nécessaire au chevet de Khim.

Après avoir réclamé de nouvelles analyses sanguines au médecin, vérifié que les chiffres reportés par les infirmières sur les rapports ne comportaient pas d'erreur, passé une éponge imbibée d'eau fraîche sur le petit corps afin de faire baisser la fièvre et présenté toutes les deux minutes un verre d'eau ou de jus de fruit à l'enfant pour éviter la déshydratation, elle reconnut au fond d'elle-même que, oui, elle en faisait trop.

Comme si elle n'avait pas eu suffisamment de travail à son hôpital, elle venait faire des heures supplémentaires ici…

Faisait-elle une fixation sur cet enfant ?

Cette prise de conscience ne l'empêcha pas de continuer à jouer les sentinelles à son chevet entre ses gardes, même si se partager ainsi entre les deux hôpitaux l'épuisait.

Le troisième jour, la fièvre commença à baisser, mais elle savait qu'il ne fallait pas crier victoire trop tôt, car cela pouvait parfois annoncer une reprise plus virulente de la maladie. Avec le taux de leucocytes et de plaquettes toujours en chute libre, les examens semblaient pencher pour cette hypothèse.

Qui, hélas, se vérifia. Quelques heures plus tard, l'état de Khim empira. Il devint de plus en plus agité et refusa de boire le verre d'eau qu'elle lui présentait à intervalles réguliers. Respiration et pouls s'accélérèrent. En pinçant son talon puis en le relâchant, elle nota que la peau ne reprenait sa couleur normale qu'au bout de six secondes, le double du temps habituel.

L'abdomen commença à gonfler, ce qui indiquait une accumulation d'ascite.

— Je vais te palper le ventre, Khim, dit-elle en appuyant dessus aussi doucement que possible.

Il poussa un cri.

— Ça fait mal, Ella.

— Je suis désolée, mon poussin.

Le virus de la dengue continuait à faire ses ravages dans l'hémoglobine, il fallait de toute urgence mesurer l'ampleur des fuites de plasma.

— On va devoir te faire de nouveaux examens. Je vais appeler l'infirmière.

Celle-ci appela le médecin, qui ordonna aussitôt une échographie abdominale et une radio thoracique, car l'une des complications de la fièvre hémorragique était la pleurésie, et par conséquent l'insuffisance respiratoire.

— Si les fuites de plasma sont à un stade avancé, dit le médecin en la prenant à part, cela signifiera que la fièvre résiste aux médicaments. Nous allons devoir placer Khim en soins intensifs, le mettre sous perfusion et lancer une transfusion pour pallier le déficit de plasma et de plaquettes. Si nous n'obtenons toujours pas d'amélioration, le dernier recours sera une transfusion totale, mais nous n'en sommes pas encore là. Je vais tenir son père au courant.

— Le téléphone ne passe pas.

— Il passe, maintenant. Il nous a appelés pour nous dire qu'il était en route. En votre qualité d'amie de la famille, vous…

Ce que lui dit le médecin ensuite ne s'enregistra pas dans le cerveau d'Ella. A la fin de son monologue, il lui tapota le bras et quitta la chambre.

Le brancardier allait arriver d'un instant à l'autre pour transférer Khim en soins intensifs, où elle ne serait pas admise. Voilà, c'était terminé, on n'avait plus besoin d'elle. La vérité, c'était qu'on n'avait jamais eu besoin d'elle — l'hôpital avait toujours eu la situation sous contrôle. Si elle n'avait pas détecté l'aggravation de l'état de santé de Khim, l'infirmière l'aurait fait à coup sûr lors de sa tournée quelques minutes plus tard.

Un sourire plaqué sur ses lèvres, elle retourna vers le lit.

— On va t'emmener dans une autre chambre, mon chéri, dit-elle en s'efforçant de prendre un ton enjoué. Dans un endroit qui s'appelle les « soins intensifs ».

— C'est quoi ?

— Il y aura plein de tubes et de machines, un peu comme dans le labo de *Dr Who*. Et les médecins pourront te soigner encore mieux qu'ici.

— Tu viendras avec moi ?

— Non, mon chéri. Mais quelqu'un d'autre sera bientôt là. Quelqu'un que tu aimes très très fort. Tu ne devines pas qui ?

Le visage de l'enfant s'éclaira.

— Papa !

— Gagné.

Comme elle se penchait pour l'embrasser, la porte s'ouvrit, et le brancardier entra en poussant un chariot-lit.

— On va te mettre un tube là, dit-elle en touchant le poignet du garçonnet. Pour te donner du sang de superhéros. Et ensuite, tu seras comme Superman, tu n'auras plus mal nulle part. Tu en as, de la chance.

Dans l'ascenseur qui la ramenait au rez-de-chaussée, elle laissa enfin libre cours à ses larmes.

Fini de jouer à la mère de substitution, il ne lui restait plus qu'à retourner là où on avait vraiment besoin d'elle.

Ella fut la première personne qu'Aaron aperçut. En sueur à force d'avoir couru, l'angoisse au cœur, il venait d'entrer dans le hall du Khmer International Hospital et ses yeux se posèrent sur elle. Elle était en train de marcher d'un pas calme vers la sortie.

Et le soulagement l'envahit aussitôt : si elle était là, c'est que tout allait bien.

Les pièces du puzzle se mirent en place : c'était Ella qui avait parlé à Rebecca. Son passé et son présent s'étaient croisés. Son ex-épouse avait parlé à la femme qui occupait actuellement ses pensées.

Il y avait de quoi vous flanquer le vertige.

Il rejoignit Ella en deux enjambées.

— C'était toi ?

Elle lui jeta le même regard médusé et glacial qu'au mariage de Tina.

— Moi, quoi ?

— C'était toi qui as appelé Rebecca ?

— Jenny m'a tendu le combiné, je n'allais pas refuser de parler à un parent inquiet. Je n'avais aucune raison de lui raccrocher au nez.

— Que lui as-tu dit ?

La mine consternée, elle secoua la tête.

— Que toi et moi, nous entretenions une liaison torride.

— Ella…

— Sérieusement, que crois-tu que je lui aie dit ? dit-elle en haussant le ton. Je lui ai expliqué ce que je savais sur la dengue, bien sûr, que c'était une maladie complexe, retorse, mais qu'elle était prise à temps dans le cas de Khim et que les médicaments devraient entraîner une amélioration.

— Ella, je ne voulais pas…

— Laisse-moi terminer, dit-elle d'un ton lapidaire. Je lui ai dit qu'il fallait prévenir la déshydratation et traiter les complications au fur et à mesure qu'elles survenaient, que Khim se comportait comme un brave petit soldat et que Jenny et moi alternions nos gardes à son chevet afin qu'il ait toujours un visage familier près de lui. Je ne lui ai pas demandé pourquoi elle ne sautait pas dans un avion pour venir rejoindre son fils qui la réclamait entre deux gémissements de douleur et te réclamait aussi sans cesse.

— Je serais venu plus tôt si…

— Garde pour toi tes explications.

— Dis-moi juste s'il va bien. Il est en soins intensifs, n'est-ce pas ?

— Oui.

Sur ce, elle tourna les talons et se dirigea vers la sortie.

— Attends !

Secouant la main d'un air qui voulait dire « Fiche-moi la paix », Ella franchit la porte coulissante sans prendre la peine de se retourner.

6.

Deux jours. C'est ce qu'il avait fallu à Khim pour vaincre la fièvre. Le médecin avait ordonné la sortie des soins intensifs pour ce matin.

Cela avait semblé durer une éternité à Aaron. Il n'avait pratiquement rien mangé depuis deux jours. En attendant le brancardier qui conduirait Khim dans une chambre de pédiatrie, il s'absenta pour aller acheter un sandwich à la cafétéria.

A son retour, il trouva Ella au chevet de Khim et, depuis le seuil, il l'observa en train de caresser les cheveux noirs du petit garçon.

Etrange. On aurait dit qu'elle guettait ses allées et venues pour rendre visite à Khim en son absence. Elle semblait si tendre avec le petit, alors que lui-même n'avait droit qu'à son ironie ou à sa colère : chacune de leurs rencontres semblait systématiquement tourner à la confrontation.

Il devait lui dire de partir, car il avait déjà assez de soucis sans avoir en plus à croiser le fer avec elle. Et si elle croyait qu'elle avait le droit de surgir quand cela lui chantait dans leur vie puis de disparaître de nouveau… Eh bien, non ! Et il allait se faire un plaisir de le lui expliquer.

Quand il avança d'un pas, Ella leva les yeux vers lui, clairement sur la défensive. Et il se sentit injuste.

Au lieu de lui en vouloir, il aurait dû se sentir reconnaissant envers elle. La nourrice lui avait raconté comment Ella avait veillé sur Khim durant trois jours, au plus fort de la maladie, passant des heures à son chevet pour lui permettre d'aller se reposer.

Alors, d'où venait cette colère ?

Après avoir soutenu son regard un instant, Ella se retourna vers Khim.

— Je reviendrai te voir bientôt, d'accord ?

Et elle passa près d'Aaron sans un mot pour quitter la chambre.

Comme il s'approchait du lit, Khim lui adressa un sourire somnolent.

— Pourquoi Ella s'en va, papa ?

— Elle doit retourner dans son propre hôpital. Ils ont besoin d'elle, là-bas. Mais, moi, je suis là.

Khim hocha la tête. Bien qu'il fût tiré d'affaire, il était encore très fatigué.

— Ça va, mon grand ? Veux-tu un verre d'eau ? demanda-t-il en tendant la main vers la carafe.

— Non, merci. Ella m'a donné à boire. Et elle m'a rafraîchi parce que j'avais chaud.

— Comment a-t-elle fait ?

— Avec une serviette trempée dans l'eau froide.

— Je peux en faire autant.

— Je n'ai plus chaud. Regarde, papa.

Il lui montra le sparadrap qui occupait presque toute la largeur de son bras.

— Je sais. C'est là que tu avais ta perfusion.

— J'ai reçu du sang de superhéros. C'est Ella qui l'a dit.

— Et il t'a guéri.

— Papa ?

— Oui, mon grand.

— Où est Ella ?

Il s'exhorta à la patience.

— Je te l'ai expliqué. Elle a des malades à soigner. Et tu n'as plus besoin d'elle puisque je suis revenu. Et maman va arriver aussi.

— C'est vrai ?

— Oui, elle sera bientôt auprès de toi.

Emporté par sa joie de savoir Khim hors de danger, il s'avançait un peu. Mais il s'efforcerait de trouver les arguments pour convaincre Rebecca de faire le voyage. A condition qu'elle ne soit pas sous l'emprise de l'héroïne comme la dernière fois qu'il l'avait appelée. Complètement défoncée, elle avait été incapable de soutenir une conversation.

Nul doute qu'elle n'apprécierait guère l'autre nouvelle qu'il avait à lui annoncer : une fois la convalescence de Khim terminée, ils iraient à Los Angeles, où il devait passer une audition, puis ils mettraient le cap sur Londres, où Brand lui réservait l'un des rôles principaux dans son film.

Comme toujours, Rebecca prendrait sa réussite professionnelle comme un affront personnel, parce que sa carrière d'actrice à elle était au point mort. Mais quel producteur voudrait miser de l'argent sur une comédienne accro à l'héroïne, qui arrivait en retard sur les plateaux sans savoir son texte et qui tenait parfois à peine debout ?

Elle essaierait probablement de le culpabiliser pour ne pas avoir été avec Khim au moment où il était tombé malade, et elle exigerait qu'il le laisse avec elle à Sydney, ce qu'il refuserait bien sûr tout net. Tant que Rebecca ne serait pas guérie de sa dépendance, il n'était pas question qu'elle garde Khim, ne serait-ce que pour quelques jours.

La proposition de lui acheter son billet et de prendre en charge son hébergement et tous ses frais au Cambodge la ferait peut-être venir. Sa présence ne pouvait qu'être bénéfique pour la convalescence de Khim.

Quant à lui, il ne lui resterait plus qu'à oublier Ella Reynolds et son rare regard tendre.

Cet après-midi-là, Ella daignait rendre visite à Khim en présence d'Aaron — qu'il soit là ou pas ne faisait d'ailleurs guère de différence, car elle ne lui accordait pas la moindre attention.

Cela tombait mal. Depuis quelques jours, il tournait autour du pot chaque fois que Khim lui demandait quand il allait voir sa mère.

Rebecca ne viendrait pas. Il avait tout essayé, en vain.

Mais qu'est-ce qu'il lui avait pris d'annoncer sa venue comme certaine ? Et comment trouver les mots justes, maintenant, pour dire à son fils qu'elle ne viendrait finalement pas ?

— Inutile de me dire comment tu vas aujourd'hui, dit Ella à Khim en se penchant pour l'embrasser sur le front. Tu m'as tout l'air d'un superhéros ! Je suppose que tu as fini ton plateau hier soir. Et est-ce tu fais bien pipi ? Oups, désolée de te demander ça devant ton papa.

Khim pouffa de rire.

— Voui.

Un sourire radieux d'Ella le récompensa.

Dans sa robe de coton blanc toute simple et ses sandales plates, elle était belle comme le jour.

Sortant de son sac un petit sachet, elle l'offrit à Khim, qui l'ouvrit avec avidité. Il s'agissait d'une libellule de bois délicatement sculpté qu'elle avait dû acheter au marché de Battambang. Elle montra à Khim comment la tenir en équilibre sur son doigt — un jeu couramment pratiqué par les enfants d'ici.

Aaron les observa, honteux de la jalousie qu'il éprouvait.

— La prochaine fois que tu viendras, dit son fils à Ella, tu verras maman.

— Oh ! C'est formidable !

C'était le moment d'annoncer à Khim que Rebecca ne viendrait pas. Et de signifier sur sa lancée à Ella que sa présence quotidienne au chevet de Khim n'était ni nécessaire ni souhaitée.

— Euh…

Courage.

— J'ai quelque chose à te dire, mon grand, dit-il en

s'asseyant sur le bord du lit. Finalement, maman ne peut pas venir. Il va falloir que nous nous passions d'elle.

Khim le fixa d'un air à la fois calme et résigné.

— Mais comme elle sait que tu vas beaucoup mieux, elle m'a chargé de te faire plein de bisous pour que tu te rétablisses au plus vite, poursuivit-il en improvisant.

Et il joignit le geste à la parole.

A son grand soulagement, son fils accueillait plutôt bien la nouvelle. Peut-être avait-il deviné, malgré son jeune âge, que sa mère ne ferait pas le voyage.

— Tu sais ce qu'il te reste à faire, Khim, dit Ella. Bien manger, boire et faire tout ce que le médecin dira afin de pouvoir retrouver très vite ta maman en Australie. Maintenant, je vais te laisser avec ton papa.

De nouveau, son sourire rayonna, pour le seul bénéfice de l'enfant. Et elle sortit avant qu'Aaron ait pu rassembler ses esprits.

— Ella, attends !

Ella s'arrêta à contrecœur.

— As-tu le temps d'aller boire un café ?

Sur le point de dire non, elle se ravisa : fuir devant Aaron équivalait à admettre qu'il avait du pouvoir sur elle.

Elle accepta et lui emboîta donc le pas en direction de la cafétéria de l'hôpital.

— Je voulais t'expliquer, pour Rebecca, dit-il quand ils furent attablés devant un café. Elle avait une audition… Et comme Khim était hors de danger…

Cela faisait beaucoup de phrases en suspens. Aaron avait tout l'air de chercher des excuses à sa femme. Enfin, à son ex-femme.

Comme il baissait le nez vers sa tasse, visiblement au supplice, elle eut pitié de lui.

— D'autant qu'il aurait probablement été sur le point de partir quand elle serait arrivée, ajouta-t-elle.

— Est-ce que Tina t'a parlé de son problème de drogue ? demanda-t-il sans relever la tête.

— Non, je ne savais pas. Je suis désolée.

Voilà qui expliquait pourquoi il semblait tant se soucier de son ex-femme. Un homme généreux et chevaleresque comme Aaron James n'était pas du genre à laisser sombrer dans la déchéance celle qui avait naguère partagé sa vie.

— Les choses sont compliquées. Ce qui ne signifie pas que Rebecca est une mauvaise mère. Elle aime notre fils.

— Je comprends. De toute façon, la convalescence de Khim sera bientôt terminée, et ils seront réunis de nouveau. Actuellement, son corps est en train d'absorber les fluides qu'on lui apporte en quantité pour regonfler ses veines et ses vaisseaux capillaires desséchés par la fièvre. C'est comme une vague qui déferle puis recule avant de trouver son juste équilibre. Il est possible qu'il développe une éruption cutanée qui provoquera des démangeaisons. Il ne faudra pas trop t'inquiéter, d'accord ?

Le silence lui répondit. Aaron était en train de remuer son café depuis bientôt deux minutes, la mine de plus en plus désespérée.

— Aaron, dit-elle d'un ton ferme, si tu me disais plutôt pourquoi tu désirais me parler ?

— Eh bien…

Il fixa sur elle un regard suppliant qui ne lui dit rien qui vaille.

— Khim s'est beaucoup attaché à toi. Trop.

Nous y voilà.

— Cela arrive souvent entre patients et infirmières.

— Tu es plus qu'une infirmière pour lui. Le problème, c'est qu'il ne te verra plus une fois qu'il aura quitté l'hôpital. Tu vas lui manquer, et je ne veux pas qu'il souffre…

— Je vois, dit-elle en repoussant sa propre tasse. Les choses sont compliquées, il a déjà une mère. Alors, Ella, garde tes distances.

— Te souviens-tu de ce que tu m'as dit, le soir de notre

rencontre ? Que tu n'aimais pas dire au revoir aux enfants de tes petits amis lorsque vous rompiez ? Eh bien, c'est la même chose ici, mais vu sous l'angle de l'enfant.

— Si je comprends bien, tu étais d'accord pour coucher avec moi l'autre soir, mais tu ne veux pas que je m'approche de ton fils ?

— Nous n'avons jamais été sur le point de coucher ensemble. Un baiser, c'est tout ce que nous avons échangé.

— Et tranquillise-toi, dit-elle, piquée au vif, ça n'ira jamais plus loin entre nous. Pour résumer, je ferais en théorie une compagne de lit acceptable, mais je ne suis pas assez bien pour faire partie de l'entourage de ton fils. Ou est-ce parce que tu as envisagé un moment de coucher avec moi que tu ne supportes pas de me voir si bien m'entendre avec Khim ?

— Ella, tu mélanges tout…

— Oh non, je crois au contraire que je m'approche de la vérité ! Tu essaies de m'écarter, ton envie d'éviter à Khim de souffrir n'est qu'un prétexte. En fait, tout tourne autour de toi ! Tu n'as jamais été à l'aise en ma présence, tu me juges sévèrement. Sans doute ne suis-je pas fréquentable à tes yeux.

— Je ne sais pas que penser de toi, admit Aaron en se passant la main dans les cheveux. Un soir, tu laisses un ivrogne te peloter dans un bar, et le lendemain tu te dévoues corps et âme pour des enfants malades. Tu es capable d'envoyer des piques et des sarcasmes, et l'instant d'après de fondre en larmes comme si ton cœur se brisait. Comment pourrais-je te juger, alors que je ne parviens pas à te cerner ?

Sa voix avait les accents de la franchise. Ce qui ne la consolait pas pour autant.

— Parce que, toi, tu te comportes toujours comme un saint ? Ta personnalité n'affiche pas la moindre contradiction ? Alors, comment expliques-tu que tu sois attiré par quelqu'un comme moi ?

Il ferma les yeux d'un air accablé.

— Je ne me l'explique pas, justement. Ecoute, j'ai déjà suffisamment de soucis avec Rebecca, et avec Khim que je dois protéger du comportement imprévisible de sa mère. Pour cette raison, je ne peux pas envisager de relation avec toi. Bref, je…

— De toute façon, je ne veux pas non plus d'une relation avec toi, Aaron. Mais ton amour-propre ne s'accommode peut-être pas d'un tel refus ? L'aventurière qui repousse l'homme vertueux que tu es, c'est vexant !

— Inutile de t'emporter, Ella. Je ne faisais que…

— Oh ! Tais-toi et bois ton café.

Elle tremblait de rage, et le fait qu'elle ne puisse pas hausser le ton dans cet endroit public exacerbait sa colère.

— Ecoute-moi bien, dit-elle en se penchant vers Aaron, je ne suis pas là pour toi, mais pour Khim. Il a passé plusieurs jours dans cet hôpital sans ses parents, avec juste une nourrice et moi pour lui tenir la main. J'ai épongé son corps qui brûlait de fièvre, je l'ai tenu quand il vomissait, j'ai prié pour que l'hémorragie ne l'emporte pas, je n'ai pas quitté son chevet quand son état était critique, alors que tu étais à courir la campagne pour ton documentaire. Et tu oses me demander maintenant de prendre mes distances avec lui, comme si mon intention était de te séduire et de détruire la tranquillité de ta famille ?

Du dos de la main, elle chassa les larmes qui lui coulaient sur les joues.

— Tu ne m'interdiras pas de voir Khim à cause de ta culpabilité !

Des regards se tournèrent vers eux. Tant pis.

— Ma culpabilité ?

— Oui. Tu ne supportes pas d'être attiré par moi, et tu me le fais payer ! s'exclama-t-elle, abandonnant toute retenue. Ce n'est pas ma faute si ta femme est une droguée, si tu as divorcé ou si ton fils a contracté la dengue. Et ce n'est pas moi qui t'ai encouragé à rôder dans les couloirs de l'hôpital pour épier mes moindres faits et gestes !

Elle se leva en repoussant violemment sa chaise.

— Je ne suis pas une sainte, mais pas un monstre non plus.

Aaron la rattrapa alors qu'elle était presque parvenue à la grille de l'hôpital.

— Un instant, dit-il en l'arrêtant par le bras.

— Je n'ai plus rien à te dire. Laisse-moi tranquille.

— D'accord. Lorsque tu m'auras écouté à ton tour. C'est trop facile de me coller tous les torts et de prétendre que c'est moi, le problème. Comme si tu n'avais pas envie que je te tourne autour, que je te touche.

Les yeux brûlant d'une flamme ardente, il l'attira contre lui et s'empara de sa bouche.

— Ella, murmura-t-il contre ses lèvres, quand tu es près de moi, je ne peux pas m'en empêcher. C'est plus fort que moi.

— Embrasse-moi, s'entendit-elle murmurer.

Cela faisait si longtemps qu'elle attendait ce moment ! Elle répondit avec fougue à son baiser.

Une petite sonnerie insistante vint se mêler aux battements de son cœur contre ses tympans.

— Mon portable, dit Aaron.

Ce qui ne l'empêcha pas de continuer à l'embrasser.

— Malgré la piètre opinion que tu as de moi, dit-elle quand ils reprirent leur souffle, sache que je ne ferai jamais rien qui puisse nuire à Khim. Alors, tu as gagné. Je vais garder mes distances.

— Peut-être existe-t-il un autre moyen de…

— Non. Nous avons chacun suffisamment de problèmes dans nos vies sans y ajouter des complications supplémentaires. Ce que nous éprouvons l'un pour l'autre n'est pas l'amour du siècle, ce n'est qu'une attirance physique.

Elle minimisait à dessein ce qu'elle ressentait de son côté afin de lui faciliter la tâche.

— Mais Khim t'aime beaucoup, dit-il, et il sera très déçu de ne plus te voir. Il croira que tu le laisses tomber.

— Il faudrait savoir ce que tu veux ! Il y a quelques minutes, tu me demandais de sortir de sa vie, et maintenant tu prêches pour le contraire.

— Je ne sais plus trop où j'en suis, Ella. Mais je ne te remercierai jamais assez d'avoir veillé sur lui en mon absence. Je me doute que ça n'a pas dû être facile après ce qu'il est arrivé à Sann…

— Arrête tout de suite ! Jamais je n'aurais dû te parler de ça, je le regrette amèrement. Alors, nous allons conclure un marché : je ne viendrai plus m'immiscer dans votre vie et, toi, tu ne prononceras plus jamais le nom de Sann devant personne. Je n'ai pas besoin de ta pitié, ni de quoi que ce soit de ta part. De toute façon, nos chemins vont se séparer bientôt, tu vas rentrer en Australie et, moi, j'irai… où le vent me portera. Et nous oublierons que nous nous sommes jamais rencontrés.

Sur ce, elle franchit la grille en s'efforçant de marcher d'un pas calme.

Plus vite Aaron James et son fils rentreraient à Sydney, mieux ce serait pour tout le monde. Et elle rayerait désormais l'Australie de ses destinations de vacances. Elle préférait encore aller en Afghanistan ou en Corée du Nord, c'était dire.

7.

Qui avait dit qu'il pleuvait toujours à Londres ?

Le soleil brillait sur Leicester Square lorsqu'Aaron, avec Khim sur son dos, gravit les marches de la belle maison victorienne occupée par Tina et Brand.

Il entra avec sa clé et trouva ses amis dans la cuisine.

— J'ai une bonne nouvelle ! Nous avons trouvé une maison à louer au bout de la rue.

Cela faisait deux semaines que les jeunes mariés les hébergeaient, lui et son fils, et les visites de maisons et d'appartements à louer venaient enfin de porter leurs fruits cet après-midi.

— Pourquoi faut-il que nos invités soient toujours pressés de s'en aller ? demanda Tina en riant. Quelque chose te dérange dans la déco de la chambre d'amis ?

— Tu te consoleras avec notre nouvelle invitée, dit Brand à son épouse. Sa sœur Ella est arrivée aujourd'hui, expliqua-t-il à Aaron. Elle est juste restée le temps de poser ses valises, puis elle est ressortie pour aller traîner dans quelque bar mal famé.

Le cœur d'Aaron battait la breloque, et il sentit le sang refluer de ses joues.

Il avait du mal à y croire. Ella était ici, à Londres. Alors qu'il avait cru ne plus jamais la revoir, elle allait habiter dans cette maison !

— … la dernière chose à laquelle je m'attendais, termina Tina.

N'ayant pas entendu le début de la phrase, il se borna à émettre un murmure d'acquiescement qui n'engageait à rien.

— Ta sœur a toujours été une cachottière, dit Brand. Secrète, fantasque, imprévisible.

— Elle ne fait pas les choses comme tout le monde, c'est sûr, ce qui est plutôt une qualité pour moi. Ella a toujours mené sa barque toute seule, et au moins elle ne doit rien à personne.

Merci, Tina, de défendre Ella.

— Je ne m'inquiète pas pour elle, reprit Brand. Elle a fréquenté les endroits les plus dangereux de la planète, elle survivra à cette virée dans les pubs londoniens.

— Mais elle ne m'a pas dit à quelle heure elle allait rentrer, dit Tina. Papa et maman vont vouloir un rapport à la première heure demain, mais comment puis-je évaluer son mal de vivre si elle s'enfuit chaque fois que je veux lui parler ?

Brand claqua la langue d'un air réprobateur.

— Pas étonnant qu'elle s'enfuie. Elle te voit venir, avec tes gros sabots. Alors, Aaron, quand emménages-tu dans ta nouvelle demeure ?

— Dans une semaine, dit-il tout en se creusant la cervelle pour trouver un moyen de ramener la conversation vers Ella. Ça ne vous dérangera pas de m'héberger jusque-là, étant donné que ta sœur prend pension chez vous ? demanda-t-il à Tina. Je ferais peut-être mieux d'aller à l'hôtel avec Khim ?

— Ne dis pas de sottises, rétorqua Tina. Il y a de la place pour tout le monde.

Le soulagement l'envahit. Alors que la providence venait de remettre Ella sur son chemin, il aurait détesté devoir déjà la perdre de vue.

Ce qui lui fit prendre pleinement conscience de son problème : cette fois, il n'était plus question de faire l'autruche, il était tombé raide amoureux d'Ella Reynolds.

*
* *

Durant la nuit, Aaron ne cessa de descendre au rez-de-chaussée. Pour un verre d'eau. Pour un livre. Pour un en-cas.

Au quatrième voyage, il cessa de se mentir et alla s'asseoir dans la bibliothèque dont il laissa la porte entrebâillée. Par l'interstice, il avait vue sur la porte d'entrée. Il alluma une seule lampe, dont l'ampoule éclairait si faiblement le fond de la pièce qu'Ella ne se rendrait sûrement pas compte de sa présence. A moins qu'elle ne rentre pas de toute la nuit, qu'elle ait décidé de découcher…

Son estomac se noua à cette pensée.

Il venait de se servir un scotch, quand la clé tourna dans la serrure. La porte s'ouvrit, et un pas résonna sur le carrelage. Puis, plus rien. Après un long silence, il entendit un bruit sourd, comme celui d'un corps qui s'affaissait.

Etait-elle tombée ? S'était-elle blessée ?

Il ouvrit la porte et la vit assise par terre, adossée au mur du vestibule, les coudes posés sur ses genoux relevés et le visage dans les mains. L'image du désespoir.

Elle portait une jupe vert foncé qui avait glissé sur ses cuisses, un chemisier blanc tout froissé et les sandales en cuir qui ne la quittaient jamais. Ce qui changeait, c'étaient ses longs cheveux qui tombaient en vagues souples sur ses épaules — c'était la première fois qu'il les voyait libres.

A la vue d'Ella dans cette posture abandonnée, son pouls s'accéléra de façon inquiétante.

— D'où viens-tu ?

Elle releva la tête et sembla se figer à sa vue.

— Que fais-tu ici ? demanda-t-elle en retour.

Sa belle voix rauque le troublait autant que cette jupe qui dévoilait tant de peau.

Ressaisis-toi.

— J'habite provisoirement chez Tina et Brand — j'ai un rôle dans le film que Brand tourne à Londres. Ils ne t'en ont pas parlé ?

— Non.

D'un mouvement souple et gracieux, elle se releva.

— Formidable, dit-elle d'un ton caustique. Je suppose que tu vas me demander de m'installer ailleurs pour éviter que je ne corrompe Khim — ou toi.

Ne sachant pas si elle plaisantait ou non, il prit la remarque au premier degré.

— Non. Je ne veux pas que tu t'en ailles, Ella. De toute façon, Khim et moi, nous serons partis dans une semaine.

— Tant mieux. Je devrais pouvoir réprimer mes penchants durant notre courte cohabitation. Ote-moi d'un doute, poursuivit-elle, plus sarcastique que jamais : est-ce que tu m'attendais, tapi dans le noir ?

— Euh, oui.

Elle poussa un soupir.

— A quoi joues-tu, Aaron ? Que veux-tu ? ajouta-t-elle devant son silence.

— Je te veux, toi…

Il n'en revenait pas de l'avoir dit.

— Je te veux depuis le jour où je t'ai rencontrée.

— Je croyais que nous avions décidé d'un commun accord de ne pas donner suite à cette attirance, dit Ella en esquissant un pas vers l'escalier. Une semaine, ça passe vite. Je suis sûre que tu sauras résister à ces viles pulsions indignes d'un homme vertueux comme toi.

N'en pouvant plus de ses moqueries, il lui saisit le bras.

Il vit le sourire ironique s'effacer de son visage. Elle le fixa pendant un long moment puis, soudain, elle prit son visage entre ses mains pour l'embrasser à pleine bouche, passionnément.

Ensuite, elle recula, affichant de nouveau un sourire goguenard.

— Et maintenant ? C'est bien là que tu fais marche arrière d'habitude ? A cause de Rebecca. Ou de Khim. Ou de moi.

A quoi bon fuir puisqu'il la retrouvait toujours sur son chemin ? Cette fois, il avait bien l'intention de céder à ses pulsions.

Pour toute réponse, il la prit dans ses bras et l'embrassa

tandis que ses mains impatientes couraient sur ses cheveux, son dos, ses reins. Quand il se mit à lui caresser les seins, il la sentit retenir son souffle contre ses lèvres.

— Et maintenant ? dit-il, reprenant ses mots.

— D'accord. Allons-y, sautons le pas. Ce sera fait, et on n'en parlera plus.

Comme consentement passionné, il y avait mieux, mais il s'en contenterait.

— Viens.

Lui prenant la main, il l'entraîna à l'étage.

— Où est ta chambre ?

Elle le conduisit à la chambre voisine de la sienne. Le destin.

Dès que la porte se fut refermée sur eux et qu'ils eurent allumé la lampe de chevet, il fit passer le chemisier d'Ella par-dessus sa tête et arracha presque la fermeture Eclair de sa jupe dans sa hâte à la lui enlever.

Debout devant lui dans des sous-vêtements rose pâle tellement usés qu'ils semblaient transparents, elle rejeta crânement ses cheveux par-dessus son épaule.

Il sentit le désir pulser dans ses veines et résista de justesse à l'envie de déchirer les sous-vêtements pour faire tomber les dernières barrières qui la séparaient de lui.

C'était de la folie furieuse. Le sang rugissait dans ses oreilles. Jamais il n'avait été dans un tel état d'excitation.

Sous le regard d'Ella qui l'observait, il ôta son T-shirt, son jean et son boxer. Elle sembla aimer ce qu'elle vit, car elle vint se cambrer contre lui pour se laisser déshabiller complètement. Docile, elle attendit tandis qu'il s'escrimait avec les agrafes du soutien-gorge, ses hanches contre les siennes, la peau douce de son ventre contre son désir palpitant.

Enfin, elle fut nue. Il hésitait à la regarder de peur de fondre sur elle telle une bête affamée. Et, pourtant, il en brûlait d'envie.

— Ella.

Il l'embrassa tandis que sa main descendait vers la croisée de ses cuisses.

— Je te désire, Aaron. Il faut que tu le saches. Ce soir, je te désire.

Ces mots achevèrent d'attiser le feu qui brûlait en lui. Il la souleva dans ses bras et la déposa sur le lit.

— Les préservatifs, murmura-t-elle. Dans le tiroir de la table de chevet.

Il ouvrit le tiroir, y plongea la main et sortit un sachet. Agenouillé entre ses cuisses, il enfila le latex sur son érection.

— Prends-moi, soupira-t-elle. Maintenant.

Ne se faisant pas prier, il l'entraîna dans une danse sensuelle de plus en plus effrénée qui se conclut par un orgasme d'une force inouïe.

Comme il reprenait ses esprits, il se demanda si elle avait eu le temps de prendre son plaisir. Jamais, il n'avait perdu ainsi le contrôle de lui-même. Emporté par sa fougue, ne lui avait-il pas fait mal ?

Il l'embrassa en essayant d'y mettre de la douceur mais, même maintenant, il n'y parvenait pas. Le contact de la peau d'Ella, de ses lèvres, déclenchait en lui une force primale.

Dix minutes après avoir fait l'amour, la respiration d'Aaron n'était toujours pas revenue à la normale. C'en était attendrissant.

Il aimait embrasser en pleine action, et ensuite, alors qu'il l'avait comblée, il aurait pu raisonnablement s'écarter. Mais non, tout haletant qu'il était, il continuait à l'embrasser. Il semblait faire une fixation sur sa bouche. En tout cas, personne ne lui avait jamais témoigné autant de tendresse après l'acte sexuel.

Enfin, il roula sur le côté.

— Désolé, j'ai dû t'écraser de mon poids. Tu es si mince.

— C'est juste que…

Elle s'arrêta. Le moment était malvenu pour se lancer

dans un discours sur les gardes interminables, la fatigue qu'elles engendraient et le fait que côtoyer la maladie et la mort ne stimulait guère l'appétit.

— Je vais reprendre du poids, ne t'en fais pas. Je me remplume très vite dès que j'arrête de travailler.

— Pour mieux reperdre tes formes dès la prochaine mission caritative.

Il avait tout compris.

Quand Aaron ferma les yeux, elle ne put réprimer un peu d'agacement.

Il allait s'endormir dans son lit ! Elle n'aurait pas dû l'inviter dans sa chambre. S'ils étaient allés dans la sienne, elle aurait pu s'éclipser à sa guise.

Mais comme elle ne pouvait pas le congédier maintenant, elle posa la joue sur sa poitrine et ferma les yeux à son tour.

Ma foi, elle n'était pas si mal.

Le lendemain matin, en se réveillant seule dans son lit aux draps froissés, Ella prit la pleine mesure de ce qu'elle avait fait.

Avec le meilleur ami de son beau-frère, et sous le toit de sa sœur !

Avec un peu de chance, personne ne s'en serait rendu compte, car ils n'avaient pas fait de bruit. Du moins, elle l'espérait, et elle pouvait compter sur la discrétion d'Aaron.

Elle alla enfiler son peignoir puis revint s'asseoir au bord du lit, peu désireuse de descendre dans la cuisine où l'attendait la réalité, c'est-à-dire Tina et Brand, et peut-être aussi Aaron. Pas Aaron-l'amant d'une nuit, mais Aaron-le meilleur ami de son beau-frère, Aaron-le père de Khim.

La réalité allait la rattraper au galop, de toute façon. Le ventre arrondi de Tina se chargerait de lui rappeler tous les jours la perte qu'elle avait subie. Il fallait qu'elle l'accepte, et qu'elle cesse de culpabiliser chaque fois qu'elle éprouverait de l'envie ou de la jalousie.

Hier soir, devant son verre de soda dans le pub — l'arrêt de l'alcool faisait partie du nouveau départ qu'elle désirait prendre —, elle avait fait l'inventaire de ses souvenirs de Sann, un à un, pour essayer d'exorciser la douleur une fois pour toutes. Une sorte de thérapie de désensibilisation. L'exercice s'était révélé violent, et au retour, quand elle avait vu Aaron la dévorer du regard dans le vestibule, elle avait accepté ce qu'il avait à lui offrir comme une échappatoire, pour garder les cauchemars à distance. Elle avait conclu un marché avec elle-même : elle s'offrait une nuit de passion, et le lendemain elle assumerait la culpabilité et la honte.

La culpabilité était au rendez-vous. Mais pas la honte.

Qu'est-ce que ça signifiait ?

Qu'il n'y avait pas de raison d'avoir honte. Ç'avait été une aventure sans lendemain, comme des milliers de gens en vivaient tous les jours. Inutile d'en faire un drame.

Sauf que ce n'était pas aussi simple. Quand Aaron s'était dirigé vers elle dans ce vestibule, elle avait senti son cœur bondir, et ce n'était pas juste parce qu'elle le désirait. Il y avait davantage.

Inutile de se mentir plus longtemps, elle était tombée amoureuse de cet homme au Cambodge. Mais les raisons qui les avaient empêchés d'être ensemble là-bas perduraient ici : Khim. Rebecca. Javier.

Le retour à la réalité promettait d'être difficile.

Elle ôta son peignoir et se regarda dans la psyché.

Son corps portait des traces révélatrices d'une nuit agitée, et ses lèvres étaient gonflées, ce qu'elle pourrait aisément camoufler avec un peu de maquillage.

Aaron était un amant passionné. Sans doute avait-il repris ses esprits aujourd'hui en se souvenant qu'il ne l'aimait pas et qu'il ne voulait pas d'elle dans l'entourage de son fils.

Non, décidément, il fallait ranger les souvenirs de cette nuit dans la boîte des causes perdues et passer à autre chose.

*
* *

Quand Ella se résolut enfin à descendre dans la cuisine, elle n'y trouva que Tina, occupée à couper des légumes.

— Il était temps, dit celle-ci, coup d'œil à l'horloge à l'appui. Il va bientôt être l'heure du déjeuner.

— Dis donc, j'espère que je ne vais pas avoir à pointer chaque fois que j'entre et sors de chez toi ! Où est Brand ?

— Sur le plateau de tournage. Il travaille, lui. Il est parti ce matin à la première heure en compagnie de nos autres invités — c'est vrai, tu as filé tellement vite hier que je n'ai même pas eu le temps de te mettre au courant.

Attention, ne rien montrer.

Elle fit mine de chercher quelque chose dans un tiroir.

— Que cherches-tu ?

— Un couteau, pour te donner un coup de main.

— Le bloc sur le comptoir, derrière toi.

Tournant le dos à sa sœur, elle prit son temps pour choisir un couteau.

— Tiens, dit Tina en poussant des tomates vers elle. Coupe-les-moi proprement pour la salade. Où en étais-je ? Ah oui, figure-toi qu'Aaron James et son fils Khim habitent chez nous. Tu te souviens d'eux, n'est-ce pas ?

Ella émit un vague murmure d'acquiescement.

— Aaron joue dans le film de Brand, c'est pour ça qu'il est à Londres. Mais son séjour sous notre toit va se terminer bientôt.

— Pourquoi ? demanda-t-elle de son ton le plus désinvolte.

— Parce qu'il a trouvé une maison où il a prévu d'emménager dans une semaine. Il ne sera pas loin, la demeure est dans Leicester Square.

— Veux-tu que je débarrasse le plancher entre-temps ? J'ai des amis que je voulais justement aller voir…

— Mais qu'est-ce qu'ils ont tous à vouloir s'en aller ? Nous avons assez de chambres pour loger une équipe de base-ball, Ella ! De toute façon, tu n'iras nulle part, car j'ai besoin de toi pour m'aider à garder Khim.

— Il n'a pas une nounou ?

— Elle a eu un empêchement et ne pourra pas être là avant la semaine prochaine. Comme Aaron est pris toute la journée sur le tournage, je me suis proposée pour garder son fils, ce qui me fera en plus un bon entraînement. Tu verras, ce n'est pas bien difficile, Khim est adorable.

D'une main un peu tremblante, elle posa son couteau.

Khim…

Aaron ne verrait certainement pas d'un bon œil qu'elle veille sur lui.

— Franchement, je ne sais pas… Pourquoi Khim n'est-il pas resté à Sydney avec sa mère ?

Elle savait pourquoi.

Tina sembla hésiter un instant.

— Ecoute, Ella, ce que je vais te dire est strictement confidentiel. Rebecca, l'ex-femme d'Aaron, suit actuellement une cure de désintoxication. Elle a passé récemment une audition pour un rôle à la télévision, et elle n'a pas été retenue à cause de sa dépendance à l'héroïne. Le metteur en scène lui a dit que sa carrière était terminée si elle ne se reprenait pas en main.

— Ça doit être dur à entendre. Comment Khim supporte-t-il la séparation avec sa mère ?

— Plutôt bien, car elle ne s'est jamais vraiment occupée de lui. Aaron a la garde unique, ce qui ne l'empêche pas de laisser Rebecca voir son fils quand elle le veut.

— Je vois, dit Ella en versant les morceaux de tomate dans le saladier. Mais est-ce que qu'il ne devrait pas être auprès d'elle pour la soutenir dans cette période critique ?

— Et puis quoi encore ? Je te signale qu'ils sont divorcés, bien que je me demande parfois si Rebecca s'en rend compte. Elle fait appel à Aaron pour régler tous ses problèmes. C'est lui qui a trouvé le centre de désintoxication en Californie, et il l'y a accompagnée pour l'y installer, ce qui a retardé d'autant le tournage de Brand. Et, bien sûr, c'est lui qui paie bien qu'il lui ait laissé une fortune au moment du divorce. Avec Khim, ils vont faire l'aller-retour entre Londres et la Californie — le petit croit sa mère en cure thermale ! J'espère que, cette fois, Rebecca va vraiment s'en sortir, parce qu'Aaron a besoin de tourner la page, ce qu'il ne pourra pas faire tant qu'elle dépendra de lui.

— C'est un homme bien.

— Celui dont toutes les femmes rêvent. Beau, intelligent, gentil, fiable… Il a pratiquement élevé ses trois sœurs. A la mort de leurs parents, il n'avait que dix-huit ans. Il est leur dieu. Il fera toujours passer le bonheur de ses proches avant le sien, surtout celui de Khim. Du vinaigre balsamique, ça t'ira ? ajouta Tina, passant du coq à l'âne.

— Parfait.

— Il va te falloir plus qu'une salade, dit sa sœur en préparant l'assaisonnement. Je te trouve maigre comme un clou.

— Merci pour le compliment. Je vais faire des sandwichs.

— Prévois-en aussi pour Aaron et Khim. Ils ne vont pas tarder à rentrer.

Elle sentit le rouge lui monter aux joues.

— Khim a accompagné son père sur le plateau de tournage ? dit-elle en plongeant la tête dans le réfrigérateur et en prenant son temps pour choisir ce dont elle avait besoin.

— Aaron ne commence à tourner que demain. Ce matin, ils étaient au parc. Aaron veut apprendre à jouer au cricket à son fils.

— Ah, le cricket, répéta platement Ella, histoire de dire quelque chose.

Elle tartina de beurre une vingtaine de tranches de pain puis commença à y empiler des tranches de jambon, de fromage, de corned-beef et de salami.

— Doucement ! s'exclama Tina en riant. On n'attend pas les équipes de cricket australienne et anglaise au déjeuner, simplement un père et son gamin de quatre ans.

— Désolée, marmonna Ella, je me suis laissé emporter par mon élan.

Son cœur se mit à battre plus vite lorsqu'elle entendit la voix d'Aaron appeler depuis le vestibule.

— On est dans la cuisine, répondit Tina en posant le plateau de sandwichs sur la table.

Puis elle se tourna vers Ella et lui adressa un clin d'œil.

— Pour ce qui s'est passé cette nuit, je suppose que tu m'en feras part plus tard ? C'est un récit qui n'est de toute façon pas destiné à de jeunes oreilles innocentes.

Ella se figea. Tina savait !

— Bien que nous couchions à l'autre bout du couloir, Brand et moi, nous avons tout de même entendu hier soir quelques bruits… hum, disons étranges en provenance de ta chambre, dit Tina, l'œil pétillant de malice. Et quand tu es entrée tout à l'heure dans la cuisine avec une bouche gonflée et rouge comme une cerise, j'ai eu la confirmation de mes soupçons. A moins que tu n'aies été piquée par une abeille ?

— Qui a été piqué par une abeille ? demanda Aaron en entrant dans la cuisine.

8.

— Personne, répondit Tina d'un ton désinvolte.

Mais Aaron ne la regarda pas. Il la regardait, elle, Ella. Et à en juger par la flamme qui brûlait dans ses yeux, il se souvenait de leur nuit en Technicolor et en 3D.

— Content de te revoir, Ella.

Sa voix était caressante, à croire qu'il se souciait comme d'une guigne de la présence de Tina.

— Bonjour, Aaron, dit-elle sans sourire.

— Depuis qu'il sait que tu es là, Khim ne tient plus en place. Il a un cadeau pour toi — il est monté le chercher dans sa chambre.

Elle en resta sans voix.

Aaron n'était-il pas censé écarter Khim de son chemin ? Avait-il reçu une balle de cricket sur la tête ? Une balle bien placée pouvait estourbir un homme de son gabarit.

Comme un téléphone sonnait quelque part, sa sœur sortit pour répondre. Aussitôt, Aaron se rapprocha, lui prit la main et la porta à ses lèvres.

— Mais qu'est-ce qui te prend ? dit-elle en se dégageant.

— Il me prend que, pour la première fois depuis longtemps, je sais ce que je veux. Toi. Et, comme je crois que c'est réciproque, pourquoi nous compliquer la vie ?

— La vie est compliquée, Aaron. Il y a Khim, Rebecca.

— Ça, ce sont mes problèmes.

— Tu te trompes. Tina veut que je l'aide à garder ton fils. Cela m'étonnerait que tu approuves. Il y a mieux comme baby-sitter qu'une aventurière qui fréquente assidûment les bars.

— Ne te fais pas pire que tu es, Ella. Je sais que tu ne ferais jamais de mal à Khim, et cela me suffit. Quand je t'ai interdit de l'approcher au Cambodge, je me suis comporté comme un imbécile. En cherchant à le protéger, c'était en fait moi que je voulais protéger, tu avais raison sur toute la ligne. Quant à Rebecca, tu ne la connais même pas…

— Je ne veux pas d'une relation sentimentale, Aaron. Jouer les petites amies gentilles et dévouées, ce n'est pas pour moi.

— Dans ce cas, notre relation se basera uniquement sur le sexe. Tu m'avais dit lors de notre rencontre que tu cherchais juste quelqu'un pour t'amuser. Eh bien, je suis l'homme qu'il te faut.

— Cela m'étonnerait. Tu es trop sérieux pour te contenter de parties de jambes en l'air.

— Je m'efforcerai de me transformer en ce que tu veux. Nous sommes deux adultes désireux de passer de bons moments ensemble sans y mêler sentiments ni émotions, et personne n'a besoin d'être au courant, ni Tina ni Brand, ni Rebecca ni Khim. La relation que tu entretiendras avec lui n'aura aucune retombée sur la nôtre, et vice versa. D'accord ?

Comment lui dire que Tina et Brand savaient déjà qu'ils couchaient ensemble ?

Avant qu'elle ait pu répondre, la porte s'ouvrit, et Khim se précipita vers elle.

— Mon chéri !

Elle le souleva dans ses bras pour l'embrasser, et il lui noua ses bras autour du cou comme s'il ne voulait plus la lâcher. Riant, elle recula vers la chaise la plus proche et s'y laissa tomber avec lui sur les genoux.

Le petit garçon détacha un bras de son cou pour lui tendre son poing fermé.

— Pour toi.

— Sauf que je ne te poserai aucune question. Et toi, as-tu des conditions à poser ?

— Une seule : la monogamie. Tu ne coucheras avec personne d'autre pendant la durée de notre engagement.

— Je préfère « arrangement », si cela ne te dérange pas. Et je souscris complètement à cette clause. Autre chose ?

— Non. Si : déshabille-toi.

Ella passa les trois jours suivants dans un état proche de la schizophrénie. Durant la journée, elle était la baby-sitter de Khim. La nuit, elle devenait la maîtresse d'Aaron.

Elle adorait les heures qu'elle passait avec Khim. Elle l'emmena voir le musée de cire de Madame Tussaud, la relève de la garde au palais de Buckingham, le temple du jouet chez Hamley, où ils firent des emplettes pour lui ainsi que pour le futur bébé de Tina.

Elle se languissait de retrouver Aaron la nuit lorsque la maisonnée dormait. Mais l'arrangement commençait à mettre ses nerfs à rude épreuve. Les innocentes confidences que Khim lui faisait sur son père l'empêchaient de traiter Aaron comme un simple partenaire de lit, et il leur arrivait de parler d'eux-mêmes, de leurs familles, ce qui contrevenait aux règles de base qu'elle avait définies.

En tout cas, il en respectait une à la lettre : pas de gestes de tendresse. Avant, durant et après leurs ébats, il ne l'embrassait plus une seule fois.

Cela aurait dû la rassurer. Mais en réalité, cela la chagrinait.

Un matin, à la table du petit déjeuner, Ella ouvrit le journal, et un article lui jeta en pleine figure l'échec de sa vie.

Ce n'était qu'un entrefilet sur Javier, sans photo, qui rappelait les circonstances de son enlèvement sans apporter aucune information récente sur son sort. Mais elle le prit comme un avertissement, un rappel que ses efforts pour l'oublier et s'étourdir dans les bras d'Aaron seraient vains.

Depuis qu'elle passait ses nuits à son côté, elle ne faisait plus de cauchemars. Et elle ne pensait plus à Javier. C'était mal. S'il lui restait une once de conscience, elle devait mettre un terme à cette relation basée sur le sexe. Il lui fallait affronter ses problèmes, pas chercher à les oublier dans les bras d'un amant, aussi performant soit-il. Puisqu'elle avait déjà banni l'alcool de son existence, elle parviendrait bien à se passer d'Aaron.

Quand il entra dans sa chambre cette nuit-là, elle prétexta donc une migraine. Elle était si pâle que c'était parfaitement crédible.

— Puis-je aller te chercher une aspirine ou du paracétamol ? dit-il, la mine inquiète.

Elle força un sourire sur ses lèvres.

— Hé, je te rappelle que je suis infirmière.

Il hocha la tête puis la prit dans ses bras en une chaste étreinte.

— Repose-toi bien, mon ange.

Mon ange ?

Voilà qui n'était vraiment pas conforme à leur accord.

— Désolée, Aaron, je te rappelle que je ne suis pas ton « ange ». Retourne dans ta chambre, s'il te plaît.

— Si tu y tiens. Bonne nuit, Ella.

Après son départ, elle posa la tête sur l'oreiller et ferma les yeux.

Il fallait dormir, ne penser à rien.

Aaron fut tiré de son sommeil par un cri déchirant. Il s'assit et tendit l'oreille.

Plus rien. Avait-il rêvé ?

Non. Quelque chose n'allait pas, il le sentait.

Il bascula les jambes hors du lit. En short et torse nu, il sortit dans le couloir pour ouvrir la porte d'en face, celle de Khim, et jeter un coup d'œil à l'intérieur.

Son fils dormait à poings fermés.

Etait-ce Ella ? Il entra dans la chambre voisine et la vit, étendue parfaitement immobile, les yeux grands ouverts dans le noir, la main plaquée sur sa bouche.

Sans réfléchir, il se glissa dans le lit à côté d'elle et la prit dans ses bras pour la réconforter.

Elle ne le repoussa pas, c'était déjà ça.

— Que ce soit bien clair, dit-il doucement. Je ne vais pas te poser de questions, alors n'essaie pas de me chasser.

Au bout de quelques minutes, il la sentit se détendre dans ses bras, puis sa poitrine se souleva à un rythme plus lent et régulier, et elle finit par s'endormir.

Ce ne serait pas facile de s'abstenir de poser des questions. Un jour, il ne pourrait pas y résister et, ce jour-là, la température risquait de chuter d'un coup. Ce qui ne lui faisait pas peur.

Il effleura son front d'un baiser.

Un jour, il saurait tout.

Maudit sois-tu, Aaron James !

A cause de lui, Ella se retrouvait dans une minable chambre d'hôtel grande comme un placard à balais.

Au fil de ses pérégrinations, elle en avait connu, des réduits sordides. Mais aucun ne lui avait coûté cent vingt livres sterling la nuit.

La nuit dernière, Aaron était venu dans sa chambre alors qu'elle était vulnérable, au sortir d'un cauchemar. Et il était parti à l'aube, sans la réveiller.

Heureusement, parce que sinon elle l'aurait giflé !

Pour éviter que cela ne se reproduise, elle se cacherait dans ce trou à rats jusqu'à ce qu'elle trouve la force de rompre avec lui. La conjoncture jouait en sa faveur : il emménageait demain dans sa nouvelle maison. Avec un peu de chance, leur « accord » deviendrait caduc de lui-même sans qu'elle ait à se fendre d'un discours de rupture.

Elle n'aurait jamais dû accepter cet arrangement. Le sexe et rien d'autre… Fallait-il qu'elle soit tombée bien bas pour croire qu'elle méritait si peu ?

L'article sur Javier avait réveillé la culpabilité qui couvait en elle. Résultat, elle ne savait plus où elle en était et se sentait plus malheureuse que jamais, avec en prime ses cauchemars qui la tourmentaient de plus belle. Et, comme si ça ne suffisait pas, son *sex-friend* jouait les consolateurs silencieux, violant allègrement leur accord.

Absorbée par ces pensées déprimantes, elle resta assise sur le lit qui glissait bizarrement sous ses cuisses — sans doute à cause de l'alèse en plastique, incontournable dans ce genre d'établissements bas de gamme.

Elle voulut se rafraîchir le visage dans la salle de bains et ce qui l'attendait n'était guère mieux : un lavabo d'une propreté douteuse et une eau qui avait l'odeur de la cuvette des W.C.

C'en était trop. Elle était décidée à dormir dans cet endroit, mais rien ne l'obligeait à y passer la soirée.

Pas question de retourner chez Tina, où Aaron guettait sans doute son retour. Pour une nuit, une seule, elle allait faire une entorse à sa résolution de sobriété. Avec quelques grammes d'alcool dans le sang, elle affronterait plus facilement la perspective de s'allonger sur ce matelas.

Et c'est ainsi qu'une demi-heure plus tard elle se retrouva en train de jouer au billard avec Harry, Neal et Jérôme, trois garçons très avenants et très homosexuels.

Elle avait chaud, elle transpirait, son chignon rendait l'âme, et elle commençait à être un peu éméchée.

Il n'aurait plus manqué qu'Aaron la voie ainsi !

Et c'est pourtant ce qui se produisit : Aaron James entra

dans le pub au moment où elle frappait la balle blanche si violemment que celle-ci bascula par-dessus la table.

La mine orageuse, il resta debout dans l'entrée de la salle, à la fixer.

Décidément, le destin s'acharnait sur elle.

9.

Aaron avait sillonné tous les pubs du quartier, car il doutait de la version de Tina selon laquelle sa sœur était allée dormir chez des amis habitant dans la banlieue de Londres. Jamais Ella ne se serait autant éloignée alors que Tina approchait du terme de sa grossesse.

Il en était au septième établissement, quand il l'aperçut dans la salle de billard, penchée sur une table en compagnie de trois lascars.

Il aurait dû la laisser. Elle était assez grande pour savoir ce qu'elle faisait et n'avait aucun compte à lui rendre. Sauf que, après avoir passé au peigne fin tous les cafés et pubs de Mayfair, cela aurait été idiot de battre en retraite maintenant.

Elle portait une jupe noire moulante et un haut couleur argent qui soulignait le galbe de ses seins. Et des talons hauts — une première. Empilés au sommet de son crâne, ses cheveux tenaient Dieu sait comment. En fait, une partie ne tenait pas et s'était écroulée en de somptueuses grappes blond miel dans son dos.

Les trois gaillards s'esclaffèrent quand la balle valsa par-dessus bord.

— Bravo, ma belle, de mieux en mieux ! dit le type blond en embrassant Ella sur la joue.

Ne voulant sans doute pas être en reste, ses acolytes enlacèrent Ella, chacun d'un côté.

Aaron sentit son sang bouillonner.

Ella savait qu'il était là — leurs regards s'étaient croisés une fraction de seconde avant qu'elle ne détourne les yeux.

Ah non ! Pas de ça avec lui.

Ella décida que le plus simple était d'ignorer Aaron pour continuer à profiter de sa soirée, comme s'il n'était pas à quelques mètres de là, les poings sur les hanches, à la foudroyer du regard. Cette fois, il ne parviendrait pas à la faire culpabiliser. Elle avait parfaitement le droit de s'amuser avec ses trois nouveaux amis.

Ceux-ci étaient en train de fouiller dans leurs poches pour réunir l'argent des bières.

— Voyons ce qui nous reste, dit Harry.

— C'est ma tournée, annonça-t-elle.

Malheureusement, son porte-monnaie ne contenait que quelques centimes.

— Zut, je suis à sec. A moins que…

Elle exhuma triomphalement un billet de dix livres des profondeurs de son sac.

— Hourrah ! s'exclama Jérôme. File au bar, ma belle, et reviens vite avec des bières, on a soif.

— Je vous conseille d'aller les chercher vous-mêmes, messieurs.

Pas besoin de se retourner pour savoir à qui appartenait cette voix.

Elle se doutait qu'il s'interposerait tôt ou tard. Et, le plus inquiétant, c'est que ça ne la contrariait pas outre mesure. L'alcool lui embrumait tellement l'esprit qu'elle ne parvenait pas à comprendre pourquoi.

— Bonsoir, Aaron, dit-elle par-dessus son épaule.

— Décidément, on finit toujours par te retrouver autour d'une table de billard, dit-il d'un ton dangereusement calme. Tu es à court d'argent, ma chérie ?

C'était la première fois qu'il l'appelait ainsi. Pourtant, les ondes qui se dégageaient de lui n'avaient rien de tendre, elles.

Plongeant la main dans sa poche, il en sortit un billet de cinquante livres qu'il lui tendit.

— Tu ne me présentes pas à tes amis ?

— Quoi ? dit-elle en fixant le billet, incrédule.

Cinquante livres, c'était beaucoup trop pour quelques bières.

— Tes amis.

Les trois compères les regardaient avec une curiosité non dissimulée.

— Ah oui.

Elle fit les présentations.

— Tu veux vraiment un autre verre ? dit-il ensuite. Ne vaudrait-il pas mieux donner l'argent à ces messieurs et nous en aller ?

Incapable de se décider, elle essaya de peser le pour et le contre. Malheureusement, ses neurones refusaient de coopérer.

— Ella. On part ou on reste ? demanda Aaron, une note inflexible dans la voix.

Elle aurait dû lui dire d'aller au diable. Mais elle n'avait pas envie de se disputer avec lui en public. De se disputer tout court.

— On part. Tenez, les garçons, dit-elle en leur donnant le billet de cinquante livres. Merci pour m'avoir payé à boire durant toute la soirée, j'espère que cela couvrira vos frais. Grâce à vous, je me suis bien amusée, ajouta-t-elle en souriant. Et souvenez-vous de ce que je vous ai dit : si jamais vous passez par Los Angeles…

Quelques accolades et embrassades plus tard, elle rejoignit Aaron qui l'attendait à l'extérieur.

Côte à côte, ils reprirent en silence le chemin de Leicester Square.

— Tu m'en veux parce que j'ai bu ? dit-elle enfin.

Il lâcha un rire amer.

— Je t'en veux pour cela et pour le reste. Pour t'afficher en public avec ces gaillards…

— Tu serais jaloux ?

— Eh bien oui !

— Mais ils sont homosexuels.

— Là n'est pas la question. Tu m'as donné ta parole de ne coucher avec personne d'autre tant que nous serons ensemble, et je te fais confiance. Ce qui me chagrine, c'est que tu as fait avec eux ce que tu refuses de faire avec moi : sortir en amis dans un pub, t'amuser, rire.

— La jalousie est rédhibitoire dans notre contrat.

— Eh bien, il va falloir résilier ce fichu contrat. De toute façon, notre arrangement ne marchait pas. Le sexe et rien d'autre, ce n'est pas viable. A mon avis, une renégociation s'impose.

— Cela ne sert à rien puisque tu déménages demain. On n'a qu'à en rester là.

— Euh… Non.

— Comment ça, non ?

— Non.

— As-tu oublié notre accord ? Pas de questions ni de…

— Au diable, notre accord ! Il n'est pas question que nous nous séparions d'un claquement de doigts en pleinc rue !

— Nous étions convenus de nous séparer sans reproches ni récriminations. Or, tu es en train de me faire une scène.

— Parce que je ne veux pas te perdre.

Aaron n'avait jamais été aussi près de lui faire une déclaration. Son cœur fit un double salto, mais elle ne pouvait le laisser poursuivre.

— Dès le départ, je t'ai pourtant prévenu que je ne voulais pas d'une relation sérieuse, et notre compromis — le sexe et rien d'autre — a montré ses limites. De plus, il y a autre chose qui m'empêche de m'engager avec toi…

— Je t'écoute.

— J'ai quelqu'un dans ma vie.

— Regarde-moi en face, Ella.

Elle s'obligea à affronter son regard.

— Non, tu mens, dit-il. Tu n'as personne.

— Je t'assure que si.

— Si tu avais quelqu'un, tu ne te serais pas donnée à moi comme tu l'as fait.

Ces mots lui firent l'effet d'un coup de poignard, car il avait raison. Elle avait oublié Javier dans les bras d'Aaron. Ce n'était jamais arrivé auparavant avec ses chevaliers servants d'un soir qu'elle éconduisait toujours à la porte de la chambre à coucher.

Il la fixait d'un air intense.

— Toi et moi, il faut que l'on parle, mais pas au milieu de la rue. Suis-moi.

— Où allons-nous ?

— Je ne sais pas. A l'hôtel.

Ce fut à son tour de rire amèrement.

— J'ai déjà une chambre d'hôtel pour la nuit. Elle sent la pisse, et le lit a une alèse en plastique — ce sera parfait pour l'activité que tu as en tête. Pourquoi deviens-tu tout pâle ? Tu as peur de te faire mordre par des punaises ?

— Arrête de te faire du mal, Ella.

Elle eut envie de hurler. Et de pleurer. Au lieu de lui parler de Javier et de vider enfin son cœur, elle préférait continuer à narguer Aaron et considérer leur relation comme un sordide cinq à sept.

— Je vais t'emmener au King Edward.

L'un des palaces de Mayfair.

— Parfait. Mais je te préviens que, si nous y allons pour autre chose qu'une discussion, il faudra me permettre un libre accès au minibar.

— Tout ce que tu voudras. Tu pourras vider le minibar, commander à dîner dans la chambre, voler le peignoir, les serviettes…

— J'ai toujours rêvé de voler ce fameux peignoir.

Sur cette dernière provocation, elle prit le bras d'Aaron pour le suivre.

*
* *

L'intention d'Ella avait été de faire l'amour une dernière fois avec Aaron pour lui prouver qu'elle ne nourrissait aucun sentiment à son égard, que tout cela n'était que technique.

Il ne devait pas se douter un seul instant qu'elle était tombée amoureuse de lui. Trop d'obstacles se dressaient entre eux : Javier enterré vivant quelque part dans le Sahel, l'ex-femme toxicomane d'Aaron qui réclamait sans cesse l'attention de celui-ci, et Khim dont elle devrait se séparer quand Aaron et elle rompraient définitivement leur « contrat ».

Ils firent l'amour passionnément, sans retenir les soupirs et les cris comme ils le faisaient chez Tina. Et, au moment crucial, elle espéra qu'il ne sentait pas son cœur battre à l'unisson du sien.

— Je ne t'ai pas fait mal ? lui demanda-t-il ensuite comme ils reposaient enlacés dans le lit.

— Décidément, c'est une question post-coïtale que tu affectionnes. La réponse est non.

La dérision était censée cacher son émotion.

— Je n'ai même pas pensé à mettre un préservatif.

Elle haussa les épaules et se dégagea de ses bras.

— Et moi, je n'ai pas pensé à te le rappeler. De toute façon, ne t'inquiète pas, je prends la pilule.

— Je ne m'inquiète pas. J'aimerais bien avoir un enfant de toi, Ella. Pas pour remplacer Sann. Juste pour toi, pour te rendre heureuse.

Il voulait un enfant avec elle, maintenant ! De mieux en mieux.

— Ne dis pas de sottises, dit-elle, la gorge serrée. Bon, où sont ces peignoirs ?

Ils en enfilèrent chacun un et allèrent s'asseoir sur le canapé. Quand il attira sa tête contre son épaule, elle se laissa faire.

— Tu sais que je ne suis pas quelqu'un de bien, n'est-ce pas ?

— Non, je n'en sais rien, répondit-il. Je t'ai vue avec tes patients, avec Khim, avec Tina, et je te trouve pleine de courage, de compassion, de générosité. Quelqu'un qui veut adopter un orphelin ne peut pas être mauvais.

— C'est ce que tu crois. Il n'y a pas si longtemps, j'étais jalouse de ma sœur et du bébé qu'elle attend.

— C'est tout à ton honneur de l'admettre.

— Après beaucoup d'introspection et de remises en question, je ne le suis plus aujourd'hui. Mais il y a beaucoup d'autres choses dont je ne suis pas fière.

— Ne sois pas trop dure envers toi-même.

Un long silence se fit.

— Parle-moi de cet homme qui était dans ta vie.

Aaron avait employé le passé, comme s'il avait tout deviné.

— Il s'appelle Javier. C'est un médecin espagnol qui a été enlevé en Somalie il y a deux ans. Il y avait un article sur lui dans le journal ce matin, ce qui explique ma rechute de ce soir…

Elle faisait allusion à l'alcool, mais aussi au fait qu'elle avait de nouveau partagé le lit d'Aaron après avoir pourtant décidé de rompre. Pour s'étourdir, se sentir vivante, elle avait fait fi de ses principes.

— Javier et moi, nous sommes tombés amoureux, mais comme notre relation était très récente, personne ne s'en est rendu compte sur le camp. Et tant mieux, car je n'aurais pas pu supporter la pitié des autres, les questions… J'aurais dû être avec lui dans la Jeep le jour de l'enlèvement. C'était aussi celui de mon anniversaire…

Rassemblant son courage, elle se lança dans le récit qu'elle aurait cru ne jamais pouvoir livrer à quiconque.

— Tu ne peux pas t'imaginer combien les conditions étaient difficiles, épuisantes, moralement insupportables. En plus des maladies comme le paludisme, la tuberculose, la pneumonie et le sida, il nous fallait lutter contre la malnutrition — une tâche titanesque pour laquelle nous n'étions pas armés. Parfois, les mères faisaient des centaines de kilomètres pour venir déposer dans nos bras des enfants à demi morts, de pauvres petits êtres squelettiques au ventre gonflé… Là-dessus, la guérilla entre les divers groupes ethniques nous a empêchés d'atteindre les villages où l'on avait besoin de nous, et la sécurité du personnel humanitaire est devenue de plus en plus précaire, d'autant que nous savions que les chefs de clan qui nous « protégeaient » couvraient par ailleurs les tueries et les kidnappings…

Sa voix se brisa.

— Désolée, je me laisse déborder par l'émotion.

La main d'Aaron se mit à lui caresser les cheveux.

— Continue, Ella. Je suis là pour t'écouter.

— Ce matin-là, Javier et moi devions nous rendre dans un camp de réfugiés au Kenya, mais je n'ai pu l'accompagner car j'avais contracté la malaria. C'est ce qui m'a sauvée. Est-ce qu'il est vivant à ce jour ? Mort, blessé ? Je n'en sais rien. Et je me sens coupable de mener une vie normale, coupable d'être avec toi au lieu de l'attendre…

— Ella.

Aaron s'écarta pour lui prendre le menton et l'obliger à le regarder.

— Je pourrais te dire que ce n'est pas ta faute, que tu as le droit de continuer à vivre, que si Javier t'aimait, il ne voudrait pas te voir emprisonnée dans le passé. Mais je sais que ça ne te libérera pas de ta culpabilité.

Ses doigts remontèrent vers sa joue.

— Il faut que tu lâches prise, Ella.

— J'aimerais tellement savoir ce qu'il aurait fait à ma place, ou ce qu'il aurait voulu que je fasse !

— Cela en dit long sur la nature de votre relation. Comme tu l'as souligné, vous ne vous connaissiez pas depuis longtemps. Ce que je vais te dire va peut-être te paraître odieux, mais comment peux-tu être sûre que Javier mérite que tu l'attendes, telle Pénélope ? On a tendance à embellir les souvenirs, Ella, et le fait que ton ami ait disparu dans ces circonstances tragiques t'empêche de voir objectivement les choses…

— Je te défends de dénigrer Javier !

— Et je m'en garderais bien. Un acteur ne fait pas le poids face à un médecin humanitaire qui essayait de sauver des vies en Afrique.

— Maintenant, tu sais tout sur mon passé. A mon tour, puis-je te poser une question ?

— Tout ce que tu voudras. Souviens-toi, je t'ai dit que je n'avais aucun secret pour toi.

— Qui a voulu adopter Khim ? Toi ou Rebecca ?

— Nous l'avons décidé d'un commun accord à l'époque où tout allait encore bien entre nous. Nous voulions adopter un enfant du tiers-monde. Avant de sombrer dans la drogue, Rebecca était une personne altruiste, pleine de nobles idéaux. Son amour pour Khim ne s'est jamais démenti, même aux pires heures de sa dépendance. Pour la garde unique, par exemple, c'est elle qui l'a voulue, parce qu'elle savait que Khim ne serait pas en sécurité auprès d'elle.

Elle posa sa main sur celle d'Aaron.

— Tu l'aimes toujours.

— D'une certaine manière, oui. Elle compte pour moi en tant que mère de mon fils, et je veillerai toujours sur elle.

— C'est tout à ton honneur.

— Ne crois pas que ce soit toujours facile. Comme tous les drogués, Rebecca peut se montrer très manipulatrice et, comme elle sait que je suis toujours prêt à voler à son secours, elle en profite.

— Sans doute n'apprécierait-elle guère de te savoir avec moi.

— Sans doute.

— Dans ce cas, il vaut mieux ne rien lui dire.

— Ça dépend. Si nous définissons de nouvelles bases pour notre relation, il faudra que je lui parle de toi.

Ella ne répondit pas.

Elle ne se sentait pas prête à renégocier leur contrat, et encore moins à être « présentée » aux proches d'Aaron en tant que petite amie officielle.

*
* *

Le lendemain matin, Aaron commanda un festin pour le petit déjeuner.

Sifflotant gaiement, il ouvrit la porte pour permettre au garçon d'étage de disposer les assiettes recouvertes de cloches dans le salon de la suite.

Ella était restée dans le lit, en peignoir, à regarder les informations à la télévision. Il se dirigeait vers la chambre pour lui dire que le repas était servi, quand il entendit un bruit de sanglot étouffé.

— Qu'y a-t-il, ma chérie ? dit-il en se précipitant dans la chambre.

D'une pâleur livide, elle leva le regard vers lui avant de le tourner de nouveau vers l'écran.

Un homme maigre, au visage émacié d'une beauté extraordinaire, était interviewé par un journaliste.

— C'est lui, Aaron. C'est Javier. Il faut que j'y aille, dit Ella en sautant du lit.

— Où cela ?

— En Afrique.

Elle tremblait de tous ses membres.

— Tu n'iras nulle part dans cet état. Et certainement pas en Afrique.

— Ne me dis pas ce que j'ai à faire.

Elle disparut dans la salle de bains et revint tout habillée en moins d'une minute.

— Ella, parle-moi.

— J'ai suffisamment parlé hier soir.

— Pour l'amour de Dieu, Ella…

— Non ! dit-elle en saisissant son sac, la mine hagarde. Seigneur, je n'ai pas d'argent pour le taxi !

— Calme-toi, je t'emmènerai là où tu veux aller.

— Tu ne m'emmèneras nulle part ! Je veux… Je veux…

Comme elle éclatait en sanglots, il la prit dans ses bras,

mais elle se dégagea violemment pour aller pleurer toutes les larmes de son corps devant la fenêtre.

Impuissant, il la contempla avec la sensation que sa vie était en train d'exploser en mille morceaux.

— Tu vas le rejoindre ?

— Bien sûr, dit-elle en se retournant. Il le faut. Je dois y aller. Je sais que je te dois déjà de l'argent, mais peux-tu m'avancer suffisamment pour le taxi ?

— Tu ne me dois rien, Ella. Et sache que je serai là à ton retour. Je t'attendrai.

— Je ne mérite pas que tu m'attendes, dit-elle d'une voix blanche. Moi, je n'ai pas attendu Javier alors que j'aurais dû. Excuse-moi, il faut que j'y aille.

— D'accord. Prends ceci, dit-il en lui tendant tous les billets que contenait son portefeuille.

Il inscrivit ses nouvelles coordonnées sur un bloc-notes et déchira la page.

— Khim et moi, nous allons emménager dans notre maison aujourd'hui. Voici l'adresse et le numéro de téléphone. Tu as déjà celui de mon portable. Si tu as besoin de quoi que ce soit, appelle.

— Merci.

Elle prit le bout de papier et s'enfuit de la pièce sans même lui dire au revoir.

Tant pis pour le somptueux petit déjeuner qu'il avait commandé. Javier était de retour. Et lui, Aaron, il n'existait plus aux yeux d'Ella.

10.

Deux jours plus tard, ce fut Rebecca qui disparut de son centre de désintoxication. Elle avait fait une fugue, et Aaron dut aller à Los Angeles.

A son arrivée, Rebecca avait refait surface. En prison. Elle avait été arrêtée en compagnie d'un dealer et considérée comme sa complice — un malentendu, certainement, mais il fallait encore le prouver aux autorités américaines. Il paya la caution et engagea un avocat qui se ferait fort d'innocenter son ex-femme.

Après le départ d'Ella pour l'Afrique, il n'avait vraiment pas besoin de ça.

Ella était avec Javier depuis une semaine, et elle se sentait perdue.

Javier était le même, tout en ne l'étant plus.

Chaque fois qu'elle abordait le sujet des deux dernières années, il coupait court à la discussion, comme si cette période n'avait jamais existé et qu'ils devaient reprendre là où ils s'étaient arrêtés.

Impossible. Pour commencer, elle ne pouvait pas se résoudre à coucher avec lui. Elle lui avait demandé de lui laisser un peu de temps, mais en réalité elle voulait savoir si l'oubli du préservatif avec Aaron aurait des conséquences. La pilule contraceptive n'était pas fiable à 100 %. Si jamais elle était enceinte, elle n'aurait ainsi aucun doute sur la paternité de l'enfant.

Pour être franche, elle n'avait non plus aucune envie de renouer intimement avec Javier. Elle essayait de se souvenir des moments de passion avec lui, mais c'était toujours l'image d'Aaron qui surgissait à son esprit. Résultat, elle se sentait malhonnête vis-à-vis de Javier qui ne méritait pas qu'elle pense à un autre, et vis-à-vis d'Aaron qu'elle avait quitté du jour au lendemain pour rejoindre son ancien amant rendu à la vie comme par miracle.

Bref, elle ne savait plus que faire.

Une meute de photographes attendait Ella et Javier dans le hall de Heathrow.

Malgré les cris et l'agitation qui les entouraient, Ella avait peur de sortir de l'aéroport. La nervosité lui nouait le ventre.

Aujourd'hui, elle allait présenter Javier à Tina et à Brand. Et dans les jours à venir la rencontre avec Aaron serait inévitable. Or, elle avait découvert que Javier était du type jaloux. Pas du genre taquin et gentil comme Aaron dans le pub de Mayfair, mais du genre méchant. La perspective du face-à-face entre eux deux lui donnait des sueurs froides.

Quand les journalistes entraînèrent Javier dans un salon de l'aéroport pour une séance de photos, elle poussa un soupir de soulagement. Elle allait pouvoir profiter d'un moment de tranquillité.

En quoi elle se trompait, car une haute silhouette se dirigeait déjà vers elle : Aaron, un sourire radieux aux lèvres, manifestement aux anges de la revoir.

— Etant donné que Tina ne sort plus beaucoup ces derniers temps, elle m'a envoyé à sa place, dit-il. Elle s'est beaucoup inquiétée pour toi.

— Tout le monde doit me détester.

— Mais non, personne ne te déteste, Ella.

— Je suis désolée d'être partie ainsi, sans rien expliquer à personne.

— Ella, tu n'as pas à t'excuser. Je sais ce que tu as enduré et la raison pour laquelle tu es allée en Somalie. Je n'aurais d'ailleurs pas dû essayer de t'en empêcher. S'il te plaît, ne pleure pas.

— Tu sembles toujours me comprendre si bien ! J'aimerais tant… Oh ! il revient.

La mine sombre, Javier les rejoignit et lui entoura aussitôt les épaules de son bras dans un geste possessif. Guère plus souriant, Aaron lui tendit la main en le fixant délibérément.

On se serait cru dans un western. Ils se mesuraient du regard, la main sur l'étui du pistolet, à qui dégainerait le premier…

— On y va ? dit Javier, ignorant la main tendue d'Aaron.

Elle lui prit le coude.

— Javier, j'aimerais te présenter Aaron James, un très bon ami de Tina et de Brand, et un très bon ami à moi également. Aaron va avoir la gentillesse de nous conduire chez Tina.

— Enchanté de faire votre connaissance, dit Javier d'un ton ombrageux, daignant enfin serrer la main d'Aaron.

Comme ils suivaient ce dernier vers la sortie, Javier s'arrêta net.

— Je n'aime pas la manière dont il te regarde.

Serrant les dents, elle s'exhorta au calme.

C'était la cinquième fois en une semaine que Javier prononçait cette phrase, il imaginait des rivaux partout. Elle aurait bien aimé lui dire qu'il se faisait des idées, mais en l'occurrence il n'avait pas tort.

Aaron jeta un coup d'œil par-dessus son épaule, sans doute pour voir ce qui les retardait.

Le regard fixé droit devant elle, elle empoigna le bras de Javier pour l'obliger à avancer.

***

Le trajet se déroula dans une atmosphère plus que tendue. Relégué au rôle de chauffeur, Aaron fulminait.

Javier n'adressait la parole qu'à Ella, et en espagnol, de toute évidence pour l'exclure de leur conversation. Ella lui répondait en revanche en anglais, et sa mine consternée qu'il apercevait dans le rétroviseur en disait long sur ce qu'elle pensait du comportement de son bel hidalgo. En fait, c'était un vrai rustre.

Ce fut avec soulagement qu'il tourna dans Leicester Square et se gara devant la maison de Tina. Il aida à sortir les bagages du coffre puis, profitant de ce que Javier gravissait les marches du perron avec une valise, il prit Ella à part.

— Tina tient absolument à ce que je vienne dîner ce soir, mais ça ne me semble pas une bonne idée.

— Si, viens. S'il te plaît, eut-elle juste le temps d'ajouter.

Du haut des marches, Javier leur jetait un regard noir, et elle s'empressa de le rejoindre et de le faire entrer dans le vestibule.

Un soupir aux lèvres, Aaron remonta en voiture.

Il pressentait que la soirée serait à hauts risques. Entre l'hostilité affichée de Javier et sa propre envie d'envoyer son poing dans l'une de ses pommettes si parfaites, l'ambiance serait explosive. Ou glaciale.

Quand Ella entra dans le salon au bras de Javier, Aaron retint son souffle. Elle portait une robe de soie gris foncé, simple, très classe, et des talons noirs. Et il fut saisi de l'envie de promener ses mains sur la peau satinée de ses jambes…

Ressaisis-toi.

Il se força à détacher son regard d'elle pour le porter sur Javier.

Ce dernier était tout ce que lui-même n'était pas. Elégant, sophistiqué, comme seuls les Européens peuvent l'être. Ses cheveux de jais épousaient en vagues souples les formes parfaites de son crâne, et ses yeux noirs étaient ténébreux à souhait. Sur son pantalon sombre, il arborait une chemise d'un rose-violet qui aurait fait passer n'importe qui d'autre pour un efféminé, mais pas lui.

Aaron avala une gorgée de whisky pour se donner des forces, non pour affronter le beau Javier, mais pour résister à l'envie de lui coller son poing sur la figure.

Javier se montra charmant envers Tina, multipliant les compliments à son encontre. Etait-ce simplement la galanterie latine à l'œuvre, ou l'individu manœuvrait-il à dessein pour s'attirer les bonnes grâces de la maîtresse de maison ? Dans ce cas, c'était gagné.

Brand, en revanche, ne semblait pas dupe. A une ou deux reprises, Aaron le vit même lever les yeux au ciel.

Cher Brand ! Ce n'était pas pour rien qu'ils étaient amis, ils savaient juger les gens à leur juste valeur.

De fil en aiguille, la conversation dériva sur son séjour au Cambodge.

— Vous étiez là-bas en même temps qu'Ella, n'est-ce pas ? demanda Javier. Qu'y faisiez-vous ?

— Je tournais un documentaire sur la malaria.

Et je me faisais des films sur ta petite amie.

Le sourire de Tina commençait à pâlir un peu, comme si elle sentait les ondes hostiles qui flottaient dans l'air.

— Alors, Javier, vous sentez-vous prêt à nous parler un peu de votre… euh… expérience ?

Javier lui sourit d'un air condescendant.

— Je n'ai pas été maltraité. J'étais privé de liberté, c'est tout. Mais vous me permettrez de ne pas m'étendre sur le sujet ce soir, car nous sommes là pour fêter quelque chose. Eh oui, Ella et moi…

Il s'interrompit pour attirer Ella tout contre lui. Et, au grand dam d'Aaron, elle se laissa faire, docile comme il ne l'avait jamais vue, les yeux baissés comme si elle avait honte d'affronter son regard et celui de ses proches.

— Ella et moi, nous avons le plaisir de vous annoncer que nous allons nous marier.

Ce fut alors seulement qu'Aaron remarqua le brillant au doigt d'Ella.

Se détournant, il avala d'un trait le reste de son whisky.

Aaron croisa Ella dans la cuisine sans le faire exprès. Après l'annonce des fiançailles, il n'avait plus aucune envie de la voir en tête à tête. Mais, à sa vue, il oublia complètement ce qu'il venait chercher.

En l'entendant entrer, elle referma la porte du réfrigérateur et lui fit face.

— Comment vas-tu, Aaron ?

— Bien.

— Et Khim ?

— Ça va. Tu lui manques.

Elle ne dit rien. Ça valait mieux.

— Il n'y a pas eu de conséquences après… ce que tu sais ? dit-il en faisant un pas vers elle.

— Pas pour le moment, mais je préfère attendre. Au cas où tu te le demanderais, je ne fais rien avec Javier, ajouta-t-elle à voix basse. Je veux être fixée avant.

Et, ensuite, rien ne l'empêcherait de coucher avec ce Javier de malheur. Et de l'épouser.

Il serra les poings au fond de ses poches.

— Comment va Rebecca ? Sa cure de désintoxication se déroule-t-elle bien ?

— Elle l'a interrompue prématurément pour s'enfuir afin d'aller s'acheter une dose. Et, à peine rentrée au centre de désintoxication, elle a refait une fugue avec un certain Bill, un producteur de cinéma toxicomane comme elle.

— Oh non ! Je suis désolée.

— Quand elle s'y met, Rebecca ne fait pas les choses à moitié. Au fait, je lui ai parlé de nous deux, au cas où…

Au cas où tu porterais mon enfant.

— Tu n'aurais pas dû. Il ne faudrait pas que cela vienne

aux oreilles de Tina et de Brand, ou de Javier. Il est… Il est assez jaloux.

— Ne t'inquiète pas, elle ne dira rien à personne. Actuellement, elle n'est en contact qu'avec son avocat et avec son agent pour trouver un moyen d'étouffer le scandale et de relancer sa carrière.

Il fit un nouveau pas vers elle.

— Quand aura lieu le mariage ?

— Je ne sais pas. On n'a pas encore fixé de date.

— Pourquoi as-tu accepté de l'épouser, Ella ?

Ella leva les mains d'un air implorant.

— Comment aurais-je pu le lui refuser après ce qu'il a enduré ?

Par égard pour elle, il retint la repartie brutale qui lui venait aux lèvres.

— Je suis content de savoir que tu ne couches pas avec lui, dit-il en lui prenant la main. Et, même si ça doit te contrarier de l'entendre, sache que je ne renoncerai pas à toi sans me battre. Durant ton absence, j'ai compris une chose : je t'aime.

Elle sembla se décomposer à ces mots.

— Non, Aaron, ne rends pas les choses plus difficiles, dit-elle d'une voix tremblante en se dégageant.

— Ella, il faut qu'on se parle, toi et moi.

— N'est-ce pas ce que nous sommes en train de faire ?

— Pas ici, pas entre deux portes.

— Excuse-moi, il faut que je retourne auprès des autres.

— *Porque estas tardando tanto* ?

Un Javier plus ombrageux que jamais se tenait sur le seuil.

— J'arrive, dit Ella.

Et elle sortit dans le couloir.

— Tu viens ? l'entendit-il demander à Javier.

— *Anda, te seguiré pronto.*

Resté seul avec Aaron, Javier s'approcha de lui, un sourire arrogant aux lèvres.

— Vous connaissez bien ma fiancée.

Ce n'était pas une question.

— Oui.

— Vous la regardez beaucoup.

La remarque le surprit, étant donné qu'il s'était efforcé de ne pas regarder Ella de toute la soirée.

— Je ne m'en rendais pas compte.

— C'est normal que vous la regardiez, elle est belle.

Mieux valait ne rien répondre.

— Elle est belle, reprit Javier, et elle est à moi.

— Alors, où est le problème ?

— Je voulais juste que les choses soient claires. Vous deviez apporter le plateau de fromages, n'est-ce pas ? Laissez-moi vous aider.

Le fromage, bien sûr. Il s'était proposé pour aller le chercher.

Quand ils revinrent dans la salle à manger, Ella adressa un grand sourire — le genre forcé — à son fiancé et posa sa main sur la sienne quand il eut repris sa place à côté d'elle, sans doute pour prouver à celui-ci qu'elle n'avait absolument rien à faire de ce grand gaillard blond qui ne cessait de la dévorer du regard.

Car Aaron prenait désormais un malin plaisir à la fixer.

Ses craintes avaient été justifiées. Ce dîner se révélait un véritable désastre : il avait dit à Ella qu'il l'aimait, et elle allait en épouser un autre.

11.

Ella ne ferma pratiquement pas l'œil de la nuit.

Aaron lui avait dit qu'il l'aimait.

Pourtant, cela ne changeait rien à sa décision d'épouser Javier. Elle ne considérait pas cela comme un sacrifice. Elle le lui devait, après toutes les épreuves qu'il avait traversées.

Sur le seuil de sa chambre, Javier lui avait souhaité une bonne nuit en l'embrassant au coin des lèvres et en posant son regard de braise sur elle. Et il n'avait pas eu besoin de parler pour qu'elle devine sa supplique.

« Laisse-moi entrer, Ella. Il est temps. Pourquoi continues-tu à m'interdire ton lit ? ».

Combien de temps pourrait-elle le tenir à distance ?

Pour ne rien arranger, elle apprit le lendemain par Tina qu'Aaron et Khim allaient repartir pour la Californie, afin d'être auprès de Rebecca qui avait fait une overdose.

Tina se montrait de plus en plus nerveuse et irritable au fil des heures. Elle se plaignait de maux de dos persistants qui, de l'avis d'Ella, pouvaient bien annoncer la venue prématurée du bébé. Bien sûr, elle n'en dit rien à sa sœur afin de ne pas l'effrayer. Dès que Brand serait rentré — il était parti à Manchester pour y rencontrer l'un de ses producteurs —, elle lui confierait ses craintes.

L'après-midi, Javier partit à son tour pour assister à une réception donnée en son honneur à l'ambassade d'Espagne.

Ella le vit s'en aller avec soulagement.

Elle était dans la cuisine en train de préparer un lait malté pour sa sœur, quand elle entendit un grand bruit dans le vestibule. Elle s'y précipita pour trouver Tina affalée au pied de l'escalier.

— Tina ! dit-elle en s'accroupissant près d'elle.

— J'ai raté une marche. Ces fausses contractions de Braxton-Hicks me font souffrir le martyre, et je voulais aller me recoucher. Aide-moi à me relever.

— Laisse-moi d'abord t'examiner.

Têtue comme une mule, Tina esquissa un geste pour se redresser, mais elle s'affaissa contre le montant de l'escalier.

— Je crois que je me suis tordu la cheville…

Elle regarda par terre et ses yeux s'écarquillèrent.

— Ella !

Une petite flaque s'étalait à ses pieds.

Tina venait de perdre les eaux.

— Oh non ! Je ne voulais pas accoucher sans Brand. Il va me tuer !

Ella rit en s'efforçant de conserver son calme.

— En t'étouffant sous les baisers, peut-être ? De toute façon, ça va prendre des heures étant donné que c'est ton premier enfant, et le papa sera revenu d'ici là. N'essaie pas de te lever toute seule, si c'est une entorse, tu risques d'aggraver la blessure. Je vais avertir l'hôpital que nous arrivons, puis j'appellerai Aaron — c'est bien lui, ton chauffeur attitré en l'absence de Brand, n'est-ce pas ?

— Oui. Ooh ! La douleur reprend !

Elle empoigna la main de Tina et chronométra instinctivement la durée de la contraction.

Soixante-dix secondes. Le travail était plus avancé qu'elle ne le croyait.

Tina relâcha ses doigts.

— Il faut que tu préviennes Brand aussi. Pourvu qu'il puisse prendre un train plus tôt…

— Je vais l'appeler tout de suite, dit-elle en se précipitant vers le téléphone du salon. Ne bouge pas.

L'appel bascula sur la boîte vocale de son beau-frère, où elle préféra ne pas laisser de message afin de ne pas le paniquer. Après avoir appelé l'hôpital puis Aaron, et fait un détour par sa chambre pour récupérer sa trousse d'infirmière, elle rejoignit Tina.

— Tu as eu Brand ? demanda anxieusement celle-ci.

— Non, c'était le répondeur. Il doit être en réunion. Je réessayerai plus tard.

On sonna à la porte.

Aaron. Il avait fait vite.

Tina poussa un hurlement et s'agrippa à son bras tandis qu'une autre contraction s'annonçait.

Force était de constater qu'elles se suivaient à une fréquence de plus en plus rapide.

Dès que la contraction se fut estompée, Ella prit Aaron à l'écart.

— Nous n'avons pas le temps de l'emmener à l'hôpital.

— Si nous la mettions dans la voiture tout de suite ?

— Elle accoucherait durant le trajet, et il n'est pas question que mon neveu ou ma nièce naisse au bord de la route. Je vais demander une ambulance, mais un accouchement ne figure pas sur la liste prioritaire des médecins régulateurs. Je vais me préparer, au cas où. Et j'aurai besoin de ton aide.

La panique se lut dans les yeux d'Aaron, mais il hocha la tête.

— Il faut simplement que tu me dises quoi faire.

— En plus, Tina s'est foulé la cheville…

Un autre cri déchirant retentit. Ils retournèrent s'accroupir auprès de Tina, et Ella lui tint la main jusqu'à ce que la contraction soit passée.

— Ecoute, ma chérie, lui dit-elle en écartant les cheveux trempés de sueur de son visage, je préfère ne pas courir le risque de te faire transporter par un Australien en plein

Londres à l'heure de pointe. Je vais appeler une ambulance, et nous allons l'attendre bien tranquillement. D'accord ?

Inutile de l'effrayer avec l'alternative, d'autant que l'ambulance pouvait encore arriver à temps.

— D'accord, murmura Tina.

Trois appels plus tard — à la compagnie d'ambulances, à l'obstétricien de Tina et à la boîte vocale de Brand où elle laissa cette fois un message —, elle revint vers sa sœur qui était en train de hurler à pleins poumons tandis qu'Aaron l'encourageait tel un fan de football soutenant son équipe favorite.

Elle rassembla tout ce dont elle avait besoin : draps, serviettes, couvertures, et une chemise de nuit propre pour après la bataille, puis elle alla déplier le canapé-lit de la bibliothèque et y étala plusieurs épaisseurs de draps et de serviettes. A portée de main sur la table, elle disposa des gants en latex, des pinces, une paire de ciseaux, de l'alcool à 90°, du coton hydrophile et tout le nécessaire, ainsi qu'une bande Velpeau pour la cheville de sa sœur.

Tina, qui commençait de toute évidence à comprendre ce qui allait se passer, s'était mise à pleurer.

Aaron la transporta avec mille précautions dans la bibliothèque sans paraître se soucier du liquide amniotique qui coulait sur son jean.

— Ne t'inquiète pas, Tina, dit-il d'une voix enjouée, les femmes mettent au monde leurs enfants depuis des millénaires sans tout l'attirail médicalisé qu'on a aujourd'hui. Tu es jeune et en bonne santé, tout se passera bien. Et en prime, tu as ta propre sœur comme sage-femme personnelle. C'est cool, non ?

— Très cool, dit Tina en souriant à travers ses larmes.

Ella se retint d'embrasser Aaron : il avait su trouver les mots qu'il fallait.

Quand le col de l'utérus fut pleinement dilaté, elle commença à donner ses consignes à la future maman.

— Quand je te dirai de pousser, tu le feras de toutes tes forces, et tu t'arrêteras lorsque je te le dirai.

— D'accord. Mais avant, je veux que tu me dises la vérité. Est-ce que tu aimes vraiment Javier ?

— Tu crois que c'est le moment de parler de ça ?

— Si tu ne réponds pas, je serai la pire patiente que tu auras jamais eue. Je t'en ferai baver !

— Et des menaces, en plus ! dit-elle, ne pouvant s'empêcher de rire. Ma chérie, je crois que tu connais déjà la réponse à ta question.

Et elle tourna son regard vers Aaron, qui les observait en silence.

Un pâle sourire éclaira le visage défait de Tina.

— Tu ne peux pas savoir comme je suis contente ! Si je n'étais pas raide dingue de Brand, je serais tombée amoureuse de lui, moi aussi.

— Dites donc, les filles, grommela Aaron, ça ne vous dérange pas de parler de moi à la troisième personne en ma présence ?

Il feignait de se formaliser, mais son visage exprimait une joie sans pareille.

Ella lui sourit fugitivement.

Par personne interposée et à mots couverts, elle venait de lui avouer qu'elle l'aimait. Et pour rien au monde elle n'aurait voulu faire marche arrière.

— Et maintenant, passons aux choses sérieuses, dit-elle en se retroussant les manches et en se plaçant à l'endroit stratégique.

Vingt minutes plus tard, le bébé glissait dans ses mains en poussant un vigoureux cri.

Elle nettoya les mucosités de ses voies aériennes puis le posa sur la poitrine de Tina.

— C'est une fille, dit-elle, la gorge nouée par l'émotion. Félicitations, ma chérie.

Les larmes ruisselant sur ses joues, Tina contempla son bébé. A la grande surprise d'Ella, Aaron pleurait aussi.

— Qui va couper le cordon ?

— En l'absence de Brand, dit la jeune maman, je propose que ce soit Aaron.

Ella était en train de désinfecter la paire de ciseaux quand la porte s'ouvrit à toute volée pour livrer le passage à Brand.

— Ce n'est pas trop tôt ! dit Tina d'une voix revêche.

Mais son sourire radieux démentait son ton.

— Juste à temps pour couper le cordon, dit Ella en tendant la paire de ciseaux à son beau-frère.

Dans un état de stupéfaction mêlée d'euphorie, le papa s'exécuta en suivant ses consignes.

Quelques minutes plus tard, Ella et Aaron s'éclipsèrent dans le couloir pour laisser les membres de la petite famille entre eux.

— Moi aussi, je t'aime, dit-il simplement. Mais tu le sais déjà.

Et il la prit dans ses bras pour l'embrasser.

Ce soir-là, après avoir rendu visite à Tina à l'hôpital, Ella se rendit dans la chambre de Javier pour lui parler.

De retour de l'ambassade, il avait été mis au courant de la naissance de la petite Audrey, mais il avait décliné la proposition de l'accompagner à l'hôpital.

— Javier, ce que j'ai à te dire n'est pas très agréable, commença-t-elle.

Elle tenait à procéder avec ménagement.

— Cela concerne ta relation avec Aaron James, n'est-ce pas ? rétorqua Javier d'un ton brutal. Avoue, tu as couché avec lui.

— Oui, c'est vrai. Je t'ai attendu longtemps, Javier. Et puis, j'ai perdu espoir, et Aaron est arrivé.

— Avec combien d'autres hommes as-tu couché en « m'attendant » ?

Plus que son ton sardonique, le mépris qu'elle lut dans son regard la fit frémir.

En venant le trouver, son intention avait été de lui parler de Sann et de ses années de désespoir. Mais plus maintenant. Pas après ce qu'elle venait d'entendre.

— Aaron est le seul.

— Je ne te crois pas !

Il leva la main comme pour la frapper.

— Si tu me touches, je te ferai regretter de ne pas être en Somalie !

— Non, je ne te toucherai pas. Tu n'en vaux pas la peine, traînée !

— Je crois que tout est dit, murmura-t-elle en posant sur la table de chevet la bague de fiançailles qu'il lui avait donnée.

Puis, pantelante, elle sortit de la pièce tandis qu'il la maudissait en espagnol.

Elle alla s'enfermer à double tour dans sa chambre et, de là, entendit des tiroirs claquer, des jurons, puis des roues de valise grincer sur le parquet du couloir.

Javier s'en allait…

Soudain, ses pas se rapprochèrent de sa porte, et elle se mit à trembler comme une feuille malgré le verrou tiré.

Après une dernière insulte à travers le battant, il descendit l'escalier pour disparaître à jamais de sa vie.

Quand elle entendit la porte claquer depuis l'étage, elle poussa un immense soupir de soulagement.

Aaron avait eu raison. Elle ne connaissait pas vraiment Javier. Elle l'avait idéalisé durant toutes ces années, et elle tombait de haut.

Le lendemain matin à la première heure, Aaron sonna chez Tina — il avait encore la clé, mais il avait scrupule à s'en servir.

Il espérait trouver Ella seule, Brand ayant passé la nuit à l'hôpital avec les deux amours de sa vie.

Mais si Javier était encore là ? Pourvu qu'elle n'ait pas

renoncé au dernier moment à rompre avec lui ! Manipulateur comme il semblait l'être, ce type serait bien capable d'apitoyer Ella ou au contraire de l'intimider, et elle céderait, poussée par un absurde sens du devoir.

Elle vint lui ouvrir, la mine un peu pâle, et le fit entrer dans le salon.

— Ça va, ma chérie ? dit-il en l'attirant contre lui.

Elle se dégagea doucement de ses bras.

— Ne fais pas ça, Aaron.

— Qu'y a-t-il ? Il est encore là ?

— Non. Il est parti. Je lui ai parlé de nous, et il s'est mis à m'insulter. Tu avais raison, je ne le connaissais pas vraiment. Ou alors, il a changé. Si tu l'avais vu en Somalie ! Il était si héroïque, si plein de compassion envers nos patients…

— Ne compte pas sur moi pour m'extasier sur ses qualités, Ella. C'est peut-être un médecin humanitaire remarquable, mais dans le privé ce type est un macho pétri d'arrogance, doublé d'un jaloux maladif.

— Il ne m'a pas pardonné de ne pas l'avoir attendu.

— Il n'y avait rien à pardonner. De toute façon, je n'ai pas envie de parler de lui. Ella, qu'est-ce qui a changé depuis hier ? Je croyais que tout était désormais clair entre nous.

Ils s'étaient avoué tous les deux leur amour, et il avait cru qu'à partir de là tout s'arrangerait. Mais il avait peut-être crié victoire trop tôt, à en juger par la réserve qu'elle affichait ce matin.

— Ce n'est pas si simple, Aaron. As-tu des nouvelles de Rebecca ?

— Oui. Finalement, je n'irai pas à Los Angeles. En fait, il semble qu'elle file le parfait amour avec Bill, le producteur de cinéma, celui avec lequel elle avait fugué du centre de désintoxication.

— Je croyais qu'elle avait fait une overdose depuis ?

— En effet, et c'est lui qui l'a trouvée et sauvée en appelant les secours. D'après l'avocat de Rebecca, Bill veut vraiment se remettre dans le droit chemin, et il est capable d'aider Rebecca à s'en sortir aussi.

— C'est plutôt une bonne nouvelle pour toi et Khim.

— Tu veux dire que je ne me sentirai plus responsable de mon ex si quelqu'un d'autre la prend sous son aile ? C'est sûr. Et une fois qu'elle aura retrouvé une vie équilibrée et saine, elle fera une bien meilleure maman pour Khim. Qui sait, peut-être même pourra-t-il un jour passer quelques jours avec elle… Mais je connais quelqu'un qui manque encore plus à Khim.

— Moi ? dit Ella en rougissant.

— Et il n'est pas le seul à qui tu manques ! Ella, ma chérie, je me suis fait violence pour m'effacer tant que Javier était là, afin de respecter ta volonté, mais maintenant que le champ est libre, je ferai tout pour que tu sois à moi. Ne vois-tu pas que nous sommes faits l'un pour l'autre ? Nous avons beaucoup appris au contact de l'autre, notamment qu'il ne sert à rien d'attendre en marge de la vie que la situation s'améliore, que le destin vous fasse une fleur ou vous lance une grenade. Je suis prêt à saisir toutes les grenades au vol et à les désamorcer pour toi, Ella. Pour vivre à ton côté, je peux affronter toutes les difficultés.

Une émotion intense se lisait sur le visage d'Ella.

— En es-tu vraiment sûr ? Je ne voudrais pas devenir un fardeau pour toi alors que tu viens à peine de t'affranchir de Rebecca… Et puis, je ne sais pas si je te mérite. Je ne suis pas une sainte.

— Cesse de parler ainsi. Tu es meilleure que bien des prix de vertu.

— Et Khim ? Comment le prendra-t-il ? Et Rebecca ?

— Khim t'adore ! Quant à Rebecca, je viens de te dire qu'elle a mieux à faire que d'être jalouse de toi. Quand nous nous marierons, elle nous enverra sans doute ses vœux de bonheur.

— Qu'as-tu dit ?

Il rit.

— C'est vrai que je brûle les étapes. Ella Reynolds, veux-tu me faire l'honneur de devenir ma femme ?

Le sang afflua aux joues d'Ella.

— Aaron…

— Que dois-je comprendre ? Oui ou non ? Pour t'aider à prendre ta décision, j'ai l'argument ultime.

Et il l'enlaça pour l'embrasser avec ferveur.

Ella lui répondit avec fougue, et ils se laissèrent tomber sur le canapé.

— Alors ? dit-il, haletant, en s'arrachant à sa bouche.

— Alors, quoi ?

— J'attends toujours ma réponse.

— C'est oui, Aaron James. Je serai fière de devenir ton épouse. Pouvons-nous aller l'annoncer à Khim ?

— Bien sûr, mon amour. Juste une chose, avant.

Et il commença à déboutonner la chemise de la femme de sa vie pour fêter leur bonheur tout neuf.

BLANCHE

HARLEQUIN

Parents malgré eux, de Karin Baine - N°1488

Tandis qu'elle s'apprête à devenir mère, après une fécondation in vitro, Kayla redoute de devoir élever son bébé seule. Jusqu'à ce que le Dr Jamie Garrett, le père biologique, vienne revendiquer son rôle dans la vie de leur enfant ! Dès lors, le trouble la gagne. Peut-elle accepter que cet homme s'immisce dans son existence, alors qu'ils ne sont que des inconnus l'un pour l'autre ?

Le chirurgien sans mémoire, de Dianne Drake

Un chirurgien sans mémoire. Un homme sans passé. Blessé en zone de combat, le Dr Mateo Sanchez a rejoint l'hôpital Makalapua Pointe, à Hawaï, pour sa convalescence. Furieux d'être traité comme un patient, alors qu'il sauvait des vies jusque-là, il a pour seul réconfort ses échanges avec le Dr Lizzie Peterson. Au contact de la jeune femme, belle et intelligente, Mateo se sent revivre. Mais a-t-il le droit de la séduire, alors qu'il ignore qui il est vraiment ?

Un bébé à adopter, de Laura Iding - N°1489

Après son divorce, Cassie a vu s'envoler son rêve d'être maman. Devenue infirmière pédiatrique à l'hôpital de Cedar Bluff, elle s'investit corps et âme dans son travail. Aussi, lorsqu'une nouveau-née malade, Emma, est abandonnée à l'hôpital, Cassie sent son cœur se serrer – et envisage bientôt d'adopter l'enfant. Pour relever ce défi, elle peut compter sur le soutien troublant du Dr Ryan Murphy…

Fiancée à un médecin, de Teresa Southwick

Se faire passer pour la fiancée du séduisant Dr Ben McKnight ? Lorsqu'il lui fait cette proposition, Camille est décontenancée. Bien sûr, il est très respecté dans la petite ville de Blackwater Lake et pourrait lui être d'une grande aide auprès des employés de l'hôtel qu'elle dirige, qui ne cessent de la défier. Pour autant, accepter serait risqué. Car passer ses jours et ses nuits auprès de Ben pourrait lui donner envie de transformer le mensonge en réalité…

Un avenir à trois, de Sue MacKay - N°1490

Pour Jessica, l'amour et les hommes, c'est terminé. De toute façon, entre sa carrière de sage-femme et son petit garçon adoré, elle n'aurait absolument pas de temps pour une relation. Pourtant, lorsqu'elle fait la connaissance du Dr Jackson Wilson, elle est incapable de résister au trouble qu'il lui inspire. Et, alors même que Jackson n'est à Golden Bay que temporairement, Jessica ne peut s'empêcher de rêver d'un avenir à trois…

Sous le charme du médecin rebelle, de Lucy Rider

En s'installant dans la petite ville de Crescent Lake, le Dr Cassidy Mahoney ne s'attendait pas à ce que son premier patient soit le major Samuel J. Kellan, héros local – et lui-même médecin –, et encore moins à devoir le soigner à la prison municipale, où il a passé la nuit à la suite d'une bagarre ! Mais ce qu'elle avait encore moins prévu, c'est que cet homme rebelle puisse faire battre son cœur si vite…

Leur mission : sauver des vies.
Leur destin : trouver l'amour.